LA MAIN LENTE

AUX ÉDITIONS ALBIN MICHEL

22 Histoires de sexe et d'horreur,
présentées par Michele Slung

LA MAIN LENTE

19 NOUVELLES ÉROTIQUES DE FEMMES

par

Carolyn Banks * Rebecca Battle
Idious Buguise * Liz Clarke * Sara Davidson
Jenny Diski * Susan Dooley * Sabina Faye
Barbara Gowdy * Kay Kemp
Carol Lazare * Wendy Law-Yone
Susan J. Leonardi * Anne Rhyd
Catherine S. * Susan Swan
Lisa Tuttle * Carole Maso
Bea Wilder

Michele Slung

PRÉSENTE

LA MAIN LENTE

19 NOUVELLES ÉROTIQUES DE FEMMES

Traduites de l'américain par
Anouk Neuhoff, Anne Michel,
Marie-France Girod
et Claudine Richetin

Albin Michel

Édition originale américaine :
SLOW HAND : WOMEN WRITING EROTICA

voir suite du copyright page 383

Traduction française :

22, rue Huyghens, 75014 Paris

ISBN : 2-226-07722-7

Celui-ci est pour Trin, avec amour.

« Et bientôt un baiser à Cressida il donna ;
Elle, à n'en point douter, n'y trouva fâcherie ;
Et Troïle lui dit : " Plaise à Dieu que je sache,
Douce amie, à présent, comment plaisir vous faire ! " »

Troïlus et Cressida, Geoffrey Chaucer

« Je veux écrire un recueil de nouvelles érotiques. »

Madonna,
citée par le *Washington Post*

Sommaire

Introduction

Il est, me semble-t-il, important de préciser dès le départ qu'avant de m'embarquer dans ce projet je ne m'étais jamais considérée comme une spécialiste du sexe ou des récits érotiques ; je ressemblais au lecteur un peu curieux qui lit à présent ce livre. Toutefois, comme en matière d'art je sais parfaitement ce qui *ne marche pas* pour moi, j'ai donc entrepris, me fiant à mon expérience et à mes instincts d'éditeur, de concocter un recueil de nouvelles érotiques qui *marche.*

Plus que tout, j'ai voulu, en choisissant des textes extrêmement variés, favoriser un processus d'identification analogue à celui que toutes les femmes que je connais ont éprouvé il y a dix ans quand elles ont entendu pour la première fois la chanson des Pointer Sisters — véritable hymne féminin — qui a inspiré le titre de ce livre. Au cas où vous auriez loupé la chanson à l'époque ou si vous l'avez oubliée, je vous rappelle qu'il y était question d'un amant disposé à « passer un peu de temps » en caresses, un amant « aux mains habiles », qui attacherait plus de prix aux préliminaires et aux jeux sensuels qu'à la mécanique de l'accouplement. En toute franchise, je dois avouer que, coincée dans un embouteillage, il me suffit d'entendre quelques mesures de « Slow Hand » à la radio pour éprouver de délicieux frissons, et je ne crois pas être la seule à avoir ce genre de réaction.

Je reconnais donc volontiers avoir été surprise et singulièrement déçue lorsque j'ai appris récemment que les auteurs de cette merveilleuse réponse à la fameuse question de Freud : « Quel est le désir d'une femme ? » étaient en réalité deux hommes. Néanmoins, avec mon esprit positif, je soulignerai que ce sont bel et bien les Pointer Sisters — bénies soient-elles — qui ont chanté ces stupéfiantes paroles. Et, Dieu merci, c'est à *elles* qu'on identifie toujours cette chanson — même si elles ne touchent pas la *totalité* des droits d'auteur.

Quoi qu'il en soit, le père de la psychanalyse est mort trop tôt pour entendre ce message musical à la gloire des caresses, qui fut délivré au début d'une décennie où l'assouvissement facile et rapide des désirs apparaissait comme un droit naturel. Remarquez que nous ne parlons pas des années soixante, qui correspondaient à la période permissive — pas totalement mais presque — de ma propre jeunesse et de ma propre accession à la sexualité, mais des années quatre-vingt où, dans le même temps, on a commencé à mesurer les dangers du sida. À de multiples égards, le climat était donc fort peu propice aux aventures — ou peut-être si, c'est difficile à dire. D'un côté, il y avait l'obligation de choisir plus soigneusement ses partenaires et ses pratiques sexuelles — en accordant peut-être, en effet, plus de temps aux caresses et aux jeux sensuels ; et de l'autre, véritable anaphrodisiaque pour les générations d'hommes et de femmes à venir, il y avait le spectre de la maladie et de la mort, avec son cortège de prédictions sinistres concernant la propagation du sida.

Cependant, il me semble qu'au moment où les Pointer Sisters ont chanté cette chanson et l'ont portée aux oreilles des femmes, jeunes ou vieilles, un cap a été atteint que nombre d'entre nous ont franchi. Rendre le sexe excitant est certes un objectif louable ; le rendre sensuel en est un, selon moi, plus louable encore. Et être douée d'une sensibilité érotique, c'est comprendre qu'il existe une authentique réalité humaine derrière cet épisode funeste de la mythologie grecque où le sage Tirésias, répondant à Zeus et Héra pour trancher le désaccord qui les opposait et frappé de cécité pour sa peine, avait affirmé que les femmes, dans l'acte d'amour, sont capables de recevoir neuf fois plus de plaisir que les hommes.

Par conséquent, je pense que ce n'est pas une coïncidence si la littérature érotique féminine destinée à un public féminin s'est épanouie dans les années quatre-vingt, dans le sillage du message contenu dans « Slow Hand ». (Les lecteurs masculins sont naturellement les bienvenus ici, même si un homme de ma connaissance, en parcourant une nouvelle que j'avais acceptée, me fit ce prudent commentaire : « Euh... ça ne m'excite pas beaucoup, mais en tout cas c'est instructif. » Qu'espérer de plus, d'ailleurs ?) Se fondant sur le succès rencontré par les livres de Nancy Friday et Erica Jong et sur le phénomène du *Delta de Vénus,* œuvre posthume d'Anaïs Nin, Lonnie Barbach, elle-même auteur d'un manuel sur le plaisir, *For*

Yourself, ainsi que de divers ouvrages sur la sexualité, avait ouvert la voie avec *Pleasures* et *Erotic Interludes.* Mais elle ne fut pas la seule : il y eut aussi la Kensington Ladies Erotica Society de San Francisco, ainsi que les écrivains-éditeurs Susie Bright, Tee Corinne, Terry Woodrow, Laura Chester, et bien d'autres encore.

Les femmes se précipitèrent sur ces ouvrages, dans un premier temps peut-être en raison de leur nouveauté, puis à cause de leur intérêt propre. En quelques mots, ce qui paraissait essentiel avec ces livres, c'était qu'ils ouvraient aux femmes un champ d'expérience jusqu'alors dominé — comme presque tout le reste — par des principes masculins. À l'instar des soirées-prises de conscience d'autrefois et des innombrables groupes de soutien d'aujourd'hui, cette nouvelle littérature érotique féminine vous donnait la sensation d'appartenir à un clan : nous sommes comme toi, tu es comme nous — et au diable les complexes personnels !

Quand on me suggéra d'essayer de faire publier à mon tour un recueil de textes érotiques, je ne sus trop que penser. Je n'étais absolument pas une spécialiste de cette littérature ; ma bibliothèque mentale d'écrits érotiques n'était ni plus ni moins riche que celle de toute personne de ma génération : elle comprenait principalement les passages osés émaillant les œuvres d'Harold Robbins et de Grace Metalious, de Jacqueline Susann et de J. P. Donleavy. Le monologue de Molly Bloom n'avait jamais été aussi efficace que lu à haute voix par cet ardent professeur de littérature anglaise qui s'était assigné la mission de faire de nous des joyciens amateurs, et un exemplaire de *Fanny Hill* avait bien entendu circulé dans mon dortoir grâce aux soins de sa propriétaire. J'avais également découvert *Histoire d'O* sur une étagère une nuit où je gardais des enfants à la fin des années soixante-dix et, je l'avoue, au retour des parents, j'avais complètement oublié l'existence de ces fichus bambins tant j'étais absorbée par ma lecture.

Pourtant, passant en revue mes lectures érotiques et les effets qu'elles avaient eus sur ma tendre sensibilité d'alors, je fus étonné de constater que l'expérience la plus sensuelle que j'arrivais à me remémorer dans ce domaine était le *Troilus et Cressida* de Chaucer. Et en moyen anglais, pas moins ! En ce même printemps, tout le monde, y compris moi, dévorait *Le Complexe de Portnoy.* Mais, à dire la vérité, Philip Roth n'est pas Chaucer, et la douce sensation d'humidité que je percevais entre mes jambes, tandis que je déchiffrais obstinément les mots du poème archaïque et attendais avec impatience le triomphe amoureux de Troilus, constituait une formidable antidote à la sensualité névrotique hautement contemporaine de Roth.

Mais revenons au présent. Sur la suggestion de mon éditeur, j'ai, pour me décider, commencé à mettre mon nez dans des recueils érotiques féminins plus récents. Ce n'est guère étonnant mais, très vite, je me suis retrouvée complètement accro. Toutefois, malgré la puissance de mes réactions externes à nombre des histoires que je lisais, ce qui m'a le plus impressionnée, c'est la façon dont ces œuvres se libéraient de la tyrannie de la beauté physique et du culte de la jeunesse qui, à ma connaissance, formaient jusque-là des données essentielles. Ce que je veux dire, c'est que ces nouveaux textes avaient beau exciter le désir, évoquer la tendresse, explorer les frontières de la passion, ou s'aventurer dans les territoires limitrophes de la trahison, de la jalousie, de la solitude, du rejet et du manque d'assurance, elles donnaient toujours la vedette à de *vraies* femmes — pas à des nymphettes ou à des bombes sexuelles, pas à des starlettes irrésistibles ou à de virginales demoiselles, mais à des femmes dont les corps, tout comme les histoires, n'étaient pas dépourvus d'imperfections.

Repensant à toutes ces fois où des cheveux sales, un bouton récalcitrant ou trois kilos superflus m'avaient empêchée de savourer pleinement un baiser, et où, toujours consciente de l'injustice, je l'acceptais néanmoins comme un postulat incontournable, j'ai tout de suite remarqué la nette évolution dont ces histoires témoignaient. Qu'ils transcendent notre enveloppe corporelle — c'est-à-dire la chair —, pour accéder au message contenu à l'intérieur de nos corps (« mon moi sexuel ne correspond pas forcément à mon apparence »), voilà ce que, dans un monde idéal, nous attendrions naturellement de nos amants ou amants potentiels, et pourtant une telle sensibilité, une telle tolérance est une qualité qu'on rencontre rarement chez les hommes.

Bien sûr, les textes érotiques signés par des femmes aujourd'hui (y compris toutes les nouvelles de ce livre) ne se signalent pas uniquement par leur façon d'envisager l'âge ou l'attrait physique sans discrimination. Mais c'est la première chose qui m'a frappée à leur sujet, et j'y ai discerné un des éléments les plus importants du pouvoir supérieur dont jouissent les femmes : ne pas laisser notre sexualité porter sur des choses qui sont (souvent) indépendantes de notre volonté et ne pas nous laisser dicter ou définir notre sexualité par d'autres. Dans la relation sexuelle homme-femme, en tout cas, la réciprocité des comportements a jusqu'à présent été presque aussi rarement observée *en théorie* qu'en pratique. (Le ventre des femmes, par exemple, a longtemps été admiré comme un noble symbole de la fécondité, mais aujourd'hui les types ventripotents ont toute latitude pour railler leurs voluptueuses compagnes qui, pour leur part, sont rarement autorisées à en faire autant. Et puis, combien de femmes ont-elles le droit, ou l'envie, de faire de leurs cheveux gris un atout sexuel, comme ces messieurs qu'on qualifie de distingués ?)

Ce recueil comprend des nouvelles écrites par toutes sortes de femmes. Certains textes sont signés par des femmes à peine sorties de l'adolescence et d'autres par des femmes qui ont dépassé la cinquantaine. Il y a des nouvelles qui évoquent différents types de séduction, mais d'autres parlent d'amour, et quelques-unes abordent le thème du désir. Certaines parlent des secrets que l'on garde, comme de ceux que l'on ne garde pas. Certaines décrivent des gens qui ne se connaissent pas, tandis que d'autres mettent en scène des amants qui ne se connaissent que trop. Une ou deux nouvelles sont violentes, et une ou deux autres sont déconcertantes. Le point commun de toutes ces nouvelles, pourtant, c'est l'impression d'honnêteté qui s'en dégage, que leur atmosphère soit réaliste ou fantastique, ou à mi-chemin entre les deux. Et, à mon goût, la chose véritablement merveilleuse, c'est que je n'aie eu qu'à *demander* pour que la plupart de ces nouvelles voient le jour.

Les nouvellistes sélectionnées représentent par ailleurs un échantillon de femmes assez large : américaines, canadiennes, anglaises, asiatiques, hétérosexuelles, lesbiennes, bisexuelles, citadines et campagnardes, professeurs et journalistes, romancières et poètes, actrices et athlètes, étudiantes et mères de famille, femmes divorcées, séparées et célibataires. Si ce dosage s'est effectué spontanément, les femmes sollicitées devaient toutefois prendre en considération quelques principes généraux. Voici les consignes que j'avais données aux candidates :

« Les nouvelles peuvent être longues ou courtes. Elles peuvent parler de relations hétérosexuelles ou saphiques, de femmes âgées ou de femmes jeunes, de femmes mûres ou d'adolescentes, de couples, de groupes, ou de plaisir solitaire. Elles peuvent également être authentiques, ou bien fondées sur des expériences vécues, ou même sur des expériences rêvées, avec les quelques ajustements nécessaires à la fiction. Le plus important, à mes yeux, est que toutes ces nouvelles, sans exception, me chatouillent les sens et arrivent à réveiller et à exacerber ma sensualité. »

Si mon facteur avait su ! Les piles du courrier qui grandissaient devant ma porte me confirmèrent bientôt l'engouement suscité chez toutes ces inconnues par ma proposition. Ce qui m'émut davantage encore, ce fut la chaleur avec laquelle un grand nombre de mes correspondantes me remercièrent de leur avoir donné l'occasion d'essayer cette Nouvelle Chose : d'avoir pu grâce à moi examiner leurs comportements sexuels, exprimer leurs préférences ou leurs fantasmes, ou bien explorer un souvenir érotique longtemps refoulé. « Je ne sais pas si ça vaut quelque chose, mais au moins je m'amuse », m'écrivit une femme. (Sa nouvelle fut acceptée par la suite.) Une autre : « Je vous envoie cette nouvelle pour montrer que j'ai essayé, mais comme je me suis bien amusée en l'écrivant, vous n'avez pas à être gênée si vous la refusez. » (Celle-ci a également trouvé sa place dans le recueil définitif.)

Ces sentiments-là, où intervenait souvent la notion d'amusement, je les ai retrouvés chez des femmes habitant à des milliers de kilomètres de distance et, dans leurs lettres, de nombreuses femmes affirmaient également leur conviction qu'un tel projet était un antidote indispensable à l'esprit « timoré et conservateur » de cette fin de siècle. « Cela fait un certain temps que nombre d'entre nous écrivons, ou mourons d'envie d'écrire de manière plus érotique », m'apprit une autre nouvelliste sélectionnée et, effectivement, parmi les dix-neuf nouvelles choisies, une dizaine sont l'œuvre de femmes pour qui cela n'était pas une « première ».

Quoi qu'il en soit, j'aimerais souligner une fois encore que les femmes, en général, savent pertinemment ce qu'elles veulent en matière de stimulation et de satisfaction érotiques ; le plus dur, c'est de se sentir assez forte et confiante pour exprimer ce désir et, *ensuite,* de trouver quelqu'un pour y prêter attention ! Pour ma part, je me suis efforcée d'éviter de pontifier ou de moraliser, car écouter c'est apprendre, et entendre ces voix disparates c'est comprendre qu'il n'y a pas — qu'il ne peut pas y avoir — une seule et unique façon de vivre pleinement sa situation de femme. Jamais de la vie. Mais, si de plus en plus de femmes disent ce qu'elles désirent, nous aurons de plus en plus de possibilités de confronter nos expériences et nous y gagnerons en force… et peut-être aussi en plaisir.

Dans ce livre, comme je l'ai annoncé, je n'ai donné aux auteurs aucune formule à suivre, aucune ligne idéologique à respecter ; cependant, mon sens des responsabilités m'oblige à rappeler que le « safe sex » est une précaution aujourd'hui indispensable, à tous les niveaux de notre société. (Disons même de notre civilisation : il n'y a pas d'autre issue de secours.) Mais je n'ai pas pu me résoudre, même devant ce danger, à assortir d'un avertissement chacune des histoires du recueil. Je ne suis pas le médecin-chef, et même si la fiction peut effectivement influencer, voire agir comme une drogue, son effet ne peut être contrôlé, pas plus que son contenu ne doit être surveillé. Si elle peut être porteuse d'information, elle est aussi un lieu de refuge, et je crois fermement qu'elle n'a nul besoin d'être systématiquement liée à la réalité *absolue.* Peut-être vous demanderai-je alors de considérer les écrits érotiques que vous trouverez ici comme « interactifs » et d'imaginer un préservatif dans chaque scène qui le réclame.

En conclusion, je citerai le regretté Bruce Chatwin, romancier anglais, essayiste, et aventurier extraordinaire, qui écrivit un jour la chose suivante : « Les descriptions de l'acte sexuel sont aussi ennuyeuses que les descriptions d'un paysage vu du ciel — et aussi plates : tandis que la description de la chambre d'Emma Bovary dans un hôtel de passe à Rouen avant et après, mais pas *pendant,* l'acte sexuel est certainement le passage le plus érotique de la littérature moderne. » On peut évidemment ne pas être entièrement d'accord, mais si vous êtes vous-même d'un avis similaire et préférez la tendance fondu-au-noir du divertissement érotique, sachez que les nouvelles de ce recueil — vous vous en doutez sûrement déjà — sont tout ce qu'il y a de plus charnelles, pleines de termes, de faits et de pensées explicites que certains pourraient qualifier de « pornographiques » (« destinés principalement à éveiller le désir sexuel », selon la définition du Webster) sinon de « cochons ».

Ce recueil pourra en séduire certains et en choquer d'autres, mais mon plus grand espoir est que les lecteurs peu familiers avec la littérature féminine érotique — les lecteurs comme les lectrices — qui prendront *La Main lente* par curiosité apprécieront les explorations sensualo-sexuelles qu'ils y rencontreront. Toutes les réactions sont légitimes, mais je ne peux m'empêcher de souhaiter que ce recueil compilé par mes soins se révélera un séducteur de la meilleure espèce. Que ce soit pour ceux qui sont conquis d'avance, ou pour ceux qui sont plus circonspects mais ne demandent qu'à se laisser charmer, *La Main lente* existe à seule fin de refléter les besoins et les désirs de son public.

SUSAN DOOLEY

L'éclosion d'Éros

Nous admirons certaines nouvelles pour le brio de leurs artifices ; d'autres, cependant, conquièrent notre cœur par leur naturel. Dans « L'éclosion d'Éros », Susan Dooley évoque, je crois, tout ce qu'il y a de splendide dans la maturité féminine, pourtant elle nous rappelle aussi que nous sommes le fruit de nos expériences et que notre sensualité ne peut s'épanouir que si nous l'acceptons et la cultivons.

« TROP grosse. »

Le miroir était ancien, avec un cadre en chêne qui entourait un verre irrégulier et piqué de points sombres. Il pouvait fort bien déformer les images, pensa-t-elle. Peu de temps auparavant, elle avait marmonné que son jean avait rétréci au lavage.

« Trop grosse. » Cette fois, elle soupira. Elle l'acceptait.

« Juste comme il faut. » Il l'avait surprise en venant par-derrière dans la salle de bains où elle se tenait, le corps encore humide après sa douche. Il l'entoura de son bras et nicha son visage dans le creux de son cou. Elle regarda dans le miroir tandis qu'il glissait sa main vers l'un de ses seins. Il se mit à jouer avec le mamelon, le frottant avec un doigt jusqu'à ce qu'il durcisse. Puis il vint se placer entre elle et le miroir. Elle ne détourna pas les yeux. Il pencha la tête vers elle et elle éprouva la douce pression de sa bouche qui, délicatement, lui suçait le sein.

L'homme dans le miroir suivit d'une main la courbe de sa hanche. Il accentua la pression de ses doigts quelques instants, puis les laissa descendre et insinua sa main entre ses jambes. Elle sentait sa langue qui explorait l'intérieur de sa bouche. Une vague de chaleur, un désir urgent l'envahirent, même si c'est avec détachement qu'elle observa les deux étrangers qui se laissaient maladroitement aller sur le sol et commençaient à se presser l'un contre l'autre dans la lumière changeante.

Elle ne voyait plus le miroir. Il n'y avait plus que sa pression à lui tandis qu'il s'introduisait en elle, hanches contre hanches, langue contre langue.

C'est alors que le téléphone sonna.

Elle tenta de l'ignorer, mais l'un comme l'autre s'étaient immobilisés, attendant que la sonnerie cesse. Le bruit soudain avait rompu le lien entre eux et ils eurent beau onduler ensemble quelques instants encore, elle sentit que, lentement, il se retirait d'elle.

Mary se redressa sur un coude. Dans le miroir irrégulier, elle vit se refléter deux êtres que la passion venait d'abandonner. La femme avait les cheveux mouillés. L'homme avait ses chaussures aux pieds.

« Qu'est-ce que tu rédiges ?

— Ma notice érotique », dit-elle en se retournant pour poser le plat de sa main sur le devant de son jean. Elle le sentit se troubler à ce contact et elle leva les yeux vers lui avec un sourire. « Je vais l'intituler " L'éclosion d'Eros ". »

Elle était assise à la longue table de pin massif, dans le petit espace qu'elle s'était aménagé entre une pile de livres et un gros chat gris, et établissait la liste des courses à faire chez l'épicier. Il posa une main sur son épaule et se pencha pour lire ce qu'elle avait écrit.

« Des flocons d'avoine ? interrogea-t-il. Ce n'est pas censé être érotique ?

— D'accord, on peut imaginer *plus* érotique, concéda-t-elle en faisant une grimace expressive. Mais tu sais, il y a longtemps, j'ai regardé bouillir une casserole de flocons d'avoine pendant dix bonnes minutes. C'était une expérience très sensuelle. Voluptueuse. Ils... » Elle se rappelait cette période où elle mangeait des flocons d'avoine six fois par semaine et économisait pour s'offrir un repas de roi le septième jour. Elle avait alors été souvent fascinée par la vue des flocons en ébullition. « Ils t'explosent pratiquement au nez. Les flocons d'avoine ont des orgasmes.

— Tu ne devais pas coûter cher à ceux qui te sortaient ! »

Il se dirigea vers le réfrigérateur pour voir quelle autres gâteries érotiques il recelait et demanda, en s'emparant d'une tranche de gâteau au citron : « Tu te souviens des orgies à la margarine ?

— Tu y as participé ? » Elle posa son stylo et se tourna d'un air intéressé vers lui — le magicien prêt à sortir un lapin de son passé.

« Une fois, dans l'Ohio, à la fin de mes études. À ceci près que ce n'était pas de la margarine, mais de l'huile végétale en bouteille. Pour nous donner du courage, nous avons un peu bu et fumé du hasch. Puis nous nous sommes déshabillés. Tous, sauf Nancy. À l'époque, elle et moi étions encore mariés. Elle a tenu à garder son slip. Nous avions tous l'air innocent. Pas elle. Sa petite culotte lui donnait un air franchement cochon.

« Nous nous sommes assis en rond, bon gré mal gré. Il ne fallait pas se placer à côté de celle ou de celui qui nous accompagnait.

« L'homme qui avait organisé la soirée est allé de l'un à l'autre en versant de l'huile au creux de nos mains, en donnant à son geste un côté cérémonie religieuse. Nous nous sommes mis à nous enduire mutuellement d'huile. J'étais à côté d'une femme superbement bronzée, avec des seins incroyables. J'ai posé ma tête sur son ventre, de façon à pouvoir admirer le luisant de sa peau en levant les yeux. Quand elle s'est penchée vers moi et a commencé à masser mon torse avec de l'huile, j'ai pris son sein dans ma bouche. Il avait un goût étrange, d'amande ou de vanille, je ne me souviens plus, mais ça rendait la chose encore plus érotique.

« Cela ne semblait pas la gêner, ni l'exciter d'ailleurs. Elle a continué à me masser avec une grande efficacité et tout le monde faisait pareil autour de nous. Et soudain, j'ai éclaté de rire. J'avais l'impression d'être un gigot prêt pour le four.

« Chacun s'est mis à rire à son tour. Le ventre de la fille tressautait, et ma tête suivait le mouvement. C'était à la fois complètement idiot et très érotique.

— Qu'est-elle devenue ? demanda Mary d'une voix devenue neutre.

— Qui ça ?

— Celle qui te servait de coussin. »

Il la dévisagea avec curiosité.

« Aucune idée. Je n'ai même jamais su son nom. (Il se leva.) Je vais en ville. Tu veux que je te rapporte quelque chose ? Des flocons d'avoine ? »

Il se pencha et frotta son menton contre sa tête avant de quitter la pièce.

Elle entendit le moteur du vieux break tousser et regarda Paul faire marche arrière dans l'allée. Quand elle fut sûre qu'il était parti, elle arracha une feuille vierge à son bloc et inscrivit son nom.

« Paul. »

Elle essaya de se représenter pourquoi elle avait envie de lui. Si l'on considérait les choses d'un point de vue rationnel, il n'y avait guère qu'un certain nombre d'endroits que la main pouvait toucher, que la langue pouvait lécher, et pas plus. L'acte sexuel n'offrait pas des possibilités infinies.

Pourquoi en allait-il différemment avec les amants ?

Elle plia le papier sur lequel elle avait inscrit le nom de Paul et le mit de côté. Puis elle inscrivit :

« Herbert. »

Sa notice érotique devait commencer au tout début. Avec l'éclosion d'Éros, lorsque, de façon imprévisible, c'est Herbert, un rouquin de onze ans au regard polisson, qui avait provoqué en elle ce premier chatouillis indécis en se frayant un chemin parmi les autres enfants dans le bus scolaire pour venir s'asseoir à ses côtés. Il s'était serré contre elle, empiétant sur sa partie du siège de cuir craquelé, tandis que le bus allait son bonhomme de chemin et vomissait des enfants à chaque arrêt comme une machine infernale prise d'indigestion.

En fait, Herbert n'avait jamais posé les mains sur elle. Mais il s'était penché vers elle et il l'avait *regardée.* C'était terrifiant. Et excitant. Rien à voir avec Jimmy Mason qui, l'ayant pourchassée dans le verger, avait fini par la clouer au sol d'un baiser hâtif plaqué sur sa joue. La façon dont Herbert s'était glissé sur le siège en la heurtant avait fait naître entre ses jambes une chaleur qui lui était montée lentement jusqu'au visage. C'était inconfortable. Elle aurait voulu que cela ne cesse jamais.

« Carole. »

Carole avait été sa meilleure amie à l'école primaire. Lorsque le temps était trop humide pour que les sœurs laissent les enfants jouer dans la cour de récréation, elles les rassemblaient, les faisaient marcher en rang jusqu'à l'auditorium et leur passaient un film religieux. Ceux qui ne montraient pas la Vierge Marie apparaissant au-dessus d'un champ quelque part à l'étranger avaient pour vedettes de jolies nonnes et de séduisants prêtres — ni les uns ni les autres n'avaient des joues pleines de verrues comme sœur Octavia ou la peau dénuée de toute pilosité de sœur Joyce, dont les yeux étaient plantés dans un visage lisse, dépourvu de cils et de sourcils. La plupart du temps, les prêtres des films étaient irlandais, et adorables. Pas comme l'arrogant père O'Toole, qui, chaque semaine, faisait irruption dans les classes et beuglait que la damnation attendait les enfants qui avaient été vus en train de parler à un protestant.

Carole et elle étaient assises l'une près de l'autre dans l'obscurité, tandis qu'un faisceau de lumière projetait des images sur l'écran. La vaste salle nue sentait la craie et les chaussettes humides et, par-dessus le ronronnement du projecteur, on entendait le bruissement caractéristique des enfants que l'on force à se tenir immobiles. Du fait de l'obscurité, des bruits étouffés et des ombres devenues étrangères, la pièce dépouillée se transformait en un lieu intime.

Durant la première moitié du film, Mary traçait une ligne délicate qui montait et descendait le long de la peau douce du bras de Carole. Lorsqu'on changeait de bobine, c'était l'inverse. Mary regardait l'écran en extase, tandis que les doigts de Carole lui rendaient la légère et douce caresse.

Ce n'était pas vraiment érotique, Mary l'admettait. Pas comme Herbert. Mais Mary avait décidé que la sensualité avait aussi sa place sur la liste. Elle y laissa le nom de Carole.

« M. Maxwell. »

M. Maxwell était plus âgé. Il avait vingt et quelques années. Lorsque Mary avait seize ans, il avait engagé sa sœur aînée, Helen, comme employée au classement. À chaque fois qu'elle allait la chercher à son travail, M. Maxwell faisait venir Mary dans son bureau et flirtait avec elle. Un jour, il s'était penché en avant et son doigt avait remonté le long de sa jambe. Mary avait fait semblant de ne rien remarquer, mais, par la suite, il l'avait systématiquement invitée dans son bureau. Quelquefois, il demandait à Helen de travailler après l'heure et, tandis qu'elle s'affairait à l'extérieur, allant et venant dans le couloir, des dossiers plein les bras, M. Maxwell interrogeait Mary sur ses petits amis, penché en avant sur sa chaise de façon à pouvoir, tout en parlant, faire monter et descendre ses doigts le long de sa jambe.

« Wesley Sutcliffe. »

Elle pensait encore à lui de temps en temps quand la lune était basse et inondait l'eau de lumière comme lors de cette fête sur la plage, quand elle avait treize ans. Elle connaissait à peine Wesley, mais lorsque tout le monde était allé se baigner, il était venu vers elle dans l'eau et, la soulevant dans ses bras, il avait marché dans la lumière de la lune, son corps mouillé serré contre sa poitrine, vers l'obscurité du large. Entre ses seins et le torse de Wesley, il n'y avait que la barrière soyeuse de son maillot de bain. La pointe de ses seins avait durci au contact de sa peau. Il l'avait conduite de plus en plus loin dans la lumière d'argent, jusqu'à ce que la lune les absorbe.

Le téléphone, à nouveau. Un voisin appelait pour prévenir que c'était le moment de récolter les framboises. Mary ferait bien de ne pas attendre pour le faire.

Il y avait assez de brise pour maintenir les insectes à l'écart, mais assez aussi pour faire s'envoler ses notes de la table de cuisine et les éparpiller sur le sol. Et par la fenêtre. Pour les faire atterrir entre les mains d'un enfant qui irait demander à sa mère : « Qu'est-ce que ça veut dire : " baiser " ? » Elle alla chercher un chandelier de cuivre et le posa sur les papiers. Puis elle prit un panier et se dirigea vers le carré de framboises.

Elle en cueillit pendant une heure. Quelqu'un jouait au piano « Les Étés d'antan ». L'air qui lui parvenait par-delà le bourdonnement des abeilles lui semblait incarner l'essence même de l'été, et Mary commença à regretter l'instant avant même qu'il ne soit passé. Au mois de janvier prochain, pelotonnée près du poêle, elle se remémorerait, les yeux clos, la sensation du soleil sur sa peau et le plaisir de lécher son doigt taché de rose par le jus de framboises. Un moustique se mit à danser sur son dos et elle se redressa pour lui donner une tape. Des gouttelettes de sueur glissèrent entre ses seins.

Ç'aurait été merveilleux d'ôter sa blouse, de défaire son soutien-gorge et de laisser la brise lécher la sueur sur sa peau.

Elle tendit automatiquement la main vers une framboise d'un rouge sombre, mais s'arrêta en voyant un petit ver blanc descendre par à-coups le long de la tige. Elle le balaya de la main et décida qu'elle avait cueilli suffisamment de fruits. Puis elle vit une autre framboise bien mûre, puis deux, à quelques pas à peine.

« Cueillir des framboises, c'est comme un orgasme », dit-elle le soir à Paul. Ils étaient étendus dans le lit.

« Pour toi, tout est comme un orgasme. »

Paul n'avait écouté qu'à moitié son récit de la cueillette des framboises. Il parcourait son corps des lèvres, plantant de petits baisers fous sur son coude, son poignet, léchant le creux entre sa taille et ses hanches.

« Je pense toujours que si j'attends un peu, ce sera meilleur. Quelquefois, je ne veux pas jouir.

— Nous pensons tous cela, dit Paul d'un petit air suffisant. Prolonger le plaisir. C'est pourquoi les garçons de dix-huit ans ne sont pas ce qu'ils voudraient nous faire croire. »

Paul avait cinquante-deux ans. Bien meilleur qu'un

jeune de dix-huit ans, Mary l'admettait. Quoique, maintenant qu'elle y pensait...

« Je n'ai jamais couché avec un garçon de cet âge, dit-elle. Quand j'ai perdu ma virginité, j'étais trop vieille pour un jeune de dix-huit ans. À quoi ressemblais-tu alors ?

— J'étais rapide. Il ne me serait pas venu à l'idée de tenter de faire plaisir à une femme. Le plaisir était pour moi, c'était celui d'avoir une femme, tu comprends. J'avais tellement peur qu'elle fiche le camp que je ne prenais pas mon temps. Droit au but et au revoir ! La pauvre !

— La pauvre ! » acquiesça Mary. Elle sentit la sensualité de son poids sur son corps tandis qu'il la chevauchait et se frottait contre son entrecuisse avant de s'introduire en elle et de commencer un lent va-et-vient, finissant enfin ce par quoi ils avaient démarré la journée.

Dire qu'elle était obsédée serait un peu trop fort, mais Mary admettait qu'elle avait passé pas mal de temps, les jours précédents, à ajouter des noms à sa notice érotique. C'était en partie parce que Paul avait fait une sorte de fixation dessus. Chaque fois qu'il la voyait écrire, il essayait de regarder par-dessus son épaule, croyant, disait-il, qu'elle établissait une liste de courses. Toute l'insécurité de Paul était venue se nicher dans son passé à elle. Elle aimait assez le passé qu'il lui prêtait, tout en glamour et insouciance. La vérité était beaucoup plus douloureuse.

Elle, de son côté, ne redoutait nullement le passé de Paul. C'était son avenir qui la troublait. Elle se tenait prête pour le jour où il lui annoncerait qu'être ensemble se révélait désormais plus difficile qu'être séparés.

Elle savait parfaitement que, pour eux deux, ce n'étaient là que mythes de protection, comme les légendes indiennes de la Création. C'était une façon d'avoir une couverture, une histoire toute prête pour expliquer pourquoi, parfois, des événements étranges et terribles qui n'auraient pas dû se produire pouvaient néanmoins arriver.

« Tim. »

Son premier amant. Quand elle l'avait perdu, elle avait été terrassée. Il ne lui était jamais venu à l'esprit qu'on pouvait coucher avec quelqu'un *sans* se marier et être heureux avec. Elle avait rempli la première partie du programme. Ils n'avaient pas rempli la seconde. Il s'était agi de sexe, mais avait-ce été de l'érotisme ? Elle avait été trop avide de lui plaire. Son cerveau intervenait sans cesse : faisait-on comme ci ou comme ça ? Que penserait-il d'elle si elle faisait ci ou ça ? Jamais, durant les quelques années qu'ils avaient passées ensemble, elle ne s'était détendue au lit et ne l'avait écouté avec sa peau. Mais il était indubitable que le premier homme avec qui l'on avait baisé devait figurer dans une notice érotique.

L'érotisme, ce n'était pas qu'une main sur votre corps, sinon elle aurait été totalement séduite par cet homme étrange qui s'était avancé vers elle lors d'un dîner en ville, lui avait adressé un sourire enchanteur puis, tendant les mains, les avait posées sur ses seins. Était-ce la poignée de main secrète des francs-maçons, ou bien était-il myope comme M. Magoo ? Cela avait été à peu près aussi érotique que de contempler une nurse en train de tapoter un oreiller. L'érotisme n'était pas dans le geste, ni dans la mécanique. Il était dans ce qui s'était passé auparavant, même si cet auparavant n'était qu'une brève relation. C'était cette relation qui comptait. L'esprit savait baisser sa garde et laisser le champ libre à la chair.

Le téléphone. C'était Paul.

« Tu es occupée ou aimerais-tu faire un pique-nique ? » demanda-t-il.

En le retrouvant sur l'appontement, elle lui passa le panier contenant leur repas et prit la main qu'il lui tendait du bateau. Elle resta un instant à se balancer au bord du quai, l'air de dire : « Si tu étais le genre d'homme qui regarde sous les jupes des femmes, tu t'apercevrais que je n'ai pas mis de culotte. »

Elle sauta dans le bateau avec légèreté et atterrit sans dommage au milieu des piles de cirés, de pull-overs, de bottes et de cannes à pêche.

« Ah-ah ! » Il lui adressa un bref sourire tout en enroulant l'amarre. Ce n'était pas le moment de poursuivre la conversation. Il laissa le bateau dériver vers le large, occupé à éviter un éventuel rocher et à détecter s'il y avait du vent.

Ils mangèrent sur la plage, puis se promenèrent le long de la côte de l'île. Au loin, retentissait le bêlement inquiet d'une brebis qui appelait un agneau vagabond. Ils parvinrent au sommet de la colline en suivant un chemin bordé de buissons bas de kalmies dont les fleurs rose vif avaient un air innocent et tentateur. Paul toucha un buisson du pied : « Tu sais qu'on appelle aussi cette plante “ tue-l'agneau ”, dit-il, mais je n'ai pas l'impression qu'elle ait été nocive à cette petite famille... » Une brebis accompagnée de ses deux agneaux venait de détaler devant eux.

« Sans doute ne la broutent-ils que s'ils n'ont rien d'autre », dit Mary. Elle plissait les yeux, tentant avec difficulté de repérer les moutons gris qui se confondaient avec les roches grises parsemant le pré. Une fois au sommet de la colline, tous deux restèrent un instant immobiles pour contempler l'océan au-dessous d'eux. Puis Paul s'allongea sur le dos et elle se tint au-dessus de lui, appuyée sur un coude. Il avait laissé sa chemise ouverte. Elle y glissa les doigts et les promena sur son torse avec la légèreté d'une araignée, avant de poser un baiser au creux de son épaule et de suivre du doigt les contours de sa bouche.

« Tu es érotique, dit-elle. Tu es le dernier de ma liste.

— Sans aucun doute. Numéro 27. » Il était à nouveau aux prises avec sa vision de son passé.

« 227, corrigea-t-elle. Tu me prends pour une flemmarde ? »

En souriant, il défit les boutons de sa blouse. Il fit glisser doucement les manches le long de ses épaules, puis, impatient, donna un coup sec, de sorte que le vêtement pendit autour de sa taille. Il détacha son soutien-gorge et libéra ses seins.

« Je crois que je vais tout simplement te prendre. »

Il avait ôté son pantalon. Lorsqu'il passa les mains

sous sa jupe, elle souleva les hanches pour qu'il puisse la remonter. La jupe rejoignit la blouse autour de sa taille et Mary se retrouva avec le haut et le bas dénudés. Elle regarda Paul. Il mit ses doigts dans sa bouche et les humidifia avec sa langue. Ensuite il se pencha vers elle et l'embrassa tandis qu'il promenait ses doigts mouillés entre ses jambes.

Ses lèvres se posèrent sur les siennes. Il introduisit sa langue dans sa bouche, de telle sorte qu'à chaque inspiration elle l'aspirait au plus profond d'elle-même. La langue de Paul dans sa bouche, la turgescence de Paul s'enfonçant entre ses jambes, l'esprit de Paul qui s'insinuait de plus en plus profondément dans sa vie.

Traduit par Marie-France Girod

NOTE DE L'AUTEUR

J'ai lu bon nombre de romans médiocres où l'auteur s'évertuait à présenter la sexualité sous un jour choquant : des acteurs multiples s'agitant dans des vestiaires, des salles de conférence, etc. Les rapports sexuels dans des lieux insolites ou avec un nombre insolite de partenaires me font penser à l'aérobic : c'est une chose que les gens pratiquent quand ils sentent qu'ils perdent leurs moyens. En y réfléchissant, j'en ai conclu que ce n'est pas seulement le corps à corps qui éveille le désir, mais aussi le passé que les gens apportent avec eux et l'espoir qu'ils mettent dans leur rencontre.

JENNY DISKI

Le saut

À l'opposé du bien-être sensuel que procure l'intimité, exalté avec tant de fougue par Susan Dooley, d'autres nouvelles de ce recueil, et parmi elles « Le saut », traitent des rencontres de hasard. Il me semble évident à la lecture de nombreux textes qui m'ont été soumis, et quoique l'idée en elle-même n'ait rien d'original, que la part « d'inconnu » — l'étrangeté d'un corps ou de son histoire — peut accroître considérablement le potentiel érotique d'une aventure, réelle ou imaginaire. Mais Jenny Diski, comme les autres écrivains de ce recueil qui ont choisi d'explorer le thème du « séduisant inconnu », lui a donné un éclairage personnel. Célèbre pour son audace, Diski décrit ici la rencontre éphémère de deux êtres unis un instant par leurs besoins et leur commune vulnérabilité.

Il n'a pas choisi le bon moment pour m'appeler, mon amant.

« Écris-moi quelque chose. L'histoire d'un homme et d'une femme en train de baiser. Que ce soit court. Et cochon.

— Va te faire foutre, ai-je répondu. Si tu veux me commander une nouvelle, adresse-toi à mon agent. Mon tarif est de cinq cents livres les mille mots. Si tu veux baiser, adresse-toi à moi. Mon tarif est de... combien, à propos ?

— Ne discute pas. » Il y avait une très légère nuance de menace dans sa voix.

« Va te faire foutre. » J'ai raccroché. J'avais passé la matinée à me bagarrer avec une nouvelle qui ne serait jamais publiée, et j'étais en train de m'enliser dans le bourbier de mon incapacité. Ce dont je manque, c'est de confiance en moi. Encore que ça me fait une belle jambe, de savoir ce dont je manque... J'ai écrit pas mal, jusqu'à maintenant. Des nouvelles et des articles pour des magazines, tous publiés, ou presque. De l'extérieur, on peut dire que je m'en sors bien, en ce qui concerne l'écriture. J'ai acquis une bonne petite réputation dans le milieu des rédacteurs en chef et c'est maintenant une question de temps avant que j'attaque le Roman qui, je l'espère, viendra justifier les espoirs qui ont été placés en moi.

Ça sonne comme un texte de promo ? C'en est un. Parce qu'au fond du fond, je *sais* parfaitement que je suis incapable d'écrire. Et ce ne sont pas les tranquilles murmures appréciateurs que mes textes ont recueillis qui vont altérer mes certitudes. Je suppose que cela a un rapport avec mon enfance. Quoi qu'il en soit, même si tout finit par tourner à peu près bien, cela ne change rien et j'ai toujours la même angoisse de la page blanche. À chaque fois, je suis certaine que je vais être percée à jour.

Les choses pourraient certes aller plus mal. La conviction intime de ma propre impuissance n'envahit pas la totalité de mon existence, comme ce pourrait être le cas. Du moins plus maintenant. Elle se cantonne au secteur de l'écriture, sans doute parce que j'ai décidé d'en faire le pivot de ma vie. Je la considère maintenant comme étant partie intégrante de ma structure interne. De même qu'il y a un centre du langage dans le cerveau, j'ai un centre de l'inquiétude qui se remplit d'anxiété et doit trouver matière à fonctionner. Il s'est longtemps fixé sur tout ce qui était à sa portée : l'argent, le sexe, les courses, les nouvelles du jour, l'état de l'appartement. L'anxiété faisait irruption en l'absence de tout lien avec un événement extérieur. Je découvrais soudain qu'il y avait une pourriture sèche sous le plancher, à moins que ce ne fût une pourriture humide, qu'importe, puisque j'étais incapable de les différencier. Et j'étais rongée par l'inquiétude pendant toute la journée. J'avais beau me raisonner, tenter de me persuader que je me faisais des idées ou me dire que, si tel n'était pas le cas, je n'y pouvais rien ou au contraire que j'y pouvais quelque chose, c'était inutile, les douloureuses petites notes de l'anxiété résonnaient dans ma tête jusqu'au soir.

Brutalement, la pourriture sèche/humide était un mal *épouvantable,* qui s'étendait comme une lèpre et s'attaquait à la structure de mon appartement. Je vaquais à mes occupations, mais mes craintes étaient toujours là, au fond de moi. Le lendemain, la certitude que le plancher pourrissait sous mes pieds s'était estompée, mais c'était pour qu'autre chose vienne s'y substituer et nourrisse mon inquiétude avant que j'aie eu le temps de souffler. Je recevais mon relevé de banque et voilà que ma situation financière, pourtant similaire à ce qu'elle était la veille ou quelques jours auparavant, devenait catastrophique. Je passais tous mes moments libres à faire et refaire l'inventaire de mes recettes et de mes dépenses, arrivant à chaque fois au même résultat, oubliant presque où était le problème, mais sachant qu'il me fallait impérativement lui trouver une solution. Cela me rendait quelquefois la vie vraiment difficile.

En même temps et jusqu'au beau milieu de mes accès de panique, je savais parfaitement qu'il s'agissait d'anxiété flottante, dont la source se trouvait en moi, dans un puits de terreur indépendant de mes préoccupations. Cela ne m'était néanmoins d'aucune aide. Et parfois, dans mon épuisement, j'avais envie d'avoir auprès de moi quelqu'un qui me dirait que rien de tout cela n'était réel, quelqu'un qui me déchargerait des problèmes qui semblaient de temps à autre mettre en danger ma santé mentale. Je suis néanmoins arrivée à faire face et les choses se sont améliorées. Je suis parvenue à contenir l'anxiété.

Or, dans la mesure où j'ai décidé que je n'avais d'autre voie que l'écriture, l'inquiétude s'y est attachée, telle une tique, et elle se nourrit de mes craintes.

J'ai toutefois appris à n'en pas tenir compte. La plupart du temps, j'écris sous l'empire de la terreur et, sans que je sache comment, il en sort quelque chose de correct. Appelons ça le Processus et ne cherchons pas plus loin. C'est comme lorsqu'on nage dans une eau boueuse : cela n'a rien d'agréable, mais il suffit de persévérer pour gagner l'autre rive.

En règle générale, je me fais à ce désagrément. Pourquoi les choses seraient-elles faciles ? De temps à autre, néanmoins, cela m'épuise de devoir réprimer mon manque d'assurance et trouver en moi suffisamment d'énergie pour continuer malgré tout. J'aimerais quelquefois que quelqu'un d'autre soit là pour le faire à ma place.

J'imagine la conversation avec cet être idéal qui consacrerait son énergie à entretenir la mienne.

« Je ne peux pas. Je ne peux pas écrire. » Ma voix n'est qu'un gémissement. Je suis à ramasser à la petite cuillère.

« Mais si, tu peux. » Il n'y a rien de réconfortant dans le ton employé, juste du bon sens et même une nuance d'impatience. « Regarde tout ce que tu as écrit jusqu'à présent. Tu y es arrivée. Et c'était bien. Alors, recommence. »

Je pousse un hurlement de colère : « Je ne peux pas ! J'ignore comment ces choses-là ont pu se passer les autres fois ! Cela n'avait rien à voir avec moi. C'est *maintenant* que c'est pour de vrai. Et je n'y arrive pas.

— Alors, il faut que tu fasses encore un effort. »

Voilà ce que je cherche. Une attitude ferme, pas un réconfort sirupeux. L'affirmation brutale que je peux, que je vais le faire, car je n'ai pas le choix. Le traitement que je m'applique à moi-même la plupart du temps, en quelque sorte. Mais ce n'est pas toujours facile de jouer le rôle de l'autre. Cet autre me manque, même si je m'en accommode. Franchement, quand Dan m'appelle pour me proposer de faire joujou dans les eaux boueuses où j'ai déjà l'impression de me noyer, cela ne m'aide pas. Cela ne me — comment dire — valorise pas.

Je décidai que le moment était venu de faire un peu d'exercice. Quelquefois, la panique ne résiste pas à une bonne suée dans le gymnase d'à côté, juste après la station de métro.

Tandis que je m'approchais de la station, tout en essayant de réprimer ma mauvaise humeur à l'égard de Dan en me promettant une prodigieuse dépense d'énergie sur les appareils, je me rendis compte qu'il se passait quelque chose. Pour un après-midi en semaine, il y avait trop de monde dans la rue. La file d'attente à l'arrêt du bus était celle des heures de pointe et, à l'extérieur de la station elle-même, de petits groupes immobiles se tenaient dans cette attitude particulière qui signale un événement. Sur la chaussée, une ambulance attendait, créant un début d'embouteillage, tandis que les voitures la doublaient avec circonspection et curiosité. Ses portières arrière étaient ouvertes et l'on apercevait les couvertures rouges soigneusement pliées sur les lits. L'entrée de la station était fermée. Les grilles de ce qui était normalement un couloir d'air tiède, une caverne sombre et lugubre dans laquelle disparaissaient les voyageurs, étaient closes et, derrière elles, quelques silhouettes en uniforme allaient et venaient. Deux hommes d'un certain âge étaient assis, pâles et silencieux, sur la marche de pierre en face des grilles, dans une attitude qui ne leur semblait pas habituelle.

Tout en fendant la petite foule, je m'offris le luxe de m'imaginer, en passant devant les grilles et en me dirigeant vers le gymnase, qu'il s'agissait d'une panne d'électricité, d'un colis suspect, d'une crise cardiaque, même. Une fois arrivée, n'ayant plus besoin de feindre l'ignorance pour franchir ce passage sans me sentir concernée, j'autorisai mon esprit à se livrer à une interprétation des signes.

Quelqu'un s'était jeté sous une rame qui entrait dans la station. Un pauvre bougre avait fait le saut. Efficace en diable.

Ce sont les conducteurs qui emploient ce terme, « faire le saut ». Mon ex, qui aime à connaître ce genre d'information technique à usage interne, l'a appris un jour de l'un d'entre eux, rencontré dans un pub. Ceux qui font le saut, avait ajouté l'homme, sont un peu un bienfait pour la profession, dans la mesure où chaque conducteur concerné se voit octroyer deux jours de congés payés en compensation. Pour moi, cela m'évoquait la bravade sur la ligne de feu, la brutalité de l'étudiant en médecine pris de nausée, l'horreur de l'insupportable. Quoi qu'il en soit, l'expression « faire le saut » était restée pour nous celle dont nous désignions ce type particulier de suicide qui ne pardonne pas, et c'était elle qui m'était venue à l'esprit.

Je travaillai rageusement sur la planche inclinée, tirant sur les poignées de traction avec une force musculaire qui m'étonna. Les poids revenaient bruyamment en place, tandis que la partie mobile de la planche grinçait tout en allant et venant. Mais j'avais beau suer sang et eau, je ne parvenais pas à couvrir la conversation des deux femmes qui s'étaient interrompues et se tenaient devant la fenêtre donnant sur la station de métro.

« Comment peut-on faire une chose aussi épouvantable ? »

Oui, « épouvantable » est bien le mot, pensai-je.

« À ton avis, pourquoi mettent-ils aussi longtemps à sortir le corps ? »

Seigneur, réfléchis, réfléchis un peu !

« Ma sœur était dans une rame quand quelqu'un s'est jeté dessous. On ne vous fait pas descendre, dans ce cas. Et tu sais quoi, le type n'a pas été tué sur le coup. Elle a dû rester là, à écouter ces cris horribles. Il n'arrêtait pas de hurler, apparemment. Elle ne pourra jamais oublier ça. Tu t'imagines ? »

On ne peut blâmer le malheureux, non ? Sa voix était probablement tout ce qui lui restait.

« C'est épouvantable. Épouvantable de faire une chose pareille. »

Je cessai de leur donner la réplique et m'acharnai sur mes tractions.

Mais la conversation se poursuivait.

« Nous ne devrions sans doute pas... mais pour se tuer de cette manière, il faut vraiment le vouloir. Je ne peux imaginer ce que l'on doit ressentir pour en...

— Non, bien sûr, personne ne le peut. Le pauvre conducteur... »

Quand j'eus fini mes exercices, je restai dans le sauna aussi longtemps que je pus le supporter, dans l'espoir d'éliminer tout cela avec la transpiration. Pas très longtemps, en vérité. Les saunas sont quelque chose d'intolérable. Un complot suédo-protestant, un avant-goût de l'enfer sur la terre, un lugubre avertissement de ce qui nous attend — parfaitement stérile, je le crains, dans la mesure où les feux de l'enfer semblent attirants, par comparaison.

Une fois dehors, le corps déshydraté et les muscles douloureux, je tournai la tête vers la gauche, en direction de mon appartement, au-delà du métro. Des petits groupes de gens se tenaient encore devant la station, certains visiblement choqués, d'autres exprimant un intérêt passager, plus quelques personnes qui faisaient là leur métier en tentant avec plus ou moins de succès de montrer que c'était là leur lot quotidien. L'ambulance attendait, son gyrophare en marche. Je pris à droite. Il y avait un café de l'autre côté du gymnase. J'allai m'asseoir à l'une des tables en terrasse.

J'avais décidé de récupérer un peu, de m'offrir une tasse de café avant de repasser sur les lieux du drame. Il m'arrive d'avoir des bontés à mon égard.

La femme vint s'asseoir à ma table quelques instants plus tard.

C'est peut-être bête à dire, mais il existe une différence entre les tables qui se trouvent à l'intérieur d'un café et celles qui se trouvent dehors. Dedans, il est peu probable que quelqu'un demande à partager une table, à moins que toutes les autres ne soient prises. C'est une forme d'agression, le signe distinctif des hommes en chasse et des gens un peu dérangés. À l'extérieur, ce n'est pas pareil. Même s'il reste des tables libres, le geste de s'asseoir en face d'une personne étrangère a quelque chose de naturel, qui ne porte pas à conséquence. Sans doute a-t-on l'impression qu'on peut plus facilement s'échapper quand il n'y a pas de murs et la rue, à la lumière du jour, semble repousser nos craintes. La rue est à tout le monde. À l'intérieur, dans la pénombre du café, la table devient un espace à défendre et l'approche de l'autre une menace.

Je veux dire par là que l'arrivée de cette femme ne me mit pas mal à l'aise, pas plus que sa présence ne me parut empiéter sur mon territoire jusqu'à ce qu'elle se mît à parler.

Grande, bien faite, d'apparence saine, elle portait bien sa maturité élégante, avec un visage à l'ossature saillante et des lunettes noires rondes. Des cheveux sombres et lisses, coupés court en un lourd carré géométrique, des vêtements d'une coupe indubitablement étrangère et des ongles parfaitement manucurés. Ce n'était pas une Anglaise. J'allais apprendre plus tard qu'elle s'appelait Diane, prénom évocateur des bords de la Méditerranée.

Elle s'assit, fit face quelques instants en silence à la station de métro, puis alluma une longue cigarette au papier foncé.

« Vous regardez, ou bien vous évitez les lieux » ? me demanda-t-elle en rejetant la fumée. D'un petit geste de la tête, elle désigna le métro.

« Les deux, sans doute.

— Votre journée sera gâchée si vous voyez sortir la civière.

— Ce n'est pas un bon jour, de toute façon. Et c'est un jour pire encore pour lui, ou pour elle. Ou meilleur.

— Comme on veut. Pour elle. J'ai cru comprendre que c'était une femme. »

Elle avait quelque chose de parfaitement détaché, comme si elle contemplait le monde en spectateur non concerné. Rien en elle — ni ses vêtements, ni son maquillage, ni la façon dont elle se tenait sur sa chaise, droite et décidée — n'était laissé au hasard, mais c'était tellement bien fait que tout semblait naturel. Les lunettes noires cachaient ses yeux et pourtant j'étais sûre que son regard était calme, qu'il se posât sur moi, par-dessus la table, ou sur ce qui se passait là-bas dans la rue. Elle les ôta et m'examina, ses yeux me détaillant des pieds à la tête. Il y avait, dans la froide appréciation de son regard d'émeraude, quelque chose qui m'électrisa. L'air se mit à vibrer de mille possibilités.

« Ça vous excite, la mort qui est là-bas ? »

Je pris l'une de ses mystérieuses cigarettes et me penchai pour l'allumer à la flamme du briquet qu'elle tendait vers moi. Je crois aux vertus de l'équilibre : un sérieux travail musculaire nécessite un contrepoids de nicotine.

« Ça me secoue. Ça me stupéfie. Je suis toute retournée d'admiration. » Elle haussa un sourcil interrogateur. J'expliquai : « Par le caractère d'absolue certitude de ce qui vient d'avoir lieu. J'aime les gens qui savent ce qu'ils veulent et ne laissent aucune place à l'indécision ou à un salut accidentel.

— Mais si c'était un coup de tête ? » Il y avait une lueur d'amusement au fond de son regard sérieux. Un acte impulsif ? Irréversible une fois accompli ? »

Je secouai vivement la tête.

« C'est ce que pensent ceux qui restent pour se réconforter. *Il n'en avait pas vraiment l'intention.* De sorte que la prochaine fois que nous attendrons le métro sur le quai, nous n'ayons pas à choisir entre monter dans la rame ou nous jeter dessous. Nous n'en aurions pas vraiment l'intention, nous dirions-nous, nous le regretterions après. Quel après ? La seule chose dont on peut être sûr, c'est que l'on ne le regretterait pas après. De toute façon, en quoi un coup de tête est-il moins vrai qu'une pensée que l'on traîne depuis vingt ans parce qu'on ne s'est jamais donné la peine d'en changer ? »

Elle s'adossa à sa chaise, appuyant négligemment la tasse de café contre son chemisier de soie.

« La seule chose qui soit vraie maintenant, c'est le terme physique d'une existence. »

L'irritation perça dans ma voix.

« N'y a-t-il rien de plus important dans une vie ?

— Rien, répondit-elle calmement. Mais vous êtes une romantique. Je sais que vous allez être furieuse, et pourtant j'ai raison. Le fait est que de se tuer de pareille manière est infantile et agressif. Et stupide, car le cadavre qui est là-bas ne peut en recueillir les bénéfices. Regardez quelle perturbation cela a provoquée. Les rames de métro sont bloquées tout au long de la ligne. Les gens vont être en retard à leurs rendez-vous et certains sont peut-être importants. La circulation est ralentie et les passants qui vaquaient à leurs occupations quotidiennes n'échappent pas à ce qui s'est passé sous leurs pieds ; ils ne peuvent l'ignorer. Alors ils se sentent ridicules et mesquins d'aller acheter un bouquet de fleurs ou un morceau de fromage. C'est fou l'impact, l'effet que cela peut avoir. »

Elle ne semblait toutefois pas vraiment en colère. Sa voix demeurait mélodieuse, son ton distant. Un rien professoral, même. Elle reprit : « Cela fait naître chez les gens des pensées que rien ne les obligeait à avoir. Cette personne, pensent-ils, était vivante quelques instants auparavant, je l'ai peut-être croisée en allant chez l'épicier. Elle était vivante, elle est morte. Entre les deux, quelques instants seulement. C'est l'affaire d'un moment de passer d'un état à l'autre, se disent-ils. Actuellement, je suis vivant, mais que va-t-il advenir de moi ? De quel droit la personne qui met fin à ses jours peut-elle imposer de telles réflexions à d'autres ? »

Cette conversation me plaisait. J'appréciais la manière pratique et prosaïque dont mon interlocutrice prenait la mesure de cette mort anonyme. Il y avait dans sa voix une dureté qui me poussait à l'écouter. Et c'était un soulagement que d'entendre ces choses-là. Elle me renvoyait les pensées que je ne m'étais pas autorisée à avoir et décrivait très exactement pourquoi j'étais réticente à retourner sur les lieux du drame.

Il m'arrive souvent de penser à la mort en général. J'ai tendance à y voir un exploit, une action d'éclat. Je sais que l'on ne peut y échapper, mais c'est quelque chose de terriblement sérieux, d'affreusement solitaire. La mort me paraît ennoblir l'existence la plus frivole, la moins admirable. Quant à la mort volontaire, elle m'inspire un respect mêlé de crainte par son refus absolu de tolérer l'intolérable. J'admire ce calcul froid, ce refus de vivre dans la crainte et la panique, cette priorité donnée à la décision.

En fait, ce qui m'avait traversé l'esprit sur le chemin du gymnase, en passant devant la station de métro, c'est : « Je ne peux supporter ça. »

Je ne pouvais supporter la détresse dans laquelle se trouvait cette personne, pendant qu'elle me précédait dans la rue, ni la terreur qu'elle avait ressentie tandis qu'elle se tenait au bord du quai, dans l'attente de la rame. Je lui en voulais de rendre sa souffrance et sa mort aussi manifestes et de me les imposer. Elle avait sorti son malheur d'un anonymat rassurant, elle m'avait contrainte à imaginer cette effroyable mort sous mes pieds et cela me plongeait dans la fureur et l'angoisse.

À dire vrai, j'avais eu exactement les mêmes pensées que celles qui sous-tendaient la conversation des deux femmes près de la fenêtre, conversation que j'avais balayée d'un revers de main. Mais je ne me serais pas permis de les exprimer tout haut. Je ne pouvais me résoudre à admettre ces pensées ordinaires, banales, vraies, automatiques, humaines, inévitables, verbalisées avec précaution de manière à ce que le son des mots pût dissiper le malaise. Sachant parfaitement qu'elles ne riment à rien, je préfère les laisser tourner et virer dans le silence entre deux haussements d'épaules exprimant toute la lassitude du monde. Je veux qu'elles restent là, à flotter dans l'air, et qu'elles prennent corps par leur absence même. J'ai honte, je l'avoue, d'être du côté des vivants.

La femme assise en face de moi, avec ses intonations animées et l'intérêt dépassionné qu'on lisait dans son regard, exprimait mes pensées véritables et les faisait paraître acceptables. Elle parlait avec compétence, tel un observateur neutre, des conséquences désagréables d'une mort à notre porte. Et ses yeux, durant tout ce temps, me tenaient sous leur regard, avec une légère lueur d'humour, comme s'ils commentaient, mais sans méchanceté, ma façon de me duper moi-même.

Je m'entendis dire : « J'essaie d'écrire. Mais je n'y arrive pas. Je n'y arrive absolument pas. »

Je retins mon souffle. J'étais horrifiée d'avoir laissé ces mots sortir de ma bouche, mais à présent qu'ils étaient là, entre nous, j'étais certaine qu'elle saurait me faire la réponse adéquate. Je n'avais jamais pensé que la voix rassurante, tranchante, que j'imaginais parfois, serait celle d'une femme. Cela ne m'était pas venu à l'idée. Et maintenant que tel était le cas, cela ne changeait apparemment pas grand-chose.

Elle tapota le bout de sa cigarette sur la table. Il y avait dans son geste une soudaine urgence, comme si elle avait attendu un signal et que, l'ayant enfin reçu, elle pouvait aller de l'avant. Elle remit ses lunettes noires et eut un sourire imperceptible.

« Devez-vous être quelque part ? »

Avec vous, pensai-je.

« Non, pas vraiment.

— Dans ce cas, pourquoi ne pas aller prendre un verre chez moi ? J'habite à deux pas. C'est trop déprimant de rester ici. Tournons plutôt le dos à ce drame et ne le laissons pas avoir prise sur nous. »

Elle prit son sac de cuir noir sous la table et se leva, m'invitant à en faire de même.

« Je m'appelle Diane. »

Nous traversâmes la rue au feu rouge en face du café et elle me guida vers une rue à l'opposé de la station. Si nous nous étions retournées pour regarder dans l'autre direction, nous aurions pu encore voir l'entrée du métro. Mais nous ne le fîmes ni l'une ni l'autre.

L'appartement était aussi soigné que ses ongles. Elle me prépara un verre.

« Trouvez-vous que la mort soit excitante ? interrogea-t-elle en me tendant un scotch bien tassé.

— Sans doute.

— Et de suivre chez elle une femme que vous ne connaissez pas, cela vous excite aussi ?

— Aussi. »

Elle sourit.

« La mort a une façon d'aiguiser nos désirs. Elle nous donne envie de manger de bonnes choses ou d'écouter un morceau de musique sublime. Ou de faire l'amour. D'être dans les bras de quelqu'un et de sentir une chair tiède répondre à notre caresse. La mort est très sensuelle, ne trouvez-vous pas ? Elle a un secret qui nous échappe. Le côté secret du sexe est ce que les vivants peuvent trouver de plus approchant. »

Ai-je dit qu'elle était belle ? Car, de plus, elle était belle. Son visage était un cadre sculpté pour ses longs yeux verts au regard intense. Son corps commençait à trahir son âge, elle avait la peau légèrement relâchée, mais des formes pleines et épanouies. Je n'avais jamais exclu l'idée de faire l'amour avec une femme. Simplement, l'occasion ne s'en était jamais présentée.

Elle me dévêtit avec lenteur, détaillant mon corps puis revenant à mon visage. L'expression qu'elle dut y lire l'autorisait apparemment à ne pas se hâter. Lorsqu'elle eut terminé son tranquille examen, elle ôta ses propres vêtements, tout aussi lentement, afin que j'aie en retour le loisir de la contempler à mon aise. Puis elle me prit dans ses bras. Elle y mit la même passion que Dan, mais c'était différent de lui. Différent de la curieuse manière dont il me baisait, avec hâte, avec rudesse. Une approche longue, lente du plaisir, un étirement du désir. C'était une leçon d'annihilation du temps. Lorsqu'elle me conduisit à son lit, elle avait tissé autour de nous, avec un entrelacs de caresses, un voile qui semblait exclure la lumière. Le monde s'était réduit à une capsule dans laquelle nous n'étions que toutes les deux sur l'étendue blanche de son lit. Et c'était pour cela que nous étions là, pour créer ce voile qui brouillait lumière et temps.

Ses yeux ne m'avaient pas quittée un instant. Ils avaient le même regard amusé et détaché qu'au café. Mais je n'en avais cure. Elle menait le jeu et cela m'émoustillait. Elle faisait monter mon excitation par petites touches, vérifiant ma réaction à ses caresses tandis qu'elle accentuait ou diminuait la pression de ses doigts élégants et de sa belle bouche. Puis elle me prit la main et la guida vers son plaisir. Et tout cela était plus qu'un délice des sens, c'était également la promesse qu'elle pouvait répondre à mon cri. Qu'elle pouvait m'apporter l'énergie et l'assurance que, seule, je ne savais trouver. Chacun de ses gestes, chacune de ses paroles correspondaient à cette personne que j'imaginais et qui semblait maintenant trop lasse pour m'aider.

J'étais étendue, nue, dans ses bras. J'attendais. Il n'y avait aucune urgence. Je sombrais par moments dans le sommeil, écoutant le roulement distant de la circulation, satisfaite par le souvenir du son de sa voix et de la caresse de ses mains. Je ne connaissais d'elle que son nom et le style de son appartement. Cela, joint à sa capacité à me guider dans le désir, me suffisait, en fait, et je n'éprouvais aucune curiosité réelle envers son passé. Maintenant que j'étais comblée, c'était mon futur désormais résolu qui m'intéressait. Elle m'encouragerait et me pousserait à travailler, je le savais, elle comprendrait la nécessité de l'écriture, elle envelopperait mon manque d'assurance dans la couverture de sa force. Il me semblait, à ce moment précis, que j'avais tout. J'avais enfin trouvé la solution à la panique qui menaçait de me submerger. Aujourd'hui encore, je me souviens parfaitement de la qualité de ce moment. C'était, je crois, la première et la dernière fois que j'avais la certitude que tout irait bien à l'avenir.

« Ainsi, tu écris ? »

Sa voix était languide et profonde, les parfums du sexe s'infiltraient dans son murmure.

« Qu'est-ce que tu écris ? »

J'étais nichée entre ses bras et son sein, les narines emplies du mélange violent de son parfum cher et du désir satisfait.

« Des nouvelles, des articles, chuchotai-je, et sans doute bientôt un roman. »

Je retins mon souffle. C'était un moment privilégié, les quelques secondes qui précèdent un changement positif dans une vie.

« Il faut que tu me les montres, dit-elle en me caressant les cheveux. Je suis sûre que c'est très bon. »

Le moment s'était enfui.

Je me redressai et regardai autour de moi. Le soleil de l'après-midi entrait à flots par les hautes fenêtres, colorant de rose les teintes beiges du mobilier. Pourtant, j'avais froid. L'espace d'un instant, je me demandai s'ils avaient remonté le brancard.

« On se connaît depuis deux heures à peine, vous ne pouvez savoir si je suis ou non capable d'écrire. »

Ma réponse glaciale m'étonna tout autant qu'elle dut la surprendre. Elle s'assit à mes côtés et frotta sa joue contre mes cheveux.

« Dans ce cas, il faut que tu me montres ce que tu as fait, afin que je puisse en juger. J'aimerais lire la nouvelle que tu écris en ce moment. Celle qui te donne du mal. Dînons ensemble ce soir. Tu pourras me l'apporter.

— Je ne montre jamais un texte qui n'est pas terminé. Ça n'a aucun sens.

— Alors, dans ce cas, quelque chose de définitif. Apporte-le. Comme ça, je verrai ce que tu fais. »

Elle s'allongea de nouveau. Je commençai à m'habiller. Soudain, tout m'échappait. La réalité se jetait sur mon rêve d'assurance nouvelle et le mettait en pièces.

Je m'entendis dire : « Je ne veux pas parler de mon travail. Ce n'est pas quelque chose qui concerne les autres. On doit le faire seul, sinon il ne vous appartient plus. »

Je savais cela aussi au plus profond de moi, mais dans la surprise causée par la mort, le sexe et le réconfort, je l'avais oublié. Il n'y a pas de solution à la panique et à la peur parce que la panique, la peur — et l'isolement — *sont* l'écriture. Le désespoir avait créé chez moi une nécessité ; celle d'écrire. Je m'en étais nourrie.

Je n'ai toujours été romantique qu'à moitié. Le reste, la part qui en moi continue d'avancer, sait ce que sont les choses et n'échangerait pas la satisfaction que l'on ressent en mettant un point final à un texte contre le réconfort facile de cette voix dans ma tête. J'avais oublié que, dans la vie réelle, les voix ont un corps et des intentions qui leur sont propres — et des appartements, des meubles, des besoins et qu'elles préparent le dîner.

Je la regardai. Elle était allongée sur le lit. Elle me parut fatiguée, terriblement lasse, épuisée, mais ses yeux verts brillaient de la même lueur dure.

« Très bien. » Elle m'observait qui laçait mes chaussures. « D'accord pour un dîner sans ton travail. Nous devons apprendre à mieux nous connaître. Et quand tu seras prête à me le montrer, je pourrai peut-être t'aider. De diverses manières. Je connais du monde. Mais ce soir, entendu : dîner, un point c'est tout. »

Je pris conscience qu'elle ne voulait pas être seule, même si rien, dans le ton de sa voix, toujours calme et unie, ne permettait de le penser. Et pas uniquement ce soir. Je commençai enfin à m'interroger sur sa vie.

« Vous vivez seule ici ?

— Oui. Enfin, maintenant. Il y avait quelqu'un qui habitait avec moi, mais elle n'est plus là. »

La manière dont elle disait cela était si vague qu'il était impossible de situer l'événement dans le temps. Des décennies auparavant, ou seulement quelques heures. J'avais l'impression que l'une de nous deux ne se trouvait plus dans la pièce.

Je me tournai vers la porte.

« Je dois partir, dis-je. Il faut que je retourne écrire. Pour ce soir, je ne suis pas sûre. Cela dépend de la manière dont mon travail va évoluer. Je peux vous appeler un peu plus tard ? »

Elle se redressa et tendit la main vers son paquet de cigarettes. Le téléphone sonna alors qu'elle venait d'en allumer une avec son briquet, mais elle ne fit pas mine de répondre.

« C'est cela, appelle-moi un peu plus tard », dit-elle d'un ton léger, en s'allongeant de nouveau sur le lit. Elle regarda la fumée tournoyer dans un rayon de lumière. Le téléphone continuait son appel d'oiseau mécanique.

« Ça sonne, dis-je.

— Je n'ai pas l'intention de répondre.

— Mais c'est peut-être impor...

— Je sais ce dont il s'agit. »

Elle se leva, se glissa dans un kimono de soie aux couleurs passées, s'éloigna de l'appareil et vint se placer devant la fenêtre. Elle regarda au-dehors. Il n'y avait rien à voir, sauf les maisons de l'autre côté de la rue. Le téléphone continuait de sonner.

« Ça a vraiment l'air important. »

Elle tira sur sa cigarette et tourna légèrement la tête dans la direction d'où nous étions venues. Sous cet angle, la station de métro n'était pas visible.

« Ils auront trouvé mon adresse sur Helen. Elle

devait avoir une lettre ou quelque chose dans sa veste, parce qu'elle n'a pas pris son sac. »

Elle se retourna et regarda en direction d'une chaise, près de la porte, sur lequel un sac fauve à bandoulière était ouvert.

« Je suppose qu'ils appellent pour savoir si quelqu'un de sa famille habite ici. Ils veulent prévenir ses proches. »

Elle s'adressait plus à elle-même qu'à moi. Sa voix toujours égale était presque inaudible, couverte par les sons aigus et insistants du téléphone.

« Tu es sûre que tu ne veux pas venir dîner ce soir ? »

Elle me regardait d'un air interrogateur. Son visage était une sculpture impassible, tout en angles et en plans.

« Vous viviez ici avec Helen ? »

Malgré toute son élégance, la pièce était soudain devenue un désert, un lieu froid et vide que le temps était en train d'user.

« Helen a vécu ici pendant deux ans. Elle est partie cet après-midi. Ce n'était pas quelqu'un d'heureux. J'ai essayé de veiller sur elle, elle avait besoin que l'on prenne soin d'elle. Mais il y a certaines personnes pour lesquelles on ne peut rien. »

Le téléphone avait cessé de sonner pendant qu'elle parlait. Nous le regardâmes l'une et l'autre pendant quelques instants. Le silence était écrasant.

« Je m'en vais, dis-je. Je suis désolée, mais je ne peux rester. »

Elle sourit.

« Il faut que nous nous revoyions. J'aimerais beaucoup lire ce que tu écris. »

Mais j'étais déjà en train de refermer la porte derrière moi.

Traduit par Marie-France Girod

NOTE DE L'AUTEUR

Bien que cette idée aille à contre-courant de la pensée freudienne dans laquelle notre siècle semble englué, je ne crois pas que tout tourne autour *de la sexualité, mais que la sexualité tourne* autour *d'autre chose. Elle est, si vous voulez, une métaphore de la manière dont nous, êtres humains, fonctionnons en société. Aussi, écrire sur des gens qui font l'amour est une manière de dire autre chose sur les individus et leurs relations avec autrui. C'est comme si la sexualité était une cour de récréation, un espace de liberté que nous utilisons tous, à la fois pour notre plaisir et pour mieux faire face à nos autres obsessions, nos peurs et nos désirs. L'assouvissement du désir sexuel est, bien sûr, un plaisir, mais pas seulement. Du moins, je l'espère, car sinon, écrire sur ce sujet présenterait beaucoup moins d'intérêt. Pour cette nouvelle, je me suis souvenue d'un jour où, prenant le métro, je me suis trouvée confrontée à la situation qu'elle décrit. Le reste, avec son mélange de mort, de sexualité et d'insécurité vient de Dieu sait où, comme c'est généralement le cas.*

WENDY LAW-YONE

La soif

Wendy Law-Yone elle-même a mis l'accent sur la juxtaposition naturelle (pour elle) de l'érotique et de l'exotique ; c'est de cette synergie qu'est venue l'inspiration de cette histoire d'initiation sexuelle qui, partant de la question « et si ? », s'applique résolument à y donner une réponse. Audacieuse, intelligente et, en définitive, judicieuse, « La soif » est une fable que ses lecteurs auront du mal à oublier.

C'ÉTAIT la guerre, avec son cortège de peurs irraisonnées — une période où, tout à coup, ce n'était pas tant l'effusion de sang qui m'effrayait que la sécheresse.

Peut-être fut-ce l'incident du Réservoir Rouge qui fit naître ces nouvelles menaces. Au nord, là où les combats étaient le plus acharnés, les rebelles avaient été saisis d'une folie meurtrière et avaient massacré une colonie européenne tout entière, taillant les Blancs en pièces et jetant les morceaux dans le réservoir privé dont l'eau avait viré au rouge. Ce fut sans doute à cause des rumeurs qui suivirent — rumeurs de puits empoisonnés et de canalisations coupées — que je me mis à craindre une pénurie d'eau.

Or, comme si j'étais pressée de voir mes craintes se réaliser, je me mis non pas à économiser l'eau mais à la gaspiller — surtout lorsque Tantine fut partie et que je me retrouvai seule avec lui. Stupéfiant, la vitesse à laquelle je me pris à le déshabiller et à le laver au gré de mon caprice, utilisant l'eau sans compter.

Dire que j'avais eu si peur au début : peur de le toucher, peur de le regarder, même.

Un homme blanc ! À cette époque — les premiers temps de la Libération — tout le monde savait ce qu'on faisait aux Blancs sur le continent. Nous avions tous entendu parler du Réservoir Rouge. Les choses étaient différentes, bien sûr, sur notre île, où personne ne semblait se préoccuper particulièrement des Blancs, ni de quoi que ce soit d'autre. Pourtant la guerre s'était étendue à d'autres îles de l'archipel, et certains disaient que ce n'était qu'une question de temps avant que nous y soyons embarqués à notre tour.

Mais j'avais peur pour une autre raison. Je n'arrivais pas à me libérer de la désagréable sensation que j'étais d'une certaine façon responsable d'un accident.

Car je l'avais vu se produire. Debout sur la véranda ce matin-là, j'avais regardé l'avion tomber. Je ne savais pas que c'était un avion, à ce moment-là. On aurait dit un faucon qui, après une magnifique descente en piqué, avait subitement disparu. L'accident s'était déroulé avec ce silcnce, cette grâce et cette rapidité-là. Dans la fraction de seconde qui avait précédé le brusque piqué, j'avais anticipé toute la scène. *Tombe !* m'étais-je même dit intérieurement. Et — comme ça, tout simplement — le faucon était tombé.

Je n'y repensai plus avant plusieurs heures, quand on amena le survivant à notre bungalow. Là seulement je reconstituai l'incident. Le faucon était en réalité un petit avion qui s'était écrasé quelque part dans les plantations d'hévéas.

Il entra, allongé sur une civière de fortune en

bambou. Notre bungalow se trouvait sur la colline qui dominait le *kampong*, le village, en contrebas. Depuis la véranda je regardais la petite troupe remonter le chemin sinueux qui, débouchant des plantations, dépassait le *kampong* et franchissait les portes du village au pied de la colline.

« Il est tombé du ciel ! criait un garçon du *kampong*. Comme un dieu ! »

Ils le déposèrent sous l'arbre de mousson. Il aurait parfaitement pu être un dieu — immense et endormi, mais rayonnant. L'arbre était couvert de fleurs — signe que la mousson était proche — et des grappes de fleurs dorées pendaient au-dessus de lui, pareilles à des lanternes cérémonielles. Ses cheveux étaient dorés eux aussi, mais plus foncés que les fleurs ; très épais et raides. Une légère brise soufflait, irrégulière, dévoilant des parcelles de son crâne qui paraissaient tendres comme des blessures. Il portait une veste kaki à manches courtes — le genre avec plein de poches — et un short de la même couleur. Dans la lueur des lanternes fleuries tout son corps chatoyait comme si on l'avait saupoudré de mica ou de poudre de verre.

Le spectacle d'un tel rayonnement avait quelque chose de mortifiant.

L'homme qui dirigeait le sauvetage — un Chinois à l'élocution rapide — exposa les faits à Tantine, qui jouait les sourdes. Elle affichait un visage renfrogné ; c'était le stratagème qu'elle employait dans les situations délicates. Et il s'agissait bien tout à coup d'une situation délicate — un accident qui mettait en jeu un homme blanc à une période où les Blancs se faisaient massacrer dans le Nord. Sans parler de tous les autres soucis que lui causait la guerre.

Mécontent d'être contraint de se répéter, le Chinois criait presque. L'homme qui gisait sans connaissance sur la civière était quelqu'un d'important, ne cessait-il de dire. Un conseiller. Il était venu pour donner un coup de main à la milice locale. Le Chinois avait l'air de sous-entendre qu'il était de notre devoir — à Tantine et à moi — de l'accueillir. Je comprenais pourquoi. J'étais la seule métisse de la région, la seule à avoir, pour ainsi dire, un lien de sang avec l'étranger. Dans ces conditions, il ne fallait guère s'étonner qu'ils nous aient amené l'Européen dans l'attente que nous l'hébergions.

« Mettez-le à l'intérieur ; vous pouvez le laisser ici », déclara enfin Tantine, en pointant son menton vers moi pour me faire signe de leur indiquer le chemin. Je compris à ce geste qu'elle me rendait responsable de ce fardeau.

Les hommes soulevèrent la civière et me suivirent à l'intérieur. Je les conduisis à ma chambre. Je repoussai la mince couverture qui couvrait le mince matelas, et tandis qu'ils hissaient le blessé sur le lit, je fus soudain troublée par la pensée que cet homme était peut-être mon père et qu'il était venu à ma recherche — l'instant d'après, toutefois, je me rendais à l'évidence : c'était bien sûr impossible.

Quand les hommes furent partis, Tantine resta à la porte, gardant ses distances, pendant que j'examinais l'étranger. Une bosse à un genou et une coupure à la tempe au-dessus de l'oreille droite — qui expliquait les traces de sang desséché sur sa joue — constituaient apparemment ses blessures visibles les plus graves.

Tantine pensait que je devais essayer de le réveiller. Cela nécessitait que je le touche. Je posai ma paume sur la fine ride qui plissait son front. Comme le dos de ma main paraissait brun et mat à côté de ses cheveux aux pâles reflets ! Je le secouai par les épaules et lui donnai même des gifles. « Plus fort », ordonna Tantine, non sans méchanceté, me dis-je. Je le secouai plus violemment mais ne pus me résoudre à le gifler plus fort. Chaque claque laissait une zébrure sur sa peau. Au bout d'un moment, il remua le bras et la jambe comme dans un sommeil normal — et lorsque le docteur arriva, on put noter un léger mieux : il bougea, son visage se convulsa, il se tourna de côté et d'autre sous l'effet du délire, il ouvrit même les yeux pendant de brefs instants ; et quand je lui soulevai la tête pour lui faire manger sa première cuillerée de porridge au riz, il l'avala. Mais la plupart du temps il dormait.

Le docteur était un vieux musulman qui boitait et respirait difficilement. Avec la guerre qui faisait rage, les médecins étaient rares et ceux des îles étaient mis eux aussi à contribution. Le vieil homme avait fait le trajet à pied depuis l'extrémité sud de l'île et paraissait au bord de l'évanouissement après un tel effort. Il plaça une main sur la poitrine du patient, la tapota avec son autre main, plia les coudes et les genoux du patient, lui fourra un thermomètre sous l'aisselle, lui écarta les paupières. (Une nouvelle fois, je fus frappée par la somptueuse couleur de ces yeux, la couleur d'une bague que j'avais vue au doigt d'un marchand chinois. Un saphir bleu pâle.)

« Coma, décréta enfin le docteur, en grattant distraitement la moisissure de son stéthoscope.

— Coma ? s'étonna Tantine. Mais il se réveille de temps en temps. Il mange même du riz bouilli.

— Une sorte de coma », précisa le vieil homme. Il tendit à Tantine un flacon de calmant, habituellement prescrit pour les coliques infantiles. Quand elle l'interrogea sur le dosage, il éluda. « Quand nécessaire, répondit-il. Mais pas trop souvent. » Il descendit l'escalier d'un pas hésitant, s'agrippant à la rampe, comme paniqué.

Au début c'était Tantine qui décidait ce qu'il fallait faire. *Donne-lui une cuillerée de jus de noix de coco. Maintenant attends. Maintenant essaie une cuillerée de riz. Maintenant tourne-le sur le côté. Plie l'alaise sous son corps. Maintenant retourne-le de ce côté. Déplie l'alaise par-derrière. Va chercher le gant et la bassine.* Elle me regardait faire d'un air dégoûté tout en donnant ses ordres. Mais il n'était pas question qu'elle le touche.

Et pourquoi l'aurait-elle fait ? Aussi loin que je me souvenais, elle avait toujours parlé des hommes blancs comme d'une sale race. C'étaient des brutes, toujours à prendre, toujours à vouloir davantage ; c'étaient des menteurs, qui affirmaient une chose quand ils pensaient le contraire, et ne disaient la vérité que si la vérité leur permettait d'obtenir ce qu'ils souhaitaient. Et ils sentaient mauvais.

En fait elle n'avait connu de près qu'un seul Européen : mon père. Mais apparemment la marque qu'il avait laissée suffisait à entacher toute une race.

Sa faute était d'avoir abandonné ma mère alors qu'elle était enceinte de moi, après l'avoir bercée de mensonges. Des mensonges selon lesquels il la ramènerait avec lui dans une ville qui s'appelait Anvers, puis — lorsqu'il quitta le pays tout seul

— d'autres mensonges selon lesquels il la ferait venir plus tard, une fois qu'il serait installé.

Ma mère n'était pas originaire de l'île. Sa famille était du continent, de la zone sèche, où son père travaillait dans les champs pétrolifères dirigés par des Hollandais comme mon père. Ce ne fut qu'après le départ de mon père qu'elle vint dans cette île — où Tantine, sa sœur, habitait — pour avoir son bébé.

Je n'étais pas encore sevrée quand, par une nuit de pleine lune, elle me déposa sur le sol dans un couffin en osier pour aller se noyer dans la mer.

Mais, en même temps que la rancœur, je percevais chez Tantine une fierté inavouée à l'égard de mes origines à demi blanches. « Elle est métisse ! » déclarait-elle, triomphante, quand quelqu'un s'étonnait de mon épaisse chevelure bouclée. Les livres représentaient une autre de ses concessions. Elle n'acceptait de me voir lire que l'anglais et le hollandais.

Ce n'était pas la première fois que j'avais la charge d'un malade. Moins de deux ans auparavant, le père de Tantine, Old Papu, devenu grabataire, avait, durant les derniers mois de sa vie, réclamé des soins constants. J'effectuais alors la garde de nuit (Tantine étant à bout de forces) et je m'étais habituée au bassin et autres soins intimes.

Mais avec cet homme c'était différent. Même à l'état de veille, il n'était pas assez dispos pour coopérer autrement qu'en ouvrant la bouche quand on le nourrissait ou en remuant les bras et les jambes quand on le changeait. Et encore ne parvenait-on pas toujours à le nourrir. L'étroite surveillance exercée par Tantine ne facilitait guère les choses. Et le simple fait de lui éponger le corps constituait une épreuve qui me mettait en sueur, même si j'étais généralement seule pour cette opération — Tantine ne prenait pas la peine de superviser.

Mais, avec la pratique, les choses s'améliorèrent. J'appris à remédier aux petits accidents (j'avais même confectionné une sorte de pagne qui simplifiait le nettoyage) ; et j'acquis une certaine habileté à le nourrir et à lui faire sa toilette.

À ce moment-là, les toilettes auxquelles je procédais étaient partielles et tout ce qu'il y a de plus ordinaires. Et indispensables. Malgré la promesse des arbres de la mousson, les pluies n'étaient toujours pas arrivées et la chaleur suppurait, vous démangeant comme un furoncle sur le point d'éclater. À l'intérieur, même toutes fenêtres ouvertes, les rares souffles d'air apportaient une vapeur brûlante qui faisait fumer les lattes du plancher. Dehors, la chaleur vous terrassait avec une force à vous couper le souffle.

Je commençais à comprendre ce que Tantine voulait dire à propos des Européens et de leur odeur corporelle. Forte et acide, elle évoquait l'odeur de la sève de palmier fermentée. Même si vous aimiez l'arôme de la sève, comme c'était mon cas, ce n'était pas quelque chose à laisser se développer.

Plus il faisait chaud, plus il était nécessaire de l'éponger. Quand Tantine partit faire ses achats mensuels sur le continent, les pluies avaient déjà beaucoup de retard et la chaleur était devenue si intolérable que je fus soulagée de pouvoir le tamponner à ma guise, sans être observée, avec une fréquence qui aurait pu alarmer ma tante.

À dire vrai, je mourais d'impatience de la voir s'en aller. Elle n'avait pas plus tôt embarqué que je passai aux choses sérieuses. Je remplis d'eau chaude la bassine en zinc, et la portai, assortie du gant, à son chevet. Auparavant, je lui avais ôté ses vêtements — le short et la chemise kaki — et les avais remplacés par un des vieux sarongs de Papu, que j'avais simplement posé, tel un drap, sur son ventre. Cela facilitait la toilette. Enlevant le sarong, je vis alors pour la première fois à quoi ressemblait son corps, étendu là sur l'alaise, entièrement dévêtu.

Il était immense. Et très poilu. Des écheveaux emmêlés de fils dorés recouvraient sa poitrine, son ventre, ses bras, ses jambes ; les fils, plus foncés aux aisselles, étaient quasiment noirs au niveau du bas-ventre, où ils formaient un nid épais, autour de la partie la plus ahurissante de son corps. Contrairement aux organes génitaux d'Old Papu, tout ratatinés et décolorés comme des fruits flétris, les siens semblaient s'épanouir fermes et mûrs, et présentaient une peau d'une belle couleur saine : épaisse sur le scrotum, elle était si fine sur la verge que les veines ressortaient comme autant de traits d'encre.

J'avais prévu de lui administrer une bonne friction au savon. Tantine était partie, j'étais seule, et je ne risquais rien. Mais le simple fait de me tenir au-dessus de son corps dévoilé, libre d'en inspecter à volonté le moindre centimètre carré — le simple fait de prendre cette secrète liberté m'affolait complètement. Et si jamais il reprenait connaissance, et que ses yeux bleus, pleins de confusion, se braquaient sur moi tels des projecteurs ?

Je l'épongeai ; je m'appliquai même à ne pas éviter le nid. Mais je ne m'attardai pas ; j'accomplis cette besogne comme à l'ordinaire — avec promptitude, regardant à peine, presque entièrement au toucher.

Normalement, Tantine aurait dû rentrer par le dernier ferry, tard dans la soirée. Lorsque le bateau arriva, déposant ses quelques passagers, et qu'elle ne figurait pas parmi eux, je sus qu'il s'était produit quelque chose de grave. Avec la guerre qui se rapprochait — les crépitements des coups de feu nous parvenaient désormais par-dessus les vagues —, elle avait manifesté une extrême inquiétude à l'idée de me quitter, ne serait-ce que pour la journée. Elle ne m'aurait certainement pas abandonnée pour la nuit.

Je rentrai à la maison pour attendre. J'envisageai de descendre au *kampong*, mais bientôt la nuit tomba et je renonçai — mais non parce que je craignais pour ma sécurité : personne au *kampong* ne m'aurait touchée ; pas même les garçons plus âgés qui travaillaient sur le continent et étaient revenus en visite. L'un d'eux — un fanfaron facétieux qui se mettait trop d'huile de coco dans les cheveux — m'en avait un jour expliqué la raison.

« Ne t'en fais pas, m'avait-il dit quand je lui avais confié ma peur d'emprunter la route du *kampong* la nuit. Personne n'oserait te toucher.

— Je ne suis pas si belle que ça, avais-je répondu, pensant qu'il me flattait.

— Pas si belle que ça, non, avait-il répliqué en riant. Je veux dire, personne ne te toucherait parce que tu es maudite. »

Je m'assis sur le perron et contemplai le scintillement des lumières du *kampong*, continuant à attendre ma tante alors que je savais depuis longtemps qu'elle ne reviendrait pas cette nuit-là. Quand les lumières se furent éteintes une à une, je rentrai dans la maison pour gagner la chambre de Tantine où je dormais par terre sur une natte depuis le jour de l'accident, lorsque j'avais cédé mon lit à l'homme qui s'y trouvait maintenant. En l'absence de Tantine, délaissant ma natte, je m'étendis sur son lit. Les clameurs du *kampong* s'étaient apaisées pour la nuit ; les palmiers cliquetaient, mais délicatement, sous la brise qui s'était enfin levée après la chaleur étouffante de la journée. Pourtant, ce n'était pas une nuit pour dormir. Je me levai et me rendis dans ma chambre, où la grande silhouette immobile emplissait mon lit. Dans le clair de lune, qui entrait à flots par la fenêtre ouverte, ses cheveux et les poils de sa poitrine prenaient un aspect phosphorescent, comme l'écume certains soirs.

Je m'assis au pied du lit, lasse mais parfaitement réveillée. La lune me fit penser à ma mère. C'était par une nuit comme celle-là qu'elle était allée se noyer. Tantine m'avait raconté une histoire qui me revenait à présent.

Pendant la grossesse de ma mère, la zone sèche, où étaient concentrés les gisements de pétrole, et où ma mère tenait à l'époque la maison de mon père, connut une terrible sécheresse. C'était la plus grave pénurie d'eau depuis des années, et les Européens eux-mêmes étaient soumis au rationnement. C'est là que se déclencha la première des grèves dans les raffineries, et qu'éclatèrent les émeutes. Dans la tourmente des jours suivants, les robinets du quartier européen refusèrent catégoriquement de couler, et on ne voyait pas trace du moindre vendeur d'eau.

Ma mère avait gardé juste assez d'eau potable pour quelques jours.

« Pendant trois jours elle préleva du bidon juste ce qu'il fallait pour humecter ses lèvres, dit Tantine. Pendant que ton père sifflait l'eau avec insouciance. Et elle était là, un enfant dans le ventre, elle qui n'était guère plus âgée qu'une enfant. Plus tard, quand il partit et qu'il la laissa, elle me raconta la sécheresse. Je fulminai : “ Espèce d'idiote ! Et si la sécheresse avait continué ? Qu'est-ce qui se serait passé ? ” Alors, avait-elle répondu, elle se serait fait une entaille dans la chair pour lui donner son sang à boire. »

Ma mère — morte à seize ans — devait avoir exactement mon âge au moment de la sécheresse. Et mon père ? Quel âge avait-il à ce moment-là ? Le même âge, si ça se trouvait, que l'homme blessé étendu là devant moi ? « Quel âge avez-vous ? » chuchotai-je, bien que ce fût inutile. Tout à coup, le clair de lune me glaça la peau et ma tête se mit à tourner sous l'effet de l'épuisement. Je m'allongeai à ses côtés, me pressant tout contre son corps. Au bout d'un moment, desserrant le sarong qui lui recouvrait la taille, je me blottis contre lui et nous enveloppai dans la toile, comme dans un cocon.

Quand je me réveillai, j'avais le soleil dans les yeux et un goût amer dans ma bouche desséchée. J'avais rêvé de sécheresse. Les rebelles, dans le rêve, avaient coupé les canalisations d'eau, et j'étais bloquée sur une plage, avalant avec des haut-le-cœur des gorgées d'eau salée.

J'avais toujours la tête appuyée sur sa poitrine. Mon cou était raide, et quand j'entrepris de le masser je m'aperçus que j'avais les doigts mouillés. Mais pourquoi donc ? J'explorai la surface de son ventre et là, au bas de l'abdomen, ma main rencontra la zone mouillée. L'humidité provenait de l'extrémité de son sexe, qui reposait à l'horizontale — plus gonflé que je ne me le rappelais — en travers de sa cuisse. Je touchai le liquide, qui était clair et légèrement visqueux. Il n'avait pas d'odeur. Mais il avait un goût légèrement salé.

Quelqu'un du *kampong*, un des fils du chef, m'apporta dans la journée des nouvelles de Tantine. Sur le continent, où elle était allée faire ses courses, la police avait procédé à une rafle, appréhendant les gens près de l'appontement. Elle faisait partie des personnes retenues.

Retenues. Qu'est-ce que ça voulait dire, exactement ? Combien de temps la garderaient-ils là-bas ? Le fils du chef ne sut me répondre. « Pas trop longtemps », dit-il, aussi vague que le docteur. Mais la nouvelle qu'il m'annonça ensuite m'affecta davantage encore.

« Comment va le Tuan ? » demanda-t-il, en indiquant ma chambre d'un mouvement de tête. J'avais oublié qu'il faisait partie des hommes présents le jour de l'accident — y avait-il seulement deux semaines de cela ?

« Mieux, mentis-je, beaucoup mieux. » Ce n'était pas tout à fait un mensonge. Au moins il avait repris connaissance ; au moins nous pouvions l'alimenter ; au moins il était vivant.

« Pas à s'inquiéter ! s'exclama le fils du chef. Après-demain ils viennent le chercher pour l'emmener à l'hôpital. »

La nouvelle me bouleversa, et l'espace d'un instant ma vue se brouilla. Regardant par-dessus l'épaule de l'homme en face de moi, il me sembla que les graciles palmiers qui se dressaient derrière lui formaient des angles plus étranges encore que ceux qui bordaient la plage, où ils poussaient presque à l'horizontale.

« Il n'est pas prêt ! » faillis-je m'écrier, mais je me retins. L'homme se serait posé des questions.

Je n'étais pas prête. Je voulais le garder auprès de moi, comme il était, même si sa santé ne s'améliorait pas. Une fois qu'il serait parti, il n'y aurait plus rien pour me séparer du gouffre qui n'attendait que de m'engloutir tout entière. La guerre allait atteindre notre île, je n'en doutais plus à présent. Les torrents vireraient au rouge, tout comme ce réservoir dans le Nord. Ma tante — comme ma mère, comme mon père — ne reviendrait jamais me chercher. Et il y aurait une sécheresse.

Plus que deux jours ! Je n'arrivais pas à quitter son chevet. Je ne pouvais pas le supporter. Rien n'avait plus d'importance, sinon le besoin, le besoin irrépressible, de le garder en otage. Je ne négligeai pas de lui faire manger son riz bouilli — ni de me nourrir des restes. Je ne négligeai pas sa toilette non plus. Plus rien d'autre ne comptait pour moi. Rien.

Quand vint la nuit, je me mis au lit avec lui, me glissant dans son sarong une fois encore. Je voulais me reposer mais éviter de dormir. J'eus pourtant du mal à combattre la somnolence que provoquait le murmure régulier de la mer. M'efforçant de demeurer éveillée, je me mis à fouiller entre ses jambes. Presque aussitôt, mes doigts furent mouillés.

Le jour venu, quand je pus voir, je ne pensai qu'à entretenir le flux de liquide — ce liquide qui surgissait goutte à goutte par la coupure qui barrait le chapeau de son sexe en forme de champignon. La première fois que je me penchai pour le goûter à la source, je le fis avec le plus grand soin, comme si je suçais le nectar d'une aubépine. Mais bientôt, mue par quelque vorace appétit, je me fis téméraire et je me mis à genoux pour lui faire face sans cesser de le traire. Je n'avais jamais joui d'un tel pouvoir sur un autre être — il était là, à mes pieds, dévoilé, inconscient, entièrement à ma merci. Et s'il ouvrait brusquement les yeux et posait sur moi ce regard vague, un regard fort peu aimable, fort peu humain en vérité ? Et si mon ventre se mettait à gargouiller ? Il en aurait fallu bien davantage pour m'arracher à ma tâche, à l'extraction obstinée de ce suc qui jaillissait sans relâche — par perles minuscules il est vrai ; mais le miracle, c'était qu'il jaillissait sans relâche.

À peine avais-je léché une gouttelette que, tel un ruisselet de sève, il en apparaissait une autre par la fente entaillant la chair tendre. Un petit pétrissage, un petit frottage, et *hop !* le liquide suintait. Était-ce son goût légèrement salé qui déclenchait en moi cette soif irrépressible — une soif que le seul fait de boire ne suffisait pas à étancher ? À maintes reprises je me levai pour aller prendre l'air. Et pour absorber de grandes gorgées d'eau. Je lui donnai à boire à lui aussi — autant que je pouvais en juger, la soif s'était également emparée de lui : ses lèvres étaient blanches et desséchées aux commissures. Non, je n'oubliais pas ses besoins. Je pensai même à lui donner son riz, à raison d'une ou deux bouchées à la fois. Mais la position verticale m'était très pénible. Frappée de vertige, le pas lourd, je me déplaçais comme sous l'empire du délire, ne rêvant que de rejoindre le lit, et cette petite larme d'humidité qui perlait de son sexe.

C'était ça qui me désaltérait. Ça. Et non l'eau tiède et insipide que je buvais interminablement.

Comment s'étonner que j'en fusse venue alors à me caresser moi aussi entre les jambes, en rythme avec l'écoulement régulier de sa sève ? J'avais une certaine habitude du plaisir solitaire. Peut-être, si les choses avaient été différentes, si quelqu'un du *kampong* — n'importe qui — avait osé me toucher, peut-être n'aurais-je pas déjà appris à me masturber avec autant de dextérité. Mais personne ne l'avait fait ; c'était donc moi qui m'en étais chargée. Combien de fois m'étais-je campée devant la fenêtre de ma chambre et m'étais-je caressée, mon sarong relevé sur le ventre, pendant qu'un mâle innocent, objet de mon désir enflammé, vaquait à ses occupations dans le *kampong* en contrebas ! Même quand ces mâles — au demeurant, fort nombreux — levaient par hasard les yeux et m'apercevaient dans l'encadrement de la fenêtre, ils ne pouvaient deviner à la vue de mon buste la nature des activités auxquelles je me livrais plus bas. Des adolescents maigrichons, des hommes bedonnants — tout était bon. Un jour, j'avais jeté mon dévolu sur un vieil hindou qui, vêtu d'un pagne en loques, se penchait pour entasser des fagots. Cette fois-là je m'étais sentie plus honteuse encore que d'habitude après coup. Mais la honte ne diffère guère d'un bloc de glace : dure à avaler, mais seulement l'espace d'un désagréable instant. Ensuite elle fond, elle disparaît.

Étant donné mes connaissances préalables, je n'eus pas trop de mal à me caresser d'une main et à entretenir de l'autre le suintement de son sexe — tout en me débrouillant pour le lécher en même temps. Durant toute l'opération, je restai fascinée par le bout rose et luisant de cette protubérance si étrange, molle un instant et suffisamment dure celui d'après pour que je sente sous mes doigts le battement des veines. À la fin je renonçai à lécher pour sucer carrément, en cadence avec la succion qui s'exerçait entre mes cuisses juste avant l'arrivée du long tressaillement.

À la nuit tombée, mon abandon était total. J'ôtai tous mes vêtements — chose que je n'avais jamais faite en sa présence — déposant mon sarong sur le sien, qui gisait en tas sur le sol, là où je l'avais jeté. Me penchant pour examiner son visage, je constatai qu'il avait les yeux ouverts : ils fixaient un point juste derrière moi, avec l'expression horrifiée d'un homme qui contemple un fantôme. Regardait-il mes cheveux, me demandai-je — mon abondante tignasse bouclée ? Puis il ferma les yeux comme pour chasser la vision troublante qu'il avait eue.

Je me hissai sur le lit et m'agenouillai à côté de lui, face à ses pieds. L'atmosphère dans la pièce était si chaude et si confinée que je percevais l'odeur de ma propre transpiration — une odeur aigre et écœurante — en même temps que les effluves familiers émanant de son corps. Les symptômes rappelaient singulièrement ceux de la fièvre — transpiration, souffle court, déshydratation. J'allais spontanément m'abreuver à son sexe. De la même façon que je gaspillais l'eau tout en redoutant la sécheresse, je revenais systématiquement pour apaiser ma soif à cette source salée qui me desséchait la gorge.

En me rasseyant après m'être penchée sur lui pour boire à sa fontaine, je m'accroupis accidentellement sur sa main, qui reposait paume en l'air, doigts repliés, le long de son flanc. Cet attouchement, si léger qu'il fût, m'excita terriblement et, sans pour autant interrompre ma succion, je n'eus rien d'autre à faire que de me balancer régulièrement d'avant en arrière sur sa main en corolle pour accéder à ces sommets de plaisir d'où l'on voudrait ne jamais redescendre. Je projetai mon corps en avant et ma tête retomba à ses pieds. Au bout d'un certain temps je me retournai et, taquinant sa main du bout de mon nez, je découvris sur ses doigts une substance gluante, qui ressemblait fort à celle qui mouillait les miens. Nos sécrétions avaient-elles aussi le même goût ?

Elles avaient le même goût. Je voulais lui faire goûter les deux. Essuyant sa main trempée sur un de mes seins, j'en portais le mamelon à sa bouche et le pressai contre ses lèvres. Puis, frottant mon deuxième sein contre le bout humide de sa verge, je recommençai avec celui-là ce que j'avais fait précédemment avec l'autre.

J'avais à présent tellement soif que j'avais du mal à avaler. Je plaquai mes lèvres sur les siennes et me mis à explorer sa bouche — je tournai ma langue autour de la sienne, la glissai le long de ses dents, la faufilai entre ses gencives et ses lèvres. Son haleine sentait le moisi et sa salive avait une saveur aigre-douce. Cette combinaison me mit l'eau à la bouche. M'en prenant alors successivement à ses deux oreilles, je leur chatouillai le lobe et plongeai ma langue dans leur conduit, afin d'y goûter l'amertume du cérumen. Je passai ensuite à ses aisselles, enfouissant mon nez dans la touffe âcre de leurs poils ; puis, parcourant sa poitrine et son ventre, je descendis lécher son nombril ; de là, enfin, je partis à la découverte des mystères de son sexe.

Je n'avais jamais léché ses testicules auparavant. Et voilà que je passais à présent ma langue sur ses bourses, sur leur peau poilue et ridée, avant de les soulever pour les lécher également dessous, suivant la ligne qui rejoignait son anus. Je m'arrêtai au bord, pour reprendre mon souffle ; puis, lui pliant les jambes et lui séparant les fesses, j'enfonçai ma langue dans l'orifice, aussi loin que possible.

Un goût sombre et amer m'envahit le palais ; le goût d'une plante vénéneuse, peut-être — de quelque oignon sauvage non comestible. Cette découverte donnait le vertige. Je voulus le soumettre à quelque chose de comparable. C'est alors que j'entrepris de m'asseoir à califourchon sur sa figure. Je m'installai à genoux face à lui, écartant les jambes au maximum pour que le centre même, le cœur même de cette fente dissimulée entre mes cuisses soit largement ouvert et repose directement sur sa bouche. Nous échangions maintenant un long baiser mouillé ; ou plutôt c'étaient mes lèvres — ces autres lèvres — qui l'embrassaient, barbouillant sa bouche de leur salive. *Goûte !* dis-je, en appuyant plus fort, en tournant plus vite, en embrassant plus profond. Je mourais de soif. Je mourais, mourais… et dans les affres des frissons qui m'écartelaient au-dessus de son visage, j'eus un aperçu de l'incroyable sensation de renoncement et de langueur que procure le plaisir extrême mêlé à la douleur.

Au bout d'un moment j'éprouvai des picotements sur ma peau et, avant même de la voir, je sentis la lumière qui baignait mon corps, une lumière qui me glaçait plus qu'elle ne me réchauffait. J'ouvris les yeux sur la bouille ronde de la lune, qui me contemplait, emplissant ma fenêtre.

Je ramassai mon sarong et le nouai autour de mon buste. Dehors, je demeurai un instant sur la véranda pour absorber la nuit : les ombres et les contours indigo des toits du *kampong*, les formes tordues des palmiers et le bord de mer au tracé indistinct. Comme tout était calme — pas une brise, pas une bruine pour briser le sortilège et laisser entrer la mousson. Les fleurs jaunes de l'arbre s'étaient épanouies et fanées dans une éclosion de fausses promesses.

La lune n'était plus si proche à présent ; elle s'était retirée dans le ciel, d'où elle répandait son sentier de lumière. Ce sentier rectiligne menait directement de la véranda à la mer, en empruntant le plan incliné. Je me mis en marche sans la moindre hésitation ; rien ne me paraissait plus naturel ou plus inévitable que de me laisser guider par son rayon. Je le suivis jusqu'au rivage. Devant moi le sentier scintillait comme un tapis de bienvenue, déroulé en mon honneur sur la surface de la mer. Je fis un premier pas dans les vagues. C'était facile, un jeu d'enfant. Tous les courants sous-marins semblaient m'encourager.

Mais juste avant de pénétrer dans les vagues je me retournai — je ne sais pourquoi — pour faire quelques pas le long de la plage... et je m'aperçus que le rayon me suivait. Je m'arrêtai, changeai de direction — le rayon de lune était toujours là, à mes côtés. Faisant brusquement demi-tour une nouvelle fois, je me mis à courir ; là encore, le rayon m'accompagna.

Où que j'aille le long de la plage, le sentier de lumière s'accrochait obstinément à mes talons.

Ce n'était pas la lune qui commandait — au

contraire, elle m'obéissait —, c'était moi qui guidais son rayon ! Je m'élançais de-ci de-là, m'immobilisant et redémarrant, et je sentis le vertige me gagner, à tournoyer ainsi autour de la lune.

Quand je n'eus plus la force de courir, je repris le chemin de la maison, la mer derrière moi, la lune dans mon sillage.

C'était le moment de l'éponger. Je ne l'avais pas prévu ; je ne pensais pas que je reviendrais. Et pourtant voilà, j'étais rentrée à la maison, à temps pour procéder à sa dernière toilette.

Je n'avais pas pensé non plus que je pourrais faire cette autre chose. Mais celle-là aussi je la fis.

Je le laissai partir.

Traduit par Anouk Neuhoff

NOTE DE L'AUTEUR

Quand j'ai commencé cette histoire, c'est à son cadre qu'il m'a fallu réfléchir ; dans une nouvelle érotique, l'action, somme toute, est évidente. J'ai grandi sous les tropiques, mais ce n'est pas uniquement pour cela que je les ai choisis ici comme toile de fond. C'est plutôt à cause de la puissante vision des tropiques élaborée par des écrivains comme Conrad, Orwell, Melville, Malraux, etc. Tous ont décrit cette région — donnant parfois d'elle une représentation aussi brillante que fausse — comme un lieu ou règnent une chaleur et une torpeur mythiques qui détruisent la bienséance, sapent la moralité et érodent la volonté. C'est à eux que je dois d'avoir pris une île tropicale pour décor de ma nouvelle. Où donc, sinon dans la moiteur de la jungle, un tel retournement des règles habituelles pouvait-il avoir lieu ? Où donc, sinon sous les tropiques, l'exploitation d'un être humain par un autre pouvait-elle se produire si illicitement ?

Ce sont là de vieux stéréotypes tropicaux, certes. Mais pourquoi les combattre ? Pourquoi plutôt ne pas les inverser ? « La soif » est ma version de ce qui se passe lorsqu'une indigène audacieuse prend en charge un chevalier blessé.

BEA WILDER

Eh bien, petit frère !

Le charme de ce monologue pétillant d'humour s'allie merveilleusement bien à son évocation de la tendresse qui peut naître entre deux nouveaux amants que la proximité a poussés dans les bras l'un de l'autre. Bea Wilder, comme Susan Dooley, fait le portrait d'une femme bien dans son corps qui connaît et apprécie son pouvoir de donner et de recevoir du plaisir... et sa jubilation est, me semble-t-il, contagieuse.

J'AI perdu ma virginité il y a vingt ans, dans un endroit connu sous le nom de cité de la Fraternité. Cela explique sans doute mon penchant pour les frères de mes amies. Ou peut-être est-ce dû au fait que je n'en ai jamais eu, venant d'une famille exclusivement féminine composée de trois sœurs plus jeunes, d'une mère dominatrice et d'une chatte capricieuse et replète. J'ai toujours été littéralement fascinée par l'idée d'avoir des garçons dans la maison, que j'aurais pu toucher, câliner et embrasser, en tout bien tout honneur, naturellement. Si bien que lorsque Carolyn m'invita à la campagne en plein mois d'août, mon premier mouvement fut de refuser. J'avais déjà prévu d'aller voir jouer les Red Sox le dimanche suivant avec un vieux copain, et l'idée d'affronter les embouteillages ne me souriait guère. Mais elle avait laissé entendre aussi qu'à l'occasion de son anniversaire, dans leur chalet familial, elle comptait également sur la présence de son frère Jonathan, qui habitait New York. C'était en réalité, bien qu'elle n'en eût aucunement conscience, justement l'argument qu'il fallait pour me décider, ce samedi-là, à faire le plein et à prendre la route au petit matin.

C'est chose courante, à Cambridge, de se refiler les anciens copains, voire les ex-maris, ou de sortir avec les frères et autres cousins, mais Carolyn n'avait rien dit de particulier. Je savais seulement que Jonathan avait environ quarante-cinq ans et qu'il était libre. Cela me suffisait cependant et la perspective de m'offrir un spécimen en chair et en os fraîchement débarqué de la Grosse Pomme me tint en haleine durant tout le trajet sur l'autoroute du Nord, en direction du New Hampshire. Les indications qu'elle m'avait données se révélèrent exactes et, dans le temps prévu, à la minute près, je quittai la route 69 pour prendre le chemin de terre cahoteux conduisant, en haut d'une colline, à la propriété de sa mère. Aucun autre véhicule n'était visible. Je me rappelai avoir entendu Carolyn mentionner que la maison serait peut-être vide à mon arrivée, car elle devait aller acheter des provisions avec sa mère. On attendait des hordes d'invités pour la soirée d'anniversaire, il importait donc de profiter de la paix du moment. J'ai déchargé mon sac de voyage, mon cadeau d'anniversaire, ma raquette de tennis et poussé la porte d'entrée de la cuisine. J'ai posé mon matériel et découvert, au-delà du living-room, une jolie terrasse qui, face à la montagne, offrait un panorama spectaculaire. Je me suis alors aperçue que je n'étais pas seule. Un bruit de cartes à jouer qu'on battait provenait du coin repas, où une grande silhouette barbue semblait absorbée dans une réussite. J'ai toussoté nerveusement. Il s'est levé en souriant. Il avait des yeux bruns opaques et un sourire tendre.

« Vous êtes sans doute l'amie de Carrie. Je suis Jonathan. »

Son air réservé et timide m'a quelque peu déroutée, mais j'ai réussi à répondre : « Oui, c'est moi, Jean. Que dois-je faire de mes bagages ? »

Du coup, il a perdu contenance et a vaguement indiqué le living-room en disant de les laisser là pour le moment. Puis il a repris sa réussite. J'ai balbutié quelques banalités concernant la vue magnifique, auxquelles il a docilement acquiescé. J'ai alors annoncé que je sortais sur la terrasse pour jeter un coup d'œil dehors. Il m'y a rejointe quelques minutes après, et nous avons entamé une conversation décousue où il était question de Carrie et de sa mère, parties faire des courses et qui ne tarderaient pas à revenir, de la facilité avec laquelle j'avais trouvé la maison, des parties de tennis que j'espérais disputer, de son documentaire sur un célèbre démocrate disparu et de mon étude sur les problèmes du quart monde. Il avait l'air gentil, sensible et modeste, très différent de sa sœur, et juste au moment où je sentais monter les prémices d'une tendre attraction, le bruit strident d'un moteur a mis un terme brutal à mon début d'exaltation. Carolyn et sa mère étaient de retour.

Nous nous sommes tous retrouvés dans la cuisine. Carolyn s'est extasiée sur ma célérité, Mme Steel a exprimé l'espoir que nous pourrions jouer au tennis avant la grosse chaleur de l'après-midi. Nous nous sommes tous mis à ranger les bouteilles et les boîtes de conserve. Personne ne m'a présenté Jonathan. On a servi le café sur la terrasse. Chacun plongé dans son journal, nous émettions de temps à autre un commentaire au hasard d'un article intéressant. Je me sentais un peu bizarre, à l'écart de cette atmosphère familiale. Jonathan était silencieux, mais son attitude détachée n'était pas dépourvue de charme et stimulait ma curiosité et mon intérêt. Nos regards se sont croisés à plusieurs reprises, et nous avons ri au même moment d'un jeu de mots que Carolyn n'a pas saisi. Au bout d'un moment, Carolyn m'a annoncé qu'il était temps de porter mon sac de voyage dans la chambre du premier qu'elle m'avait dévolue, face à celle de Jonathan. Elle préférait pour sa part loger dans une pièce du sous-sol aménagée en chambre. Elle m'a fait faire rapidement le tour des lieux, m'a indiqué où poser mon sac, puis nous nous sommes tous mis en tenue de tennis pour nous retrouver sur le court près de la maison. Jonathan et sa mère jouaient contre Carolyn et moi.

Cette femme n'a pas loin de quatre-vingts ans, figurez-vous, et Jonathan a prétendu qu'il jouait rarement, mais ils nous ont battues à plate couture. J'ai très mal joué, contrairement à mon habitude. Il est vrai que je pensais davantage à l'effet que produiraient sur Jonathan mes longues jambes bronzées qu'à la trajectoire de la balle. Heureusement, il faisait trop chaud pour jouer longtemps, et nous sommes rentrés à la maison pour nous mettre en maillot de bain. Carolyn voulait me montrer le petit lac. Sa mère a préféré rester à la maison pour préparer une salade au poulet, et Jonathan est venu nager avec nous. Malgré la chaleur, la température de l'eau était glaciale. Nous nous sommes contentées, Carolyn et moi, de faire trempette et de nous asseoir sur un rocher pour bavarder. Jonathan est resté dans l'eau jusqu'à la taille, histoire de rafraîchir ses kilos superflus, et j'ai écouté avec un enthousiasme feint Carolyn faire le récit assommant des vacances de leur enfance.

Il faisait toujours aussi chaud quand nous avons décidé, d'un commun accord, d'aller faire la sieste. Il était à peu près deux heures, et les invités étaient attendus pour cinq heures et demie. Carolyn est descendue dans sa chambre, je suis montée dans la mienne et me suis écroulée toute nue sur mon lit. Impossible de dormir, en réalité. Je me demandais où était Jonathan et je guettais le bruit de ses pas dans l'escalier. Il m'est venu à l'idée qu'une petite masturbation m'aiderait à soulager la tension que je ressentais. Mais je n'étais pas sûre de vouloir la soulager. De plus, les ressorts du lit grinçaient atrocement. En compensation, je me suis mise à fantasmer, à imaginer qu'il allait entrer dans la chambre, me prendre dans ses bras et me lécher partout. J'étais si excitée qu'il devenait urgent de trouver une solution. Après m'être léché les doigts, j'ai pincé doucement le bout de mes seins, durs comme des pointes de diamant, je les ai laissés courir sur mon ventre, jusqu'aux abords humides et touffus de ma fente. J'ai pressé mon clitoris, d'abord violemment, puis en douces pressions concentriques. En quelques secondes, je ressentais les spasmes du plaisir affluer dans tout mon corps, jusqu'à mes orteils. J'espérais ne pas avoir gémi trop haut. J'ai roulé sur le lit, les seins pressés sur les draps de coton, ravie de pouvoir me donner seule tant de plaisir, et je me suis endormie.

Je me suis éveillée en sueur, complètement désorientée. J'avais peur d'avoir dormi toute la soirée. J'ai enfilé mon maillot de bain pour descendre voir l'heure. La pendule de la cheminée indiquait quatre heures et demie. Jonathan était à l'autre bout du living-room, en train de lire. Il a levé la tête : « Vous n'avez pas l'intention de vous habiller ? a-t-il demandé en souriant.

— Si, bien sûr. Je suis seulement descendue voir l'heure. Je m'étais endormie, et j'avais peur qu'il ne soit affreusement tard, ai-je réussi à répondre.

— Et pourquoi devrait-elle s'habiller ? s'est exclamée sa mère, surgissant à l'improviste par la porte entrouverte. Si j'avais cette allure en maillot de bain, je ne porterais jamais rien d'autre. Elle n'est pas aussi grassouillette que toi et moi, Jon », a-t-elle ajouté.

Jonathan a rougi ostensiblement et a marmonné je ne sais quoi à propos d'une douche qu'il devait prendre. Il est passé tout près de moi, et j'avais envie de le prendre dans mes bras pour lui montrer que j'étais de son côté, contre la grossièreté des mères en général, pour lui dire que je ne chercherais jamais, moi, à le mettre dans un tel embarras. Mais naturellement, je me suis contentée de m'écarter pour le laisser passer. Puis Mme Steele a repris : « Venez donc m'aider à présenter les hors-d'œuvre, mon petit. Carolyn est partie à la recherche de mon chat, qu'on n'a pas vu de la journée. Elle ne rentrera que lorsqu'elle l'aura trouvé. »

Je me suis emparée d'un plateau de crudités, du Boursin et des biscuits, je les ai répartis sur les petites tables basses. Après quelques échanges de politesses avec l'ennemi — j'étais invitée chez elle après tout —, je suis remontée me préparer.

Je suis descendue vêtue de ma combinaison à pois noirs et blancs. (On m'avait dit un jour qu'elle ressemblait à un costume de clown mais je la trouvais très chic.) Je portais des sandales dorées. L'oncle de Carolyn, un célèbre sinologue, venait d'arriver avec sa femme. Carolyn était avec eux sur la terrasse, dans une superbe robe de madras rouille. Elle avait une allure folle. Elle nous a présentés les uns aux autres et nous a demandé de nous servir à boire. J'étais en train de sortir les glaçons quand une meute de cousins est entrée avec force cris et embrassades. J'ai fait main basse sur les bouteilles de vodka et de tonic et j'ai rejoint le sinologue, dont le nom venait d'être donné à un bâtiment de Harvard. Il était très âgé. Sa femme était occupée dans un coin avec les cousins, je me suis donc assise à ses côtés et lui ai posé des questions sur notre entourage. Nous avons bavardé longtemps, et Mme Steele est venue à plusieurs reprises me proposer discrètement de me remplacer pour que je puisse me mêler aux autres, mais j'étais parfaitement satisfaite de mon sort.

Je voyais Jonathan de l'autre côté de la terrasse, et il n'avait pas l'air très à l'aise. C'était pourtant l'occasion rêvée pour lui de faire son petit effet en public, car la première partie de son documentaire allait passer à la télévision dans un mois. De son côté, Carolyn papillonnait frénétiquement de groupe en groupe, et n'a pas tardé à ouvrir enveloppes et cadeaux. Le vieux sinologue m'a raconté que le père de Carolyn lui manquait, en raison surtout de son intelligence brillante, qui faisait défaut un jour comme celui-ci. Puis il s'est mis à dodeliner du chef, et j'ai décidé de me mettre en quête d'une salle de bains. Quand j'en suis sortie, bonne surprise ! les invités partaient, à l'exception d'une vieille tante célibataire, invitée à rester pour partager le canard et la partie de bridge, « parce que Carrie ne veut jamais jouer ». J'en ai déduit que ma participation et celle de Jonathan étaient sous-entendues. Carolyn étant en grande conversation avec un cousin du Connecticut, je me suis aventurée dans la cuisine pour aider à mettre le couvert dans la salle à manger.

À ma grande surprise, le canard était délicieux. Mme Steele était une artiste, mais sa cuisine, pas plus ici qu'à Cambridge, ne présentait aucun des signes prometteurs d'une grande cuisinière. La partie de bridge n'était pas mal non plus, puis nous nous sommes offert l'innocent plaisir d'un amusant échange de potins, tandis que Carolyn faisait la vaisselle. Mais, juste au moment où je commençais à me sentir à l'aise avec sa famille, Carolyn annonça son intention d'aller se coucher. Il n'était guère plus de dix heures, mais, prétextant avoir mal dormi la nuit précédente, elle nous remercia encore de nos cadeaux et disparut dans les profondeurs de sa chambre. La partie terminée, Mme Steele se retira à son tour et Jonathan fut chargé de raccompagner la tante chez elle. Je n'étais pas fatiguée le moins du monde, mais je me surpris cependant à frissonner d'un sentiment d'abandon. Je sortis sur la terrasse en faisant mentalement une petite prière pour que Jonathan rentre me tenir compagnie. Après plusieurs dizaines de minutes qui m'ont semblé interminables, la porte d'entrée s'est ouverte et refermée, et je l'ai entendu se déplacer dans la cuisine. La fenêtre coulissante de la terrasse s'est ouverte, il est sorti, s'est assis derrière moi et a allumé un joint. J'ai fait pivoter mon fauteuil et nous sommes restés l'un en face de l'autre à nous dévisager.

« Vous en voulez ? » a-t-il offert en me tendant la

cigarette. Je n'avais pas fumé de hasch depuis des lustres et je n'aimais d'ailleurs pas particulièrement ça, mais je ne voulais le vexer en aucune façon. J'ai donc tendu la main et pris une bouffée.

« Comment avez-vous trouvé les fadas de Jésus ? » a-t-il demandé. Devant mon air ahuri, il m'a gratifiée de l'histoire des cousins dont j'avais fait la connaissance dans la soirée. Ils avaient apparemment découvert les manigances de Satan et s'étaient engagés dans les rangs de la Grande Assemblée de Dieu. Je me suis mise à rire en lui disant que je ne les avais pas remarqués, mais que j'en avais des spécimens équivalents dans ma propre famille. Il a ri à son tour et nous avons tiré une autre bouffée du joint. Il a montré du doigt la direction de leur maison, de l'autre côté du pré, et nous avons fait semblant de percevoir des bruits de rites sataniques, ce qui nous a fait rire de plus belle. On aurait dit deux vilains gamins faisant des bêtises après que les adultes sont allés se coucher. J'avais un délicieux sentiment d'interdit — le même sentiment que j'aurais rêvé d'avoir avec un frère imaginaire. J'avais soudain une envie folle de me coucher sur le banc près de son fauteuil et de mettre ma tête sur ses genoux, mais je me suis contentée de lui demander si je pouvais boire une gorgée d'eau glacée dans son verre.

J'ai tout bu, puis j'ai proposé d'aller chercher de l'eau à la cuisine. J'étais un peu ivre, mais j'ai réussi à aller jusque-là. Je venais juste d'ouvrir la porte du frigo quand j'ai senti sa présence derrière moi. Il a posé sa main sur la mienne et a refermé la porte. Je me suis retournée, et il m'a presque plaquée contre le frigidaire en m'embrassant d'une manière absolument inoubliable. Ce fut d'abord timide et hésitant, puis, à mesure que nous nous détendions et trouvions notre rythme, nous nous sommes étreints à bras le corps en nous embrassant à pleine bouche pendant ce qui m'a semblé une éternité. Je suppose qu'une partie de l'effet produit provenait du hasch, mais je puis dire en toute franchise que je n'avais jamais embrassé quelqu'un de la sorte auparavant. Jonathan a pris mon visage entre ses mains, puis il m'a entraînée par la main vers un vaste fauteuil du living-room. Nous nous sommes à nouveau embrassés tant et plus. Je sentais tout mon corps répondre et réclamer davantage. Je lui ai pris la main pour la placer sur un de mes seins. Il s'est arrêté de m'embrasser pour regarder où il devait la poser. Puis il a délicatement pincé le mamelon et m'a roulé sa langue dans l'oreille.

« Tu es belle », a-t-il gémi.

Je haletais, j'ai agrippé sa chemise, j'ai senti la douceur de sa peau et il a laissé échapper une douce plainte. Puis il m'a murmuré à l'oreille : « Monte la première, ouvre ta porte et referme-la. Quand tu m'entendras monter, faufile-toi sans bruit jusqu'à ma chambre. »

J'ai tâché de me redresser pour dire sans conviction : « Mais, Jonathan, je crois que nous ne devrions rien faire d'obscène dans la maison de ta mère.

— Rien ne nous y oblige, a-t-il murmuré. Mais tu ne veux pas qu'on continue à s'embrasser ?

— Oh, si ! ai-je acquiescé. Allons-y ! »

J'ai suivi ses recommandations à la lettre : je suis rentrée chez moi pour le guetter, puis j'ai ouvert sans bruit ma porte, j'ai traversé le couloir à pas de loup jusqu'à sa chambre. Il était allongé sur son lit, torse nu. Je mourais d'envie de poser mes seins sur sa poitrine. Comme s'il avait lu dans mes pensées, il s'est acharné fébrilement sur les boutons de ma combinaison pour ménager une ouverture frontale. J'étais nue dessous. Il m'a longuement caressé les seins et nous sommes restés collés l'un à l'autre pendant plusieurs minutes. Puis il m'a demandé assez naïvement : « T'attendais-tu à ce que cette journée s'achève ainsi ?

— Je l'espérais. Pas toi ?

— Si. Mais il est rare que Carrie et moi aimions les mêmes personnes, a-t-il expliqué.

— Comme elle ne s'est pas montrée particulièrement chaleureuse à mon égard aujourd'hui, c'est bon que tu le sois, ai-je murmuré en tendant la main pour lui caresser le sexe.

— Mmm », a-t-il grogné en m'aidant à défaire sa braguette et à poser ma main sur son membre gonflé. Puis il a écarté ma main en disant : « J'ai peur de jouir trop vite, concentrons-nous un peu sur toi pour le moment. »

Il a effleuré mes seins puis, très doucement, a caressé mon ventre et mes cuisses. Je me sentais tout humide et j'ai failli crier quand il m'a touché le clitoris avec un doigt tout en m'en glissant un autre dans le vagin. Il a ressorti ce doigt, l'a posé sur mes lèvres pour me rappeler de garder le silence. J'ai senti sur sa main l'odeur de ma liqueur intime, ce qui m'a excitée de plus belle. Il m'a planté sa langue dans la bouche et nous nous sommes embrassés de nouveau, puis sa langue a suivi le chemin tracé par son doigt, autour de mes seins, sur mon ventre jusqu'à ma fente dégoulinante. Il m'a délicatement suçotté le clitoris en introduisant le doigt dans mon vagin, et je me suis cramponnée à sa tête en chavirant dans un orgasme d'une intensité inégalée. Des vagues de frissons parcouraient tout mon corps arc-bouté, jusqu'à l'extrémité de mes orteils. Après avoir joui, je me suis sentie détendue, heureuse, j'avais chaud partout. Il a recommencé doucement à me brouter les seins, caressant en même temps ma touffe humide, et j'ai posé la main sur son pénis un peu moins dur. Il m'a pris les doigts, les a léchés avant de les reposer sur son sexe que j'ai caressé lentement. « Touche mes boules », a-t-il demandé dans un souffle, et il a laissé échapper un gémissement de plaisir lorsque je les ai prises en main.

Quelques gouttes de sperme brillaient sur le bout de son gland, et je sentais l'excitation me gagner à nouveau. Je lui ai léché longuement la poitrine, comme lui me l'avait fait, puis j'ai titillé l'extrémité de son dard jusqu'à ce qu'il me supplie de le prendre. J'ai continué cependant à caresser son pénis en n'en léchant que la pointe alors qu'il tentait de s'introduire dans ma bouche. Je l'ai ressorti pour le serrer entre mes seins. « Prends-moi, prends-moi », gémissait-il. Je l'ai empoigné pour le frotter contre les pointes durcies de mes seins, puis je l'ai remis dans ma bouche, je l'ai sucé de haut en bas en prenant garde de ne pas le toucher avec mes dents. De sa main libre, il a retrouvé ma rosette, et nous nous sommes débattus jusqu'à ce que je sente poindre son sperme. Il était délicieux, j'ai adoré son goût de soupe chinoise. Nous sommes restés enlacés très longtemps, puis j'ai senti qu'il cherchait sa montre. Nous avons regardé ensemble les aiguilles lumineuses. Il était trois heures et demie. J'allais être une vraie loque au match de base-ball du lendemain matin si je ne me décidais pas à dormir un peu, mais je ne pouvais le laisser partir. Il m'a de nouveau embrassée, nous avons entremêlé nos langues. Puis il m'a doucement soulevée pour me porter sans bruit jusqu'à ma chambre. Il m'a déposée sur le lit et a posé ses lèvres sur ma touffe en disant : « Tu as une merveilleuse petite chatte. » J'avais encore envie de lui, mais je savais qu'il nous fallait arrêter. « Voilà donc ce que tu appelles ne rien faire d'obscène dans la maison de ta mère, ai-je murmuré.

— Il n'y a pas eu pénétration », a-t-il dit en souriant. La seconde suivante, il était parti. Repue, j'ai sombré dans un profond sommeil.

Le lendemain matin, je n'ai eu que le temps de me doucher, m'habiller, faire mes bagages en toute hâte, saluer, remercier, goûter les muffins anglais à la table du petit déjeuner où tout le monde était déjà réuni quand je suis descendue. Nous avons échangé quelques regards furtifs, Jonathan et moi, et au moment de partir, il m'a accompagnée jusqu'à la voiture pour porter mon sac. Il a déposé celui-ci dans le coffre et m'a regardée sans mot dire mettre le moteur en marche. J'ai baissé la vitre en clignant de l'œil.

« Ton numéro est dans l'annuaire, j'espère ! m'a-t-il demandé. Bon retour.

— Oui », ai-je répondu.

Eh bien, petit frère ! me dis-je en rejoignant la route principale.

Traduit par Claudine Richetin

NOTE DE L'AUTEUR

J'ai écrit cette nouvelle un an après le week-end dont elle s'inspire librement. C'est une réflexion anniversaire sur les débuts d'une mémorable histoire de cœur, légèrement revus et corrigés par le fantasme — mais la réalité était déjà bien agréable. Au cours de ma vie, j'ai aimé plusieurs amis de mes frères et je reste fascinée par la relation frère-sœur que je commence tout juste à comprendre.

BARBARA GOWDY

À cent cinquante millions de kilomètres de la terre

On peut nouer des relations avec des inconnus et on peut nouer aussi d'étranges relations. Dans « À cent cinquante kilomètres de la terre », Barbara Gowdy mêle les deux possibilités en y ajoutant un paradoxe : l'intimité que crée la distance. C'est dans cet espace, suggère-t-elle, que nous pouvons trouver une occasion inattendue d'être le plus complètement nous-mêmes. À cette idée, déjà intéressante en elle-même, s'en ajoute une autre, tout aussi provocante : la plupart des femmes auraient une tendance naturelle à l'exhibitionnisme qui est, suppose Gowdy, « un effet secondaire de notre rôle de récepteur pendant l'amour ». Mais sa conclusion, où elle rappelle que le désir réserve toujours des surprises, est irréfutable.

Si Ali avait épousé Claude, un chirurgien esthétique à la carrière prometteuse, c'était, en partie, parce que cela lui permettait de quitter son ennuyeux poste de fonctionnaire. Claude était complètement pour. « On ne vit qu'une fois, avait-il affirmé. Il faut savoir saisir la chance quand elle se présente. » Il lui avait alloué une généreuse allocation et dit d'en faire ce qu'elle voulait.

Elle n'était pas sûre de savoir exactement ce que cela signifiait, en dehors de faire du shopping dans les boutiques de luxe. Claude avait suggéré quelque chose de musical — elle aimait la musique —, alors elle avait pris des cours de danse et de piano et découvert qu'elle n'avait pas d'oreille et aucun sens du rythme. Elle avait sombré dans une légère dépression pendant laquelle elle avait agressivement questionné Claude sur les fondements éthiques de son métier.

« Tout dépend de quel point de vue on se place », avait-il répondu. On ne l'irritait pas si facilement. Ce dont Ali avait besoin, en avait-il conclu, c'était d'élargir ses connaissances.

Elle était tombée d'accord là-dessus. Elle avait décidé d'apprendre et s'était fixé un programme d'études et de lectures, cinq jours par semaine, cinq à six heures par jour. Elle lisait des romans, des pièces de théâtre, des biographies, des essais, des revues, des almanachs, le Nouveau Testament, le dictionnaire, l'anthologie de poésie Harper.

Mais, au bout d'un an, bien qu'elle fût désormais connue dans les dîners comme celle qui savait toujours le nom ou la date qu'on avait sur le bout de la langue, elle n'était pas particulièrement heureuse et ne se sentait même pas intelligente. Bien au contraire, elle se trouvait stupide, une machine, une idiote savante qui n'avait pour tout talent qu'une bonne mémoire. Si elle possédait un quelconque don *artistique* — la seule chose qu'elle admirait vraiment —, ce n'était pas en s'abrutissant avec des faits qu'elle allait le découvrir. Elle devint légèrement paranoïaque et crut que Claude voulait qu'elle s'installe dans son rôle d'épouse et lui fasse un enfant.

Quelques jours après leur second anniversaire de mariage, ils achetèrent un appartement aux grandes baies vitrées et Ali abandonna son programme de lectures pour se mettre à la peinture. Comme elle ne connaissait rien aux arts plastiques, elle étudia dans les livres d'art. Elle savait en tout cas ce qu'allait représenter sa première œuvre : un nu d'elle-même. Quelques mois plus tôt, elle avait rêvé qu'elle apercevait sa signature au bas d'un tableau ; elle se rendait compte, en écoutant la conversation d'hommes qui admiraient la toile (et lui bouchaient la vue), qu'il s'agissait d'une extraordinaire représentation de son corps nu. Elle avait considéré ce rêve comme prémonitoire. Pendant plusieurs semaines, elle étudia les proportions, le rendu de la peau et des muscles dans ses livres, puis elle sortit s'acheter du matériel de peintre et une psyché.

Elle s'installa au milieu de la salle à manger. Là, elle avait de la lumière sans être directement face à la fenêtre. Quand elle fut prête à commencer, elle se mit devant le miroir et retira sa robe de chambre en velours blanc et son pyjama en flanelle rose, les laissant glisser à terre. Cela l'excita un peu de contempler ses vêtements éparpillés sur le sol. Elle essaya une pose : les mains croisées et légèrement posées sur son ventre, les pieds enfouis dans les plis de sa robe de chambre.

Cependant, pour Dieu sait quelle raison, elle n'arrivait pas à avoir une vision claire d'elle-même. Son visage et son corps semblaient flous, cachés d'une certaine manière, comme s'ils avaient eu des contours bien nets mais pas pour elle, ou pas selon cet angle de vue.

Elle décida qu'il fallait simplement se lancer et voir ce qui arrivait. Elle fit un dessin au crayon de son corps étendu sur une chaise. Il lui parut très bon, non qu'elle pût vraiment en juger, mais les erreurs de proportions semblaient miraculeusement voulues et il y avait une simplicité plaisante dans le mouvement des bras et la courbe étirée du cou. Comme la flatterie n'avait pas été son intention première, Ali eut l'impression qu'elle avait peut-être enfin réussi à extirper une vision de son âme.

Le matin suivant, elle se leva inhabituellement tôt, juste après le départ de Claude, et s'aperçut que les rayons du soleil tombaient obliquement dans la salle à manger, se glissant entre leur immeuble et celui d'à côté. À sa connaissance, c'était la seule lumière directe dont ils bénéficiaient en dépit des baies vitrées. Elle décida d'en profiter tant qu'elle le pouvait et plaça le chevalet, la chaise et le miroir près de la fenêtre. Puis elle retira sa robe de chambre et son pyjama.

Pendant quelques minutes, elle s'observa, cherchant à comprendre ce qui avait pu inspirer son dessin. Aujourd'hui elle était prête à ne pas se juger trop mal, globalement. Cependant, en ce qui concernait certains détails, ses petits seins, par exemple, ou ses yeux trop rapprochés, elle restait indécise.

Est-ce que les autres avaient un avis tranché sur son physique ? Claude lui disait toujours qu'elle était belle, mais il le disait d'une telle manière — « Tu es belle à mes yeux », ou « Je te trouve belle » — qu'il lui donnait l'impression que ses critères esthétiques étaient très personnels. Son seul amant avant Claude, un type qui s'appelait Roger, lui avait dit qu'elle était superbe, mais sans préciser en quoi exactement. Quand ils faisaient l'amour, Roger aimait tenir la base de son pénis et le regarder aller et venir en elle. Un jour, il lui avait raconté qu'au bureau il était parfois tellement excité que même son crayon le faisait bander. Elle pensait qu'un taille-crayon aurait été plus approprié.

Elle posa ses mains sur sa poitrine. Le long du sillon entre ses seins, une goutte de sueur glissait par saccades. Elle massa ses globes jusqu'à ce que les pointes se durcissent et imagina des mains masculines — pas celles de Claude : des mains masculines attachées à personne en particulier. Elle leva les yeux vers la fenêtre.

Dans l'appartement d'en face, un homme la regardait.

Elle se précipita derrière le rideau. Son cœur battit à tout rompre, mais un instant seulement, comme si quelque chose avait tonné tout près, quelque chose de dangereusement proche. Elle essuya son front en sueur sur le rideau, puis, sans jeter un regard vers la baie vitrée, retourna devant son chevalet, prit sa palette et son pinceau et commença à mélanger la peinture. Elle s'observa dans le miroir, bien qu'elle n'eût pas l'intention de reproduire le coloris de sa peau. Elle voulait quelque chose de plus pur. Du blanc avec juste une pointe de rose, comme le reflet irisé d'une bulle de savon.

Ses touches étaient brèves et légères pour que la peinture ne bave pas. Elle aimait l'effet, cela dit... on avait l'impression que la femme était couverte de plumes. La peinture éclaboussait son corps, mais elle résista à la tentation d'enfiler une chemise. La pièce semblait surnaturellement blanche et aérienne ; les baies vitrées brillaient derrière la psyché. La proximité des fenêtres lui donnait la sensation extatique de se trouver au bord d'un gouffre.

Quelques minutes avant de perdre la lumière directe, elle termina la peau de la femme. Elle posa sa palette et plongea son pinceau dans la térébenthine, puis elle mit de l'essence sur un chiffon et essuya la peinture qui tachait ses mains et avait coulé sur ses hanches et ses pieds. Elle songeait au soleil. Elle se disait qu'il était à cent cinquante millions de kilomètres de la terre et que ses réserves d'énergie dureraient cinq autres milliards d'années. Au lieu de penser à l'homme qui l'observait, elle essaya de se souvenir d'un graphique qu'elle avait mémorisé quelques années plus tôt.

La température de la terre est de six mille degrés Fahrenheit en surface, se disait-elle. Si on double ce chiffre, on obtient la différence de superficie entre la terre et le soleil. Mais, comme le soleil est une boule de gaz chaud, il n'a pas vraiment de surface.

Quand elle se fut nettoyée, elle alla dans la cuisine pour enlever la térébenthine avec de l'eau et du savon. Les yeux de l'homme la suivaient. Elle n'avait pas besoin de regarder par la fenêtre pour le savoir. Elle alluma la lumière au-dessus de l'évier, elle frotta un torchon avec du savon et entreprit de se laver. Ses bras étaient propres, mais elle les leva l'un après l'autre et les savonna de même que ses seins. Elle semblait épouser le regard de l'homme, comme si elle se voyait à travers lui. Depuis son angle de vue, elle pouvait distinguer très clairement son propre corps — ses cheveux brillants aux reflets doux, sa poitrine menue et ses fesses en forme de cœur, l'inclinaison rêveuse de sa tête.

Elle frissonnait. Elle essora le torchon et le plia sur le robinet, puis se sécha avec une serviette. Alors, faisant semblant d'examiner ses ongles, elle marcha droit vers la fenêtre. Elle leva les yeux.

Il était là. Un quart d'heure plus tôt, en l'apercevant, elle avait remarqué des cheveux noirs et une chemise blanche. Maintenant elle découvrait un visage long, pas très jeune… la cinquantaine peut-être. Une cravate verte. Elle l'avait déjà entrevu — des images décousues, anodines (du moins l'avait-elle cru) d'un homme dans sa cuisine, qui regardait la télévision ou passait de pièce en pièce. Le célibataire d'en face. Elle posa les paumes de ses mains sur la baie vitrée et il recula dans l'ombre.

La vitre s'embua sous son souffle. Elle appuya tout son corps contre la fenêtre, écrasant ses seins sur le verre froid. Dans cette position, l'homme pouvait la voir, mais aussi les habitants de l'appartement inférieur aux stores baissés. « Chaque fenêtre comme un pilori », pensa-t-elle. Des vers vaguement appropriés de poèmes qu'elle avait lus l'année précédente lui traversaient tout le temps l'esprit. Elle sentait qu'il la regardait encore, mais elle voulait en être sûre.

Quand il devint évident qu'il ne se montrerait pas, elle alla dans sa chambre. Les fenêtres de la pièce ne donnaient pas sur son immeuble, mais elle les ferma quand même, puis se mit sous les couvertures. Entre ses jambes, le battement était si régulier qu'elle dut placer un oreiller sur son con.

Les obsédés sexuels doivent connaître ce genre de sensation, pensa-t-elle. Les violeurs, les agresseurs d'enfants.

Elle se dit : « Tu es une vraie exhibitionniste », et éclata d'un rire étonné, presque triomphant, mais sombra immédiatement dans un étonnement plus douloureux en s'apercevant qu'elle était... qu'elle *était* effectivement une exhibitionniste. Mieux, elle en était une depuis des années, ou plus exactement, elle s'était exercée à en devenir une depuis des années.

Pourquoi, par exemple, Claude et elle vivaient-ils ici, dans ce petit immeuble sans caractère ? N'était-ce pas à cause des baies vitrées qui donnaient sur l'appartement d'en face ? Et quand elle avait douze ans, n'avait-elle pas été si obsédée par l'idée d'uriner sur la pelouse des voisins qu'un soir, elle était sortie en catimini de la maison pendant que tout le monde dormait et qu'elle avait effectivement pissé sur leur gazon — sous la lumière du réverbère, en fait ?

Et, deux ans plus tôt, n'avait-elle pas arrêté de porter des sous-vêtements pendant tout l'été ? Elle avait alors une légère infection urinaire et elle avait lu qu'il valait mieux, quand on le pouvait, ne pas mettre de culotte chez soi, mais elle avait cessé d'en porter aussi en public, sous ses jupes et sous ses robes, dans les soirées, dans les bus, et elle avait dû savoir qu'elle allait un peu trop loin puisqu'elle n'en avait pas parlé à Claude.

« Oh, mon Dieu », dit-elle avec désespoir.

Elle s'immobilisa, frappée par le son théâtral de sa voix. Son cœur battait dans sa gorge. Elle porta le doigt à son cou. Si fragile. Elle imagina que l'homme était excité par ses mains posées sur son cou.

Que se passait-il ? Que lui arrivait-il ? Peut-être était-elle trop excitée pour se scandaliser de son attitude. Elle bascula les hanches, frottant son sexe contre l'oreiller. Non, elle ne voulait pas se masturber. Cela gâcherait tout.

Gâcherait quoi ?

Elle ferma les yeux et l'homme lui apparut. Elle ressentit une violente bouffée de désir. C'était comme si, toute sa vie, elle avait attendu un quinquagénaire au visage long, à la chemise blanche et à la cravate verte. Il était probablement encore dans sa salle à manger, devant sa fenêtre.

Elle s'assit et repoussa les couvertures.

Retomba sur son lit.

Elle était folle. Elle était vraiment folle. Et s'il s'agissait d'un violeur ? Et si, à l'instant même, il se trouvait au rez-de-chaussée en train de chercher son nom sur les boîtes aux lettres ? Et si c'était simplement un homme seul, normal, qui avait pris son exhibition pour une invite ? Elle n'avait pas envie de sortir avec lui. Elle ne cherchait pas un amant.

Pendant une heure environ, elle se tortura l'esprit, puis elle sombra dans le sommeil. Quand elle se réveilla, un peu après midi, elle se sentait plus calme. Son angoisse de tout à l'heure lui sembla exagérée. Elle avait excité un type, et alors ? Elle était légèrement exhibitionniste... comme la plupart des femmes, elle était prête à le parier. C'était une réaction instinctive, une conséquence de leur rôle de réceptacle dans les rapports sexuels.

Elle décida de déjeuner et de faire une promenade. Tandis qu'elle se préparait un sandwich, elle évita de se tourner vers la fenêtre, mais, dès qu'elle fut assise à table, elle ne put résister.

Il n'était pas là, et pourtant elle avait le sentiment qu'il l'observait, tapi dans l'ombre. Elle passa la main dans ses cheveux. « Pour l'amour de Dieu », se réprimanda-t-elle, mais elle était déjà avec lui. À nouveau, elle avait l'impression que ses yeux se trouvaient dans la tête de l'homme, sans pour autant remplacer les siens. Il souhaitait qu'elle glisse ses mains dans son pantalon, elle le savait. Elle le fit. En regardant la fenêtre, elle retira sa main et lécha ses doigts mouillés. À cet instant, elle aurait donné n'importe quoi pour être sûre qu'il la regardait.

Au bout de quelques minutes, elle commença à se ronger les ongles. Elle se sentait soudain déprimée.

Elle se pencha, tira le rideau et mangea son sandwich. Sa bouche, en mordant dans le pain, tremblait comme celle d'une vieille femme. « Tremblait comme un coupable surpris », déclama-t-elle. Mais il ne s'agissait pas de culpabilité, ni de frustration sexuelle. Elle connaissait cette tristesse blanche — elle la ressentait après une émotion intense... après l'orgasme, après une journée passée à faire du shopping.

Elle termina son sandwich et sortit faire une longue promenade dans son caleçon neuf et son pull à col roulé moulant noir. Lorsqu'elle rentra, Claude était à la maison. Il lui demanda si elle avait travaillé à son nu.

« Bien sûr, dit-elle distraitement. Il le faut. » Elle regardait derrière lui les rideaux tirés de l'appartement d'en face. « Claude, demanda-t-elle soudain, est-ce que je suis belle ? Je veux dire, pas seulement pour toi. Est-ce que je suis objectivement belle ? »

Claude eut l'air surpris. « Eh bien ouais, répondit-il. Bien sûr. Bon sang, je t'ai épousée, non ? Hé ! » Il recula. « Ououah ! » Elle retirait ses vêtements. Quand elle fut nue, elle lui dit : « Ne me regarde pas comme ton épouse. Simplement comme une femme. Une de tes patientes. Est-ce que je suis belle, oui ou non ? »

Il fit tout un cinéma en la détaillant de la tête aux pieds. « Pas mal, commenta-t-il. Évidemment, ça dépend de ce qu'on entend par " belle ". » Il éclata de rire. « Qu'est-ce qui t'arrive ?

— Je suis sérieuse. Tu ne me trouves pas... ordinaire, quelconque ? Tu sais ?

— Bien sûr que non », affirma-t-il avec amour. Il s'approcha et la prit dans ses bras. « Tu veux une preuve tangible ? » Ils passèrent dans la chambre. Comme elle avait laissé les rideaux tirés, la pièce était plongée dans l'obscurité. Elle alluma la lampe de chevet, mais Claude l'éteignit après s'être déshabillé.

« Non, dit-elle, allongée sur le lit, laisse-la.

— Quoi ? Tu veux de la lumière ?

— Pour changer. »

Le lendemain matin, elle se réveilla avant lui. Elle avait à peine dormi. Durant le petit déjeuner, elle ne cessa d'observer l'appartement d'en face, mais l'homme ne se manifesta pas. Ce qui ne signifiait pas forcément qu'il était parti. Elle avait envie que Claude s'en aille pour pouvoir s'en assurer. Elle était rongée par l'idée qu'elle avait surestimé ou mal interprété l'intérêt de l'homme. Qu'en savait-elle ? Il était peut-être homosexuel. Il était peut-être si amoureux d'une femme que toutes les autres lui répugnaient. Il était peut-être puritain... prêtre ou témoin de Jéhovah. Il était peut-être fou.

Dès que Claude eut franchi la porte, elle se déshabilla et commença à travailler. Elle se tint dans la lumière du soleil, mélangeant ses peintures. Elle s'assit sur la chaise, reprenant sa pose, elle se contempla dans le miroir, puis se leva et, l'esprit ailleurs, les yeux sans arrêt tournés vers la fenêtre, elle peignit les côtes et les seins.

Une heure passa avant qu'elle n'admette qu'il ne se montrerait pas. Elle s'effondra sur la chaise, tremblante de déception, bien qu'elle sût qu'il était fort probablement à son travail, que sa présence hier n'avait été qu'un simple accident. Tristement elle jeta un coup d'œil à sa toile. À sa grande surprise, elle avait réussi quelque chose de plutôt intéressant : des seins comme des yeux de Picasso. Il est possible, pensa-t-elle sans enthousiasme, que je sois naturellement douée.

Elle mit son pinceau dans la térébenthine et enfouit son visage dans ses mains. Elle sentait le soleil chauffer ses cheveux. Dans quelques minutes, celui-ci disparaîtrait derrière la maison et alors, si elle voulait qu'il la voie bien, elle devrait se placer devant la fenêtre. Elle s'imagina postée toute la journée dans cette position. Tu es ridicule, se dit-elle. Tu es déséquilibrée.

Elle regarda à nouveau la baie vitrée.

Il était là.

Elle se redressa. Lentement elle se mit debout. Restez, supplia-t-elle. Et il obéit. Elle marcha vers la fenêtre, ses doigts frôlant ses hanches. Elle retint sa respiration. Quand elle fut devant la vitre, elle resta parfaitement immobile. Il était parfaitement immobile. Il portait une chemise blanche, pas de cravate. Il était suffisamment proche pour qu'elle distingue le halo sombre de ses cernes, mais pas assez pour qu'elle détermine ce qu'il regardait exactement. Les yeux de l'homme pénétraient son esprit comme une drogue et elle se sentit s'aligner dans sa perspective. Elle se vit — incroyablement mince, calme, mais intimidée — à travers la vitre et sur le fond blanc des murs de la pièce.

Après une minute ou deux, elle alla jusqu'à la chaise, la souleva et la posa devant la fenêtre. Elle s'assit en face de lui, les jambes écartées. Il était aussi figé qu'un tableau. Elle aussi, parce qu'elle venait soudain de se rappeler qu'il était peut-être homosexuel ou fou. Elle essaya de bien le dévisager. Elle nota son âge et son air triste, respectable... et son immobilité qui prouvait son intérêt.

Non, il était bien l'homme qu'elle avait imaginé. Pour lui, je suis un don du ciel, pensa-t-elle, en ouvrant plus largement les jambes. Je suis son rêve devenu réalité. À deux mains, elle écarta ses grandes lèvres.

Une infime partie de son esprit, se raccrochant à la femme qu'elle était encore hier matin, essaya de la retenir. Elle la sentit comme une présence derrière la chaise, un signal d'alarme bruyant mais inutile qui n'allait certainement pas l'obliger à reculer. Elle garda les yeux fixés sur l'homme. Elle posa sa main gauche sur ses seins et se mit à en caresser les pointes, à les malaxer et à les pincer avec ses doigts. Le majeur de sa main droite s'introduisit dans son vagin tandis qu'elle massait son clitoris avec sa paume.

Il ne faisait pas un geste.

Tu es en train de m'embrasser, pensait-elle. Elle avait l'impression de sentir ses lèvres froides, douces, glisser et sucer le bas de son ventre. Tu es en train de m'embrasser. Elle imagina ses mains sous les siennes, la soulevant comme un bol qu'il portait à sa bouche.

Elle allait jouir.

Son corps s'arqua. Ses jambes se mirent à trembler. Elle n'avait jamais ressenti une chose pareille. Se voyant comme il la voyait, elle observait cette scène d'une choquante vulnérabilité. Cela dura très longtemps. Elle vit la complaisance de son exhibition, son audace et sa servilité absolues. Cela lui inspira le plus profond amour d'elle-même. L'homme ne bougea que lorsqu'elle eut finalement cessé ses convulsions ; alors il leva la main — pour lui faire signe, pensa-t-elle, mais c'était pour tirer les rideaux.

Elle resta là, écartelée sur la chaise. Elle était abasourdie. Elle n'arrivait pas à croire à ce qu'elle avait fait. À ce qu'il avait fait. Comment avait-il pu rester immobile en la regardant ? Elle évita de penser au fait qu'il était probablement en train de se masturber. Elle se concentra simplement sur ce qu'elle avait vu, un homme figé dont elle avait senti le regard lui dévorer le corps comme certains portraits semblent parfois vous suivre des yeux dans une pièce.

Les trois matins suivants se déroulèrent de la même manière. Il portait sa chemise blanche, elle se masturbait assise sur la chaise, il la regardait sans bouger, elle avait des orgasmes spectaculaires, il fermait les rideaux.

Ensuite, elle allait faire du shopping ou rendre des visites. Tout le monde lui trouvait une mine superbe. La nuit, elle faisait passionnément l'amour, si bien que Claude lui demanda plusieurs fois : « Qu'est-ce qui t'arrive, nom de Dieu ? » mais avec gaieté, sans manifester le moindre soupçon. Elle était extrêmement tendre avec lui, non parce qu'elle se sentait coupable, mais parce qu'elle était en pleine forme. Elle n'avait pas l'intention de se confesser, bien sûr, et pourtant elle n'avait pas le sentiment de le tromper avec l'homme d'en face. Comment un homme qui ne l'avait jamais touchée, ne lui avait jamais parlé, qui, pour elle, n'existait que jusqu'à la taille et qui n'avait jamais bougé sauf pour tirer ses rideaux, comment un tel homme aurait-il pu être considéré comme son amant ?

Le quatrième jour, un vendredi, il ne se montra pas. Elle l'attendit, assise sur la chaise, pendant deux heures. Finalement, elle s'installa sur le canapé et regarda la télévision en surveillant la fenêtre du coin de l'œil. Elle se dit qu'il avait peut-être eu un rendez-vous urgent ou qu'il avait dû partir plus tôt pour son travail. Mais elle était inquiète. À un moment, en fin d'après-midi, alors qu'elle ne regardait pas, il ferma ses rideaux.

Samedi et dimanche, il ne parut pas être chez lui — les rideaux étaient tirés et les lumières éteintes... de toute façon, avec Claude à la maison, elle n'aurait rien pu faire. Le lundi matin, elle s'assit sur la chaise, nue, dès que Claude fut parti. Elle attendit jusqu'à dix heures trente, puis enfila son caleçon et son justaucorps blanc et sortit faire un tour. Un vers consolateur de *Roméo et Juliette* l'obsédait : « Celui qui est frappé de cécité ne peut oublier le précieux trésor de son regard perdu. » Elle en voulait à l'homme de n'être pas aussi accroché qu'elle. S'il était demain à sa fenêtre, elle se jurait de lui fermer les rideaux au nez.

Mais comment le remplacerait-elle, que ferait-elle ? Devenir stripteaseuse ? Elle éclata de rire. En dehors du fait qu'elle était une femme mariée respectable, qu'elle n'aurait pas su danser même si sa vie en avait dépendu et qu'elle avait probablement dix ans de trop, la dernière chose qu'elle souhaitait c'était de se retrouver face à une bande de soudards, la langue pendante et les yeux exorbités, qui tenteraient de lui toucher les seins. Elle voulait un homme et un seul, et que cet homme ait l'air triste, intelligent, qu'il sache se contrôler et la regarder sans ciller. Elle voulait qu'il porte une chemise blanche.

En passant devant son immeuble, elle s'arrêta. C'était un hôtel particulier qui avait été divisé en appartements luxueux. Elle réalisa qu'il était certainement riche — une conclusion évidente, mais jamais jusqu'alors elle n'avait attaché la moindre importance à son identité.

Il y avait quatre boîtes aux lettres, la sienne devait être la quatrième. Elle lut le nom sur la plaque : « Dr Andrew Halsey. » De retour chez elle, elle consulta l'annuaire à la rubrique « Médecins » et découvrit que, comme Claude, il était chirurgien. En chirurgie générale. Il opérait les tumeurs et les organes malades. Sans doute appelé pour une urgence. Sans doute dévoué à son travail, comme doit l'être tout chirurgien. Elle se dit qu'elle lui pardonnerait ses absences.

Le lendemain matin et le suivant, Andrew (c'est ainsi qu'elle l'appelait désormais) était à sa fenêtre. Il ne parut pas le jeudi. Elle essaya de ne pas se sentir déçue. Elle l'imagina en train de sauver des vies, d'inciser la peau avec son bistouri, d'une main sûre. Pour faire quelque chose, elle travailla à son tableau. Elle peignit des yeux de poisson, un nez crochu, une bouche pleine de dents. Elle avança vite.

Andrew était là le vendredi matin. Quand Ali l'aperçut, elle se leva et pressa son corps contre la vitre, comme la première fois. Puis elle alla jusqu'à la chaise, la retourna et se pencha, le dos tourné vers lui. Elle se masturba en se caressant par-derrière.

Dans l'après-midi, elle acheta une paire de jumelles, une paire luxueuse, très puissante, qu'elle enveloppa dans du papier kraft et déposa par terre en face de sa boîte aux lettres. Tout le week-end, elle se demanda s'il comprendrait qu'elle était l'auteur de ce présent et s'il l'utiliserait. Elle avait envisagé de joindre un petit mot : « Pour nos matinées » ou quelque chose comme ça, mais un message si direct lui semblait comme une violation du pacte qu'ils avaient passé entre eux. Le cadeau était déjà très risqué.

Le lundi, avant même qu'elle eut retiré sa robe de chambre, il s'approcha de la fenêtre, en tenant les jumelles. Elles lui couvraient presque tout le visage, si bien qu'il avait l'air masqué. Ses jambes se mirent à trembler. Quand elle les écarta et ouvrit ses grandes lèvres, les yeux d'Andrew la parcoururent. Elle se masturba, mais n'eut pas d'orgasme et n'essaya pas d'y parvenir, bien qu'elle feignît de jouir intensément. Elle avait tellement envie de lui plaire que son propre plaisir semblait sans importance, une erreur de jeunesse, un enfantillage qu'elle ne commettrait plus.

Ce fut plus tard, avec Claude, qu'elle jouit. Après le dîner, elle l'entraîna au lit. Elle imagina qu'il était Andrew ou plutôt elle imagina un homme ténébreux, au visage long, silencieux, qui lui faisait l'amour en la regardant, mais qui avait la même odeur et la même peau que Claude et avec lequel elle partageait le même amour et la même confiance. Avec ce partenaire hybride, elle se sentit suffisamment à l'aise pour encourager le genre de baisers et de mouvements qui lui étaient nécessaires mais qu'elle n'avait jamais eu le courage de réclamer jusqu'à présent. Le lendemain matin, en se masturbant pour Andrew, elle parvint au summum de l'extase, comme si les orgasmes qu'elle avait eus avec lui n'avaient été que des illusions et que ceux qu'elle feignait étaient la réalité. Ne pas jouir lui permettait d'entrer complètement dans le rêve d'Andrew. Tout le spectacle était pour lui — con, cul, bouche, gorge offerte à sa magnifique vision.

Durant les semaines qui suivirent, il apparut régulièrement, cinq matinées par semaine, et elle vécut en état d'exaltation. L'après-midi, elle travaillait à sa peinture, sans être vraiment concentrée, puisqu'elle n'y attachait plus grande importance, même si la toile prenait bonne tournure. Claude insistait pour dire qu'il s'agissait d'un autoportrait, une affirmation qu'Ali tenait pour une insulte, compte tenu du primitivisme évident de la femme et de ses yeux lointains et vides.

Elle n'avait plus de raison de continuer son tableau, mais elle le faisait quand même, par habitude, par facilité, et parce qu'elle se disait qu'il y avait une chance sur mille pour qu'Andrew l'observe derrière les rideaux. Pendant qu'elle peignait, elle s'interrogeait sur son exhibitionnisme, sur cette part d'elle-même qui avait besoin d'être regardée par un inconnu. Bien sûr, tous et toutes aimaient qu'on les regarde jusqu'à un certain point, se disait-elle. Les fleurs, les chats, tout ce qui vivait et bougeait, les enfants qui criaient : « Regarde-moi ! » Certains matins, les épisodes avec Andrew n'avaient rien à voir avec le désir sexuel ; ils étaient un pur spectacle, un abandon passionné à ce qu'elle vivait comme le plus inaugural et le plus sincère de tous les désirs, lequel n'était pas de l'ordre de la sexualité mais se trouvait par hasard exprimé à travers elle.

Une nuit, elle rêva qu'Andrew l'opérait. Au-dessus de son masque chirurgical, ses yeux étaient vides. Il avait de très longs bras. Elle pouvait voir, comme si elle se regardait avec les yeux d'Andrew, l'incision verticale qui descendait des seins jusqu'au pubis et la peau repliée comme un manuscrit de chaque côté. Son cœur était d'un rouge brillant et avait la forme parfaite d'un cœur. Le reste de ses organes était jaune et orange vif. Quelqu'un devrait prendre une photo, pensait-elle. Les mains gantées d'Andrew semblaient presque immobiles tandis qu'elles maniaient de longs instruments en argent. Elles n'étaient pas tachées de sang. Avec une extrême délicatesse, si grande qu'elle le sentait à peine, il tâtait ses organes, tirait sur ses veines et ses tendons, en extirpant un de temps en temps qu'il jetait dans un bassinet. Comme s'il désherbait un jardin. Son cœur battait. Un tendon l'encerclait et quand Andrew le soulevait, elle sentait qu'à son autre extrémité il entourait son vagin, et lorsqu'il se décollait, elle éprouvait la plus exquise sensation de sa vie. Elle avait peur d'avoir un orgasme et qu'à cause de ses tremblements et de ses spasmes, Andrew lui donne un coup de couteau accidentel. Elle se réveilla en jouissant.

Toute la journée, ce rêve l'obséda. Cela *pouvait* arriver, raisonnait-elle. Elle pouvait très bien avoir un problème de vésicule biliaire ou une crise d'appendicite, être emmenée d'urgence à l'hôpital et, au moment de l'anesthésie, se rendre compte qu'Andrew était le chirurgien.

Lorsqu'elle se leva le matin suivant, sa première pensée fut pour le rêve. Elle regarda la courbe délicate de son ventre et se sentit excitée et sentimentale. Elle n'arrivait pas à oublier le rêve même en se masturbant pour Andrew, si bien qu'au lieu d'entrer dans *son* fantasme à lui, au lieu de voir une femme nue dans la lumière du matin, elle contemplait le buste écorché d'une femme sous les néons de la table d'opération. Elle se concentrait essentiellement sur son cœur, au battement fragile, mais elle observait aussi ses poumons qui se soulevaient régulièrement et le frémissement de ses autres organes. Entre eux, il y avait des crevasses ensorcelantes et des spirales entremêlées de rouge et de bleu — ses veines et ses artères. Ses tendons étaient rose nacré, tendus comme des cordes de guitare.

Bien sûr, elle savait bien que ses notions de physiologie étaient approximatives et que, dans une véritable opération, il y aurait eu du sang, de la souffrance et qu'elle aurait été sous anesthésie. C'était un fantasme délirant, absurde ; elle ne croyait pas qu'il l'obséderait bien longtemps. Mais, chaque jour, il devenait plus séduisant au fur et à mesure qu'elle l'enrichissait de données réelles, telles que le nom de l'hôpital où Andrew opérait (elle avait trouvé le numéro dans le Bottin et appelé son infirmière) et celui des instruments chirurgicaux qu'il utiliserait (elle avait consulté un des livres médicaux de Claude), et qu'elle en peaufinait les détails bancals, imaginant, par exemple, des minuscules tubes fixés çà et là autour de l'incision pour aspirer la moindre goutte de sang.

Le matin, durant ses véritables rencontres avec Andrew, elle était de plus en plus frustrée, si bien qu'elle se retenait à grand-peine d'arrêter subitement, de tirer les rideaux ou de sortir de la pièce. Et pourtant, s'il ne se montrait pas, elle était désespérée. Elle avait commencé à boire des gin-tonic avant le déjeuner et à prendre des bains de soleil au bord de l'allée qui séparait son immeuble de celui d'Andrew, sachant qu'il partait à dix heures, mais restant là indéfiniment dans l'espoir qu'il la verrait.

Un après-midi, grisée par les gins et le soleil, folle d'inquiétude parce qu'il n'avait pas paru les trois matins précédents, elle retira son bikini, enfila une robe bustier en coton et alla se promener. Elle longea le parc, passa devant les boutiques où elle avait pensé faire un saut. Le soleil se couchait. Marchant sous le regard des hommes dont les yeux s'attardaient sur ses épaules nues, elle se sentait voluptueuse, délicieusement pleine. Pourtant, au creux de son estomac, s'agitait un filament d'angoisse, qui prouvait qu'en dépit de ce qu'elle prétendait, elle savait très bien où elle allait.

Elle pénétra dans l'hôpital par l'entrée des urgences et se perdit dans les couloirs pendant ce qui lui parut être une demi-heure avant de trouver le bureau d'Andrew. Elle tenait maintenant son ventre à deux mains et était plus ou moins convaincue que son anxiété était le symptôme d'une grave maladie.

« Le Dr Hasley ne reçoit pas », dit son infirmière. Elle ouvrait une enveloppe de papier kraft avec un coupe-papier à tête de lion. « On s'occupera de vous aux urgences.

— Il faut que je voie le Dr Hasley, dit Ali, d'une voix tremblante. C'est un ami. »

L'infirmière soupira. « Attendez une minute. » Elle se leva et traversa le couloir, puis entra dans une pièce après avoir frappé à la porte.

Ali enfonça ses poings dans son ventre. Pour Dieu sait quelle raison, elle ne sentait plus rien. Elle pressa plus fort. Quel miracle si elle réussissait à faire éclater son appendice ! Il fallait qu'elle se frappe avec le coupe-papier. Ou au moins qu'elle se brise les doigts, qu'elle les coince dans un tiroir comme l'aurait fait un objecteur de conscience.

« Voulez-vous venir ? » interrogea une voix aiguë, nasillarde. Ali se retourna. Andrew se tenait devant sa porte.

« Le docteur va vous recevoir », dit l'infirmière impatiemment en se rasseyant derrière son bureau.

Le cœur d'Ali se mit à battre la chamade. Elle avait l'impression que des mains pressaient ses oreilles. Sa chemise était bleue. Elle traversa le couloir, passa devant Andrew sans lui jeter un regard et s'assit sur une chaise en plastique verte face à son bureau. Il ferma la porte et marcha vers la fenêtre. C'était une grande pièce, au sol carrelé de céramique verte et jaune.

Debout contre ses fichiers, les mains dans les poches, il la regardait avec une expression tellement polie, tellement impersonnelle qu'elle lui demanda s'il la reconnaissait.

« Bien sûr, répondit-il calmement.

— Eh bien... » Soudain, elle se sentit humiliée. Elle avait l'impression d'être une femme sur le point d'avouer en sanglotant qu'elle n'avait pas de quoi payer son avortement. Elle mit la main sur son visage brûlant.

« Je ne connais pas votre nom, dit-il.

— Oh... Ali. Ali Perrin.

— Que voulez-vous, Ali ? »

Son regard se posa sur ses chaussures, des mocassins noirs, hideux. Elle détestait son ton nasillard. Que voulait-elle ? Ce qu'elle voulait, c'était sortir en courant comme une folle, la folle qu'elle s'imaginait être. Elle le regarda de nouveau. Adossé à la fenêtre, il était nimbé d'un halo de lumière. Cela lui donnait un air irréel, comme une image en surimpression sur un écran. Elle essaya de détourner la tête, mais les yeux d'Andrew la paralysaient. Dans la salle d'attente, le téléphone sonnait. Qu'est-ce que *tu* veux ? pensa-t-elle, soumettant sa perspective à la sienne, se voyant maintenant de l'autre bout de la pièce : une femme charmante aux épaules nues et bronzées, aux joues empourprées.

Une lumière clignota sur son téléphone. Ils la regardèrent tous les deux, mais il ne fit pas un mouvement. Elle murmura finalement : « Je ne sais vraiment pas ce que je fais ici. »

Il resta silencieux. Elle contemplait le téléphone, attendant sa réponse. Comme il ne parlait pas, elle ajouta : « Je rêvais... » Elle éclata d'un rire incrédule : « Mon Dieu ! » et secoua la tête.

« Vous êtes ravissante », dit-il d'un air méditatif. Elle leva la tête vers lui et il se détourna. Les mains serrées, il fit quelques pas le long de la fenêtre. « J'ai beaucoup apprécié nos... nos rencontres.

— Oh, ne vous inquiétez pas, dit-elle. Je ne suis pas là pour...

— Cependant, coupa-t-il, je dois vous dire que je déménage. »

Elle le regarda droit dans les yeux.

« Ce week-end, en fait. » Il fronça les sourcils devant son mur couvert de diplômes.

« Ce week-end ?

— Oui.

— Donc, murmura-t-elle. Tout est fini.

— Hélas. »

Elle contempla son profil. De profil, c'était un

étranger... Un nez courbé, des épaules basses. Elle détestait ses chaussures, son carrelage, sa façon protocolaire de parler, sa voix, son profil et pourtant ses yeux étaient pleins de larmes et elle avait envie qu'il la regarde encore.

Abruptement, il lui tourna le dos et dit que son nouvel appartement était situé complètement à l'est, près de la plage. Savait-elle où se trouvait le yacht-club ?

« Non, murmura-t-elle.

— Bien que je n'en sois pas membre, ajouta-t-il avec un léger rire.

— Écoutez, dit-elle en s'essuyant les yeux. Je suis désolée. »

Elle se leva. « Je pense que je voulais simplement vous voir. »

Il se dirigea vers la porte comme un hôte poli.

« Eh bien, au revoir », dit-elle en le dévisageant.

Son haleine sentait l'ail et il avait des cernes de fin d'après-midi. Il l'effleura du regard. « Je ne prendrais pas tout cela trop au sérieux, si j'étais vous », dit-il sur un ton affable.

Quand elle rentra chez elle, la première chose qu'elle fit fut d'enlever ses vêtements et de se mettre devant la psyché qui se trouvait encore à côté du chevalet. Ses yeux se remplirent à nouveau de larmes parce que, sans le regard approbateur d'Andrew, ou du moins tel qu'elle le rêvait — et en dépit de la répulsion qu'elle avait éprouvée pour lui —, tout ce qu'elle voyait c'était une petite femme pathétique au teint terreux et aux jambes courtes.

Elle regarda son tableau. Si ça c'était bien elle, comme le prétendait Claude, alors elle avait aussi des yeux vides et des proportions difformes.

Qu'est-ce que Claude pouvait lui trouver ?

Qu'avait vu Andrew ? « Vous êtes ravissante », avait-il dit, mais peut-être qu'il parlait d'un souvenir. Peut-être qu'il avait voulu dire « ravissante quand je suis dans l'immeuble d'en face ».

Après dîner, ce soir-là, elle demanda à Claude de s'allonger à côté d'elle sur le canapé, et ils regardèrent la télévision. Elle tint la main de Claude posée sur son sein. « Faites que cela me suffise », supplia-t-elle.

Mais elle ne croyait pas que ce serait jamais vrai. Le monde était trop plein de surprises, cela l'effrayait. Comme le disait toujours Claude, les choses paraissent différentes vues sous des angles différents. Pour elle, cela signifiait que les choses se produisaient là où vous vous trouviez à un moment donné, ou même là où vous vous imaginiez être. Et, en ce cas, sous une certaine lumière, le désir pouvait surgir à l'improviste.

Traduit par Anne Michel.

NOTE DE L'AUTEUR

À 150 millions de kilomètres de la terre a été conçu comme une réponse au roman d'Alberto Moravia, Le Voyeur. *Je voulais renverser la perspective et écrire du point de vue de l'objet plutôt que de celui du sujet, mais ce faisant, j'ai découvert (ce qui est peut-être évident) que l'objet du désir est aussi sujet.*

Je voulais également écrire une histoire sur une situation limite, j'ai donc laissé mon exhibitionniste aller jusqu'au bout logique de son fantasme.

CAROLYN BANKS

La Honteuse

Lorsqu'on parle de fantasme érotique, on ne fait généralement pas allusion au surnaturel. Cependant, comme nous le savons toutes, à chaque amant terrestre sont associés un certain nombre d'inconvénients potentiels — les pellicules, par exemple, pour citer les plus bénins, et la faculté d'oublier les anniversaires importants. Et c'est pourquoi Carolyn Banks préfère imaginer l'éveil sexuel d'une jeune fille non pas comme un événement prosaïque qui peut finalement décevoir mais plutôt comme un moment que la magie rendrait intemporel. Ce que nous ressentons, c'est le plaisir de la narratrice, la conscience de sa propre dimension sexuelle, révélée il y a bien longtemps mais toujours aussi intensément vivante en elle.

« PAPA dit que les sirènes viennent se reposer dans notre cirque. »

La voix aiguë et le ton vif de ma petite-fille, Miranda.

Puis celle de son père, Ed, mon beau-fils. « D'après ta mère, les tritons font la même chose. »

Je vois ma fille rougir. « Voyons, Edmund », dit-elle en faisant un pas vers lui et en lui donnant un petit coup de hanche.

Mon cœur tressaille en les voyant si intimes et à l'idée que peut-être... « Tout peut arriver », dis-je.

Miranda me tend les bras et je me penche vers elle pour l'embrasser. Elle sent la laine et le pop-corn. Quelle âge a-t-elle exactement ? Cinq ans, je crois bien. « Bonjour, mamie », dit-elle. Ses lèvres effleurent ma joue.

« Vous ne vous êtes guère couverte pour sortir. Vous allez avoir froid. » Ed pointe le doigt vers mon sweater. Jill et lui portent des vestes en peau lainée identiques. Leurs joues sont rouges, leur haleine fait de la buée.

« Peut-être bien. » Je prends la main gantée de Miranda, mais elle se dégage en silence et se met à courir dans l'allée, dépasse la maison, puis s'arrête en bordure de la pelouse d'où l'on peut voir la crique.

Elle se retourne et demande : « Et les sirènes ? »

Nous l'avons suivie tous les trois avec difficulté. Je regarde Jill. Elle a rougi de nouveau. Ed hausse les sourcils, comme s'il demandait quelle réponse il devait donner. « Tu sais, Miranda, dis-je à la petite fille, c'est une crique marine où la marée monte et descend. Le peuple de la mer peut très bien y venir.

— Le peuple de la mer ! » répète-t-elle en riant. Puis, comme le font souvent les enfants, elle change brusquement de sujet : « C'est vrai que tes amies portent des collants sous leur maillot de bain ? »

Ses parents se précipitent sur elle. « Je me demande où elle va chercher tout ça ! s'exclame Jill. Ne fais pas attention à ce qu'elle raconte. » Elle jette un regard noir à sa fille, puis, la prenant par les épaules, elle la pousse en direction de la maison. « Ça suffit, maintenant, allons à l'intérieur. »

Miranda n'est pas impressionnée pour autant. Elle éclate de rire à chaque pas. Elle n'a pas plutôt franchi le seuil de la maison qu'elle pose à nouveau la question du collant tout en ôtant son bonnet et ses gants.

J'interromps d'un geste sa mère qui s'apprête à la gronder. « Eh bien, à vrai dire, Miranda, j'ai une ou deux amies qui portent des collants sous leur maillot. Des collants couleur chair. Elles pensent que ça leur fait de plus jolies jambes et elles n'ont pas tort. De loin, en tout cas. Mais au fond, le plus étonnant est qu'elles portent un maillot. »

Ed rit d'un air gêné. Il lance un regard à Jill. Je me rends compte qu'il a mal interprété ce que je viens de dire et je me reprends : « J'entends par là que la plupart des femmes de leur âge ne se baignent pas.

— Oh ! » Ed pousse un soupir de soulagement.

Ma réponse ennuie profondément Miranda. Elle se lance dans l'exploration de ce que mon mari appelait notre « pièce d'apparat ». Elle a plus de cinq mètres sous plafond et d'énormes poissons — tarpons, bluefish, pèlerins — ornent les murs de leur splendeur empaillée. Dans des coupes d'argent terni sont posés des objets incongrus qui n'ont rien à faire là : des crayons, une règle, des reçus, peut-être même des factures. Il y a aussi des tableaux — chantiers navals, yachts, marines. Et puis « La Honteuse ».

C'est une peinture d'un réalisme presque photographique, que notre cuisinière baptisa ainsi un jour, il y a bien longtemps, quand je n'étais encore qu'une petite fille.

« La Honteuse » est assise, nue, sur un rocher. Elle croise les bras de manière à dissimuler discrètement ses parties intimes. L'eau qui entoure le rocher, lisse comme un miroir, renvoie la même image de sagesse. Il y a là quelque chose de très conventionnel, non seulement dans cette eau si tranquille, mais dans la végétation bien disciplinée sur le rivage. Rien à voir avec la végétation qui borde ici la mer, épaisse, foisonnante, impénétrable.

« Des sirènes ! dis-je. Et des tritons ! Étonnant, vraiment. » Je jette sur ma fille un regard neuf. Si je l'interrogeais, me répondrait-elle ? J'en doute. Que dirait-elle, en effet ?

Je l'ai déjà raconté une fois — à ma compagne de chambre, pendant mes études. Elle ne m'avait pas crue. Le thème du jour était « Première rencontre avec la sexualité ». Elle venait de me raconter son histoire, une vulgaire mêlée sur le siège arrière de la voiture des parents de son petit ami.

« Je me souviens de chaque détail », commençai-je. Lorsque cela avait été mon tour, j'avais installé ma camarade au creux d'un nid d'oreillers que j'étais allée chercher dans la salle de repos. Je voulais créer l'atmosphère adéquate, en l'occurrence celle d'un palais oriental.

« Attends, attends ! » avait-elle dit, arrangeant autrement les oreillers, les uns sous sa tête, les autres sous ses genoux.

J'avais hâte de commencer. « Tu es prête ? » demandai-je.

Et je plantai avec soin le décor, ainsi que je le fais maintenant.

Comme chaque été, mes parents donnaient une réception et comme chaque année, les jeunes n'y étaient pas conviés. Pour moi, le plaisir était celui de la préparation des festivités et particulièrement de l'installation des lanternes. Mon père se juchait sur une échelle, après avoir suspendu une rangée d'ampoules nues sur un fil. Notre cuisinière se tenait au pied de l'échelle. J'ouvrais chaque lanterne — elles étaient mises à plat dans une boîte, mais lorsqu'on appuyait dessus, elles s'épanouissaient en cloches de papier nervuré de la plus extrême finesse, aux coloris vifs. Je tendais la lanterne ouverte à la cuisinière, qui à son tour la tendait à papa. Quant à ma mère, elle restait un peu à l'écart et s'exclamait : « Non, elle penche trop vers la gauche ! » ou « Voilà, parfait ! ».

C'était tous les ans la même chose. La dernière lanterne posée, mon père descendait de l'échelle, étreignait ma mère et lui chuchotait quelque chose à l'oreille. Puis il s'écriait : « Quelle superbe chaîne nous formons ! » avant de me remercier, de remercier la cuisinière et d'entraîner ma mère.

La cuisinière se donnait alors beaucoup de mal pour que je ne me sente pas exclue, mais à vrai dire, je ne m'étais jamais offusquée de la chose. Une année, je lui répétai même ce qui m'avait été dit : que papa avait simplement entendu le chant des sirènes. Je savais déjà qu'il s'agissait d'un euphémisme — du moins le croyais-je — qu'il utilisait souvent pour manifester son désir.

Cette fois-là, j'avais seize ans et je m'estimais assez grande pour me mêler sur un pied d'égalité aux invités. Quand j'émis cette idée, néanmoins, mon père eut un sourire indulgent et ma mère me passa une main affectueuse dans les cheveux. Je considérai cela comme un affront cuisant.

C'est pourquoi, lorsque la réception battit son plein, à la nuit tombée, je revêtis un pull à capuche et un blue-jean. J'avais décidé de gagner à la nage un gros rocher plat et de m'y allonger pour espionner les invités, le regard braqué sur les lumières colorées de la fête.

Je n'étais jamais entrée de nuit dans l'eau. Je n'avais jamais non plus nagé vêtue autrement que d'un maillot une pièce. Au bout de trois brasses, je fus si gênée par le poids de mes habits que je faillis céder à la panique.

Je parvins toutefois jusqu'au rocher et m'y hissai. Puis, avec difficulté, je me débarrassai de ce que je portais. Une fois nue, j'eus froid. Sans réfléchir, je pris la pose de « La Honteuse ».

Sur le rivage, les lumières colorées teintaient les gens de vert et de fuchsia. Cela me rendit cynique. En fin de compte, ces fêtards, avec leur bêtise et leur maladresse, ne valaient pas la peine qu'on les observe.

Je regrettai de n'être pas restée dans ma chambre, où j'avais des choses à faire, des livres à lire. À l'époque, les fêtes des adultes me paraissaient reposer plus sur le rire que sur les mots, dont la supériorité était à mes yeux si évidente que tout cela m'emplissait de dédain.

Je me laissai glisser dans l'eau. Il était temps pour moi de cesser cet espionnage enfantin. L'eau était plus chaude que l'air, plus accueillante. Je musardai près du rocher, les jambes battant l'eau tandis que je tendais la main vers la douceur de la mousse qui, telle une barbe, recouvrait le dessous du granit.

C'est alors que, l'espace d'un éclair, mes doigts rencontrèrent d'autres doigts.

Avec un hoquet, je tentai de me hisser de nouveau sur le rocher, mais je n'avais pas assez de force dans les bras. Une deuxième tentative échoua également. Haletante, je m'agrippai à la roche et tentai de recouvrer mon calme.

J'y parvins en me concentrant sur les couleurs du rivage, sur les sons qui traversaient l'eau et me parvenaient — un air de jazz venu du phonographe de mes parents : « Ô mon ange, attends-moi, ô mon ange attends... »

Attendais-je quelque chose, *moi ?*

J'étais en train de me formuler cette question lorsqu'un petit tourbillon chaud vint jouer avec mes hanches et mes cuisses. Il me sembla alors que, partout où il me touchait, j'irradiais.

J'irradiais ! Mais alors, on allait me voir du rivage ! Je lâchai le rocher et, tête la première, descendis vers le fond.

Il faisait noir. Je n'irradiais nullement, du moins pas de façon visible. Néanmoins, lorsque je sentis une main s'insinuer entre mes cuisses et parcourir mes fesses, la radiance, le rayonnement, la *chaleur* s'accrurent.

Je m'abandonnai aux sensations de l'eau. À ce qui était maintenant la poussée régulière d'un courant contre mes genoux, contre mes mollets, contre mes doigts de pied. Bientôt, quelque chose qui ressemblait beaucoup à une chevelure frôla mon ventre, s'éloigna puis recommença — ventre, hanches, cuisses. Je tendis la main sous l'eau et soudain, un fugitif instant, mes doigts touchèrent ce qui me parut être un visage humain : un front, un nez, des paupières, des cils. Des lèvres.

Je refis surface comme une fusée et cherchai du regard le rocher, le rivage, tout ce qui me rattachait à la terre. Ils semblaient affreusement éloignés. Au même instant, j'eus l'impression que mon cœur cessait de battre : des jambes venaient de se presser contre les miennes, et même de les enserrer.

C'est le moment que choisit ma compagne de chambre pour m'interrompre. Elle se dressa sur son séant en s'écriant : « Triche ! », comme s'il s'agissait d'un jeu. Irritée, j'exigeai une explication. « Eh bien, tu as parlé de ses *jambes.* Si c'est un triton, il ne peut pas avoir de jambes.

— Il en avait, pourtant. En revanche, il n'avait pas de pieds.

— D'accord, dit-elle. Objection rejetée. » Elle se réinstalla parmi les oreillers. Continue.

— Merci. »

À nouveau, les jambes contre moi.

« Je vous en prie, ne faites pas ça ! » dit une voix de femme sur le rivage. S'adressait-elle à moi ? Je me tournai vers la pelouse et la maison. À cette distance, on aurait pu croire que les lanternes faisaient briller l'eau comme un regard complice. La femme riait, à présent. « Bon, d'accord », dit-elle.

Je sentis la terreur monter en moi. Je pensais aux amis de mes parents, à ces gens vert et fuchsia, aux hommes. Était-ce l'un d'entre eux ? À l'idée que ce pût être quelqu'un de cet âge, je battis nerveusement des pieds et me mis à fendre l'eau en direction de la terre ferme.

Je m'efforçai de gagner le rivage sans me déconcentrer, bien qu'un corps sinueux accompagnât dans l'eau mes mouvements, allant et venant à mes côtés, ou formant des cercles autour de moi.

Ce n'était personne de notre connaissance, ni à mes parents ni à moi.

« Tu irradiais toujours ? demanda ma camarade d'un ton sarcastique.

— Oui », répondis-je, plus qu'agacée.

Pendant que je nageais, le corps qui évoluait dans l'eau commença à toucher le mien, à jouer avec lui, contre mes épaules, mes seins, le long de ma nuque, de mon dos, contre mes fesses, entre mes jambes. Peu à peu, ma volonté de gagner le rivage faiblit. Je me laissai porter par l'eau.

Du rivage, une femme cria d'un ton aigu : « Vous n'oseriez pas !

— On parie ? » répondit une voix mâle. Il y eut un bruit de verre brisé.

Puis mon père :

« C'était le délire... » Il prononçait « délire » comme « désir ».

Pendant ce temps, j'avais l'impression d'être tenue, portée. Une force autre que la mienne me mouvait dans l'eau. Je plongeais, ondulais, émergeais et replongeais comme un dauphin en haute mer. Lorsque mes poumons semblaient près d'éclater, j'étais soulevée vers l'air libre un bref instant. De temps en temps, j'apercevais des traînées vert et fuchsia qui flottaient sur l'eau, tels des rubans. J'étais toujours très près de la maison familiale.

Soudain, la créature qui m'étreignait s'arqua et s'enfonça de plus en plus profondément, m'entraînant vers le fond. Je sentis mes épaules et mon dos écraser des coquillages, des herbes velues se prendre dans mes narines et dans mes cheveux. Je m'accrochai à cette créature — j'en ressentais le besoin irrépressible — et, en retour, une nageoire acérée fouetta l'eau, coupant la chair de ma main.

Puis plus rien, plus personne. Juste le tonnerre de mon cœur dans ma poitrine.

Je fis surface et nageai lentement jusqu'à un rebord découpé du rivage, où je pressai mon visage contre le rocher. J'étais seule, blessée. Le sang qui coulait de ma main se mêlait à l'eau de la crique.

Alors, doucement, une main venue de sous la surface prit la mienne, une bouche lécha et suça les bords de la plaie jusqu'à ce que le saignement cesse. Je fermai les yeux et tentai de l'évoquer : son visage, sa mâchoire, ses cheveux où s'entremêlaient les algues.

Ma compagne de chambre proposa d'intituler l'épisode « Le Mystérieux Étranger ». Je me tus, furieuse. Elle se fit accommodante : « Allez, dit-elle, reprends là où c'est le meilleur passage. » (Elle devait plus tard occuper un poste important de directrice littéraire dans une maison d'édition new-yorkaise.)

Après, l'eau vint me lécher. Je tanguais à son rythme, mon corps tout entier soumis à son baiser, comme enveloppé d'une encre soyeuse.

« Oh, gloussa ma camarade, d'une encre soyeuse ! Génial ! »

Sur le rivage, on avait éteint les lanternes. C'était le moment de rentrer. Je me coulai sous la surface et flottai entre deux eaux, accompagnée par cette présence dans la nuit. Il n'y avait plus, désormais, ni urgence ni ardeur. Quand nous approchâmes de l'appontement, je laissai émerger ma tête et mes épaules.

Sous le toit pentu de la maison familiale, une portière de voiture claqua, puis une autre, et un moteur se mit à tourner.

« Il y a quelqu'un ? » La voix de ma mère était proche, trop proche.

« Et alors ?

— Alors, il regagna le large. C'était un triton. J'en suis sûre. »

Ma compagne de chambre soupira. « Belle histoire, dit-elle d'un air alangui. Idiote, mais belle.

— Pourquoi serait-ce impossible ? »

Je me souvenais de ce que mon père m'avait dit une fois. J'utilisai ses propres mots : « Car notre crique est une crique soumise aux marées. Elle est reliée à la baie et à la mer. »

Elle leva le bras, posa sa main sur son front et, rejetant la tête en arrière d'un geste théâtral, déclama : « Car notre crique est une crique... »

Je m'emparai d'un oreiller et l'abattis sur sa tête.

Ma main portait encore la cicatrice de la coupure faite par la nageoire. J'en fis mention, tant j'avais envie qu'elle me croie. Je lui rappelais l'euphémisme que mon père utilisait. À propos des sirènes.

« Il citait un vers de T.S. Eliot », railla-t-elle.

N'était-ce que cela ? Mon père, après tout, avait grandi au bord de cette crique-là.

Plus tard, j'héritai de tout : maison, crique, tableaux, trophées, poissons empaillés. Et de « La Honteuse », que je pris l'habitude de contempler, longuement et en détail.

Sous un certain éclairage et après un verre ou deux de porto, j'admets que je pouvais distinguer, loin sous la surface de l'eau, une forme qui... Un triton. Bien sûr, cela n'expliquait pas pourquoi la Honteuse enroulait ses bras autour d'elle, mais peut-être était-elle en train de se gausser de lui, peut-être le mettait-elle au défi de sortir de l'eau. (Maintenant, je pense qu'il n'est pas impossible que notre cuisinière l'ait vu, ce triton, après tout. L'ait vu dans le tableau, bien avant que je songe à l'examiner. Impossible à savoir. Il y a longtemps que notre cuisinière est morte. On l'a enterrée quand Jill n'avait pas encore l'âge de Miranda. À ses obsèques, père — il marchait alors avec deux cannes — fit pour moi son bref éloge funèbre : « Elle était dodue comme une caille, me dit-il. Elle n'avait qu'une passion dans la vie : la cuisine. Seigneur, quels repas fabuleux ! »)

À cette époque, il y avait un autre fait probant : les mots qu'employait mon mari, auquel pourtant je n'avais jamais osé rien raconter. « Tu sens la mer », disait-il avec admiration. (Oh, je me souviens si bien de lui, de son visage carré, de ses lèvres si douces, de sa barbe d'un jour si dure... À présent encore j'ai le souvenir de son haleine contre mon oreille, sur ma joue, dans mon cou. Ou sur mon ventre, mon pubis, ma cuisse.) Pourquoi la mer ?

Et aujourd'hui, il y a eu cette rougeur subite sur le visage de ma fille.

« Aimes-tu ce tableau ? Je lui pose la question en montrant “ La Honteuse ”.

— Pour être franche, maman... », commence Jill, mais cela me suffit pour comprendre que non, elle ne le voit pas dans le tableau, du moins pas encore.

« Elle le trouve tarte, dit ma petite-fille.

— Eh bien, moi, je trouve “ La Honteuse ” intéressante », intervient Ed.

Nous appelons tous le tableau par le nom que la cuisinière lui a donné. Cela fait des décennies que c'est ainsi et personne n'a jamais bronché.

Je vais à la fenêtre et baisse les yeux vers la crique. D'un doigt, je suis la cicatrice argentée sur ma main droite. « L'été, je nage encore », dis-je.

Sur cette déclaration, je me retourne. Puis la question de Miranda sur mes amies me revient à l'esprit et j'ajoute : « Et je ne porte pas de collant sous mon maillot. » J'ai pris une voix faussement sévère pour m'adresser à ma petite-fille, en agitant une main menaçante dans sa direction. Elle sait que c'est pour rire et se met à scander. « La Honteuse ! La Honteuse ! La Honteuse ! » en se tortillant et en piétinant sur place.

Nous éclatons tous de rire. Nous sommes tous heureux. Peut-être suis-je un peu plus heureuse qu'eux, ici, au bord de l'eau.

Traduit par Marie-France Girod

NOTE DE L'AUTEUR

Je ne connais rien de plus sexy que de se caresser sous l'eau : les sensations y sont plus lentes et plus douces. C'est pourquoi je voulais que la mer soit le cadre de mon histoire. Mais j'aimais aussi son aspect tabou : la narratrice s'éveillant à la sexualité au vu et au su de ses parents qui donnent une soirée sur le rivage. Et, bien sûr, le principe de la répétition m'attirait, l'idée que, une génération après l'autre, toutes les femmes de la famille ont été ou seront initiées par les habitants de la mer.

CAROL LAZARE

Le sentier aux rosiers roses

Parfois, surtout en ce qui concerne les rapports complexes entre pouvoir sexuel et plaisir sexuel, il est facile de savoir quoi penser et difficile de savoir comment réagir. À moins que vous ne préfériez le contraire ? Le fait que Carol Lazare aborde franchement et sans détour le problème du viol-profanation opposé au viol-ravissement (« le viol est la profanation du ravissement sexuel ») ne signifie pas que ses réponses soient celles de tout le monde. Toutefois, sur ce « Sentier aux rosiers roses » où elle nous entraîne, une chose est sûre : la sensation érotique — douce, piquante, suave, enveloppante — est à l'image de ces fleurs dont on rencontre partout les pétales.

JE pensais sans arrêt au sexe. J'avais quinze ans et je nourrissais le fantasme d'être submergée de désir, d'être prise impudiquement, sans la moindre restriction, jusqu'à atteindre un degré d'abandon, de félicité, d'extase et d'épuisement total, absolu. En un mot, d'être violée.

Un viol avait été signalé au bord de la rivière, près d'un sentier où poussaient des rosiers roses. Personnellement, je m'interrogeais sur la différence qui sépare le viol-ravissement du viol-profanation, et j'écrivis un poème à ce sujet.

Si un inconnu surgit devant moi et que je suis attirée par lui,
Si dans le viol il recherche la profanation et que j'espère le ravissement,
Si l'acte survient, quel nom lui donnera-t-on ?
À quel moment mon désir d'être ravie par un séduisant inconnu
Deviendra-t-il le viol d'un abominable criminel ?

J'analysai la différence. « Elle l'a bien cherché. » « Elle ne demandait que ça. » Si elle était comme c'est le viol-ravissement qu'elle recherchait. Peut-être le violeur pensait-il qu'il la ravissait, lui donnant ce qu'elle voulait. Peut-être nos instincts naturels sont-ils aujourd'hui tellement pervertis que le ravissement n'est plus possible. Peut-être ne connaîtrai-je jamais le ravissement sexuel. Peut-être ma définition du ravissement sexuel correspond-elle en fait dans notre société à la définition du viol. Et le viol est la profanation du ravissement sexuel.

Un an plus tard je n'avais toujours pas résolu ce dilemme entre viol et ravissement, et je rentrais à pied du cinéma Deluxe. C'était un samedi ; il y avait eu une double séance, et je me sentais repue et détendue après avoir vu deux films hollywoodiens avec Paul Newman. Je devais emprunter Carruthers Street, une ruelle déserte, sur laquelle ne donnait aucune porte d'entrée. La rue est longée d'un côté par des arrière-cours, des cordes à linge, des jardins et des garages, et de l'autre par l'entrepôt des autocars. L'énorme porte de l'entrepôt, qui coulissait verticalement, était entrouverte, et j'apercevais le bas des cars orange ainsi que diverses paires de jambes vaquant à des occupations variées et échangeant des propos indistincts. Un monde de jambes s'arrêtant à mi-cuisse, de demi-échelles et de demi-balais. Quelle réaction un cri de détresse provenant de Carruthers Street provoquerait-il ? Des corps tout entiers accourraient-ils ? Ou bien des jambes à la Dali, en bleu de travail, se glisseraient-elles sous la porte entrouverte de l'entrepôt, pour aller s'embusquer parmi les autocars vides du parking ? On ne savait jamais ce qui pouvait être tapi derrière un autocar orange vide. J'accélérai le pas en espérant que le sort m'assurerait une fois encore un trajet sans encombre.

C'était le crépuscule, cette période de la journée précédant la tombée de la nuit où l'on peut pratiquement voir l'air, où les molécules semblent assez grosses pour être repoussées comme un voile, où le temps est comme en suspens et où des choses inhabituelles peuvent se produire. Le cœur serré, j'avançais avec appréhension à travers les molécules. Dans dix minutes la nuit serait tombée, l'air serait redevenu normal, et je serais de retour saine et sauve à la maison.

Tandis que je me rapprochais du carrefour au bout du pâté de maisons, une énorme voiture aux allures de navire pénétra dans Carruthers Street et se dirigea vers moi, vitre baissée côté conducteur. Par cette fenêtre ouverte j'entendis la voix mélodieuse de Todd Rundgren qui chantait une chanson familière. Je fredonnais en même temps lorsque le conducteur sortit la tête pour me crier : « Hé, chérie, je cherche une jeune fente bien tendue. » Je le regardai, et les molécules de son visage se mêlèrent aux molécules de voiture qui se mêlèrent aux molécules d'air, comme un rêve illusoire qui se dissout et se déplace dans le crépuscule. L'espace d'un instant, je fus tentée de lui répondre, mais une montée d'adrénaline me poussa à réagir et je gagnai en courant le refuge de l'obscurité.

« Je cherche une jeune fente bien tendue. » Comment quelqu'un qui écoute Todd Rundgren pouvait-il dire une chose pareille ? C'était un vocabulaire nouveau pour moi et cela me remplit de peur : la peur de la capitulation forcée, devant le pouvoir, devant le viol. Il n'y avait pas de peur dans le viol-ravissement, il n'y avait qu'un abandon délibéré à l'extase.

Mes aventures sexuelles au cours des douze dernières années ont été plutôt tranquilles. Je n'ai, par chance, pas connu le viol, mais, malheureusement, je n'ai pas connu non plus le ravissement. Je suis devenue une femme douée d'un appétit sexuel potentiellement insatiable. J'ai en général le bout des seins qui pointe ostensiblement, puissant indice, d'après ce que j'ai lu, d'une femme excitée. On peut les voir qui tendent mon T-shirt ou ma robe pendant que je choisis une livre de haricots, que j'astique la cuisinière ou que je constitue des rouleaux de vingt dollars au moyen de petites pièces de monnaie. Et ce n'est pas à cause du froid. J'ai le bout des seins qui pointe en toute saison, de jour comme de nuit. Comme je ne peux pas me promener à longueur de temps en arborant mes insignes de femme excitée, j'adopte souvent le « look superposition ». Avec deux ou trois couches de vêtements par-dessus mes seins qui pointent, je donne moins l'impression d'être une esclave du plaisir charnel.

À l'âge de dix-neuf ou vingt ans, j'ai vécu l'une de mes aventures tranquilles les plus mémorables avec un jeune homme qui s'appelait Marshall. Il était plein d'assurance et absolument convaincu de son pouvoir de séduction sur les femmes. Ma mère, comme beaucoup de mères juives, s'est toujours montrée avec moi aussi aimante que dévouée. Or je me suis aperçu qu'avec leurs fils les mères juives pouvaient manifester des attentions beaucoup plus excessives. Vu qu'ils sont tellement vénérés et dorlotés à la maison, les fils de mère juive espèrent les mêmes soins des femmes qu'ils rencontrent dans leur vie privée. Pas un seul instant Marshall ne douta du pouvoir qu'il avait d'éveiller mon désir. Il savait, mieux qu'aucun autre, que mes seins étaient ma zone érogène par excellence. Il les effleurait légèrement, tirait sur leurs mamelons, les tapotait, les malaxait, les embrassait, les léchait. J'ai appris beaucoup de choses auprès de Marshall, mais mon éducation sexuelle était encore limitée. Il avait beau avoir emmené mes seins à l'université, le reste de mon corps était resté à l'école primaire.

Après une suite de rencontres sans inspiration, j'en étais venue à croire que les meilleurs orgasmes avaient lieu dans la tête. Débarrassé de toute gêne et de toute culpabilité, curieux de nouvelles sensations, mon esprit m'avait amenée au bord du ravissement avec « lui », mon amant idéal. Celui-ci remplissait toutes mes exigences, il était beau, bien baraqué, tendre, prévenant, et lent, extrêmement lent. J'avais choisi mon amant idéal chez les Indiens Crees — pour ses yeux en amande noirs et perçants, ses cheveux noirs longs et épais, ses pommettes qui emplissaient le creux de ma main. Mon travail d'assistante sociale m'avait mise en contact avec beaucoup d'Indiens d'Amérique du Nord, et je commençais à admirer leur mode de vie traditionnel. Je me posais nombre de questions sur l'état perturbé de la terre. Leur philosophie m'offrait une réponse : la coexistence respectueuse dans tous les domaines, y compris dans les relations entre hommes et femmes.

Un jour d'été juste avant la tombée de la nuit. C'est le crépuscule. J'ai vingt-huit ans et, le cœur serré, je marche avec appréhension le long de la rivière pas loin du sentier aux rosiers roses. Je pense à ma vulnérabilité et à ma ceinture jaune de karaté. Je l'imagine soigneusement nouée autour de mon kimono et je me vois en train de parer une attaque quand, à cet instant précis, je reçois effectivement un coup sur le dos. Le choc me fait perdre l'équilibre et me coupe le souffle. Toute haletante, j'essaie de retrouver mon équilibre et voilà que j'y suis aidée : on m'attrape par l'épaule, on me relève et on me plaque une main d'homme sur la bouche tout en m'enserrant le cou dans l'étau d'un bras replié. Instantanément, nous partageons une intimité qui, dans des circonstances normales, met souvent des semaines à s'établir. L'homme m'étreint vigoureusement le dos contre sa poitrine. Je sens les contours de son corps de sportif. Tandis qu'il me tire en arrière, je sens les muscles de ses cuisses qui me frôlent les fesses. Le coude du bras qui m'enserre la gorge repose sur mon sein et à chaque mouvement il en effleure le mamelon, qui finit par se raidir. Est-ce que l'homme s'en rend compte ? Va-t-il prendre cette réaction pour du désir ? Est-ce du désir ?

Tandis qu'il m'entraîne vers le sentier aux rosiers roses, je tâche un moment de me persuader que je vis une sorte d'expérience cataleptique. Comme dirait ma mère, « je me retire dans un de ces lieux mystérieux » où j'ai tendance à me réfugier. Je m'efforce de suivre son conseil : je respire à fond et je m'en veux de n'avoir rien avalé ce jour-là. À chacune de mes inspirations, je hume l'odeur de sa peau. Il sent le plein air et la fumée, pas la fumée de cigarette mais un parfum de cèdre qui brûle. Un de ses doigts est coincé entre mes lèvres, et sa peau salée a un goût de crème aigre et de chips aux oignons. Mes perceptions sont précises et fiables. Je ne suis nullement sur le point de sombrer dans la folie. Non, un homme est tout simplement en train de m'entraîner vers le parterre de rosiers.

Plissant laborieusement les yeux et infligeant à leurs muscles une tension vers le bas fort peu naturelle, j'aperçois la peau de son avant-bras : elle est imberbe et cuivrée. Un Indien. Malgré ma raison qui m'exhorte à me défendre, mes impulsions se concentrent exclusivement sur son avant-bras bronzé et la possibilité de réaliser mon fantasme. Peut-être en cet instant, avec mon irrépressible instinct de survie, arrivé-je à me convaincre que je peux maîtriser le cours des événements. C'est moi qui choisis. L'illusion du choix est vitale pour moi. Le ravissement ou le viol. Je décide de m'abandonner à l'extase.

Il s'arrêta et se laissa tomber sur le sol, gardant sa main sur ma bouche et son bras autour de mon cou. Ses jambes formèrent à leur tour un étau et je me retrouvai les reins appuyés contre son sexe, le dos et la tête contre sa poitrine. Son buste se soulevait, et mon corps, tel un cavalier mal synchronisé avec sa monture, rebondissait contre le sien. Il me serra plus étroitement pour corriger le décalage. La force ou la capitulation consentie. Le parfum des roses m'enveloppait. Je rectifiai mon rythme respiratoire et le cavalier ne fit plus qu'un avec sa monture.

Tandis que sa respiration redevenait normale, son sexe se raidit dans le creux de mes reins. « Donne-moi ton fric », dit-il. J'étais interloquée. Je m'étais préparée à l'une des expériences les plus profondément rationalisées de ma vie, et je comprenais soudain que je n'allais aucunement être violée mais dévalisée ! Agressée pour de l'argent ! « Donne-moi ton fric », répéta-t-il. L'étau de son bras se resserra autour de ma gorge. J'agrippai des deux mains le muscle durci de son avant-bras. Sa voix m'avait abusée, elle aussi. C'était un murmure, une chaude brise sur mon front au léger parfum de faux persil. Plaçant mes poings dans la pose de karaté qui convenait, de chaque côté de sa cage thoracique, je le frappai violemment. « AAAAA-Ah !!! » grognai-je. Il tomba en arrière dans un rosier, encerclant sa poitrine de ses deux bras. Je détalai à quatre pattes et me retournai pour lui faire face. Il était là, mon amant cree idéal, et je le regardais droit dans les yeux. Son visage était encadré de minuscules roses semblables aux chérubins qui ornaient les peintures religieuses du XVIIe siècle. Un agresseur ingénu.

« Ça m'a fait mal. Espèce de sale yahoo, s'exclama-t-il.

— *Les Voyages de Gulliver,* dis-je.

— De qui ? demanda-t-il.

— Le yahoo dans *Les Voyages de Gulliver.* Vous l'avez lu ?

— Ouais, bien sûr. Deux ou trois fois.

— Ce n'est pas mon préféré, dis-je.

— À moi non plus, dit-il.

— C'est quoi, votre livre préféré ? demandai-je.
— *L'Almanach océanique*, répondit-il.
— Je ne connais pas.
— Ça fait mal, putain. Qu'est-ce que vous m'avez fait ?
— Une prise de karaté, dis-je.
— Au moins ceinture noire.
— Non, seulement jaune, précisai-je.
— Vous avez sans doute encore bousillé ma côte flottante. Merde.
— Vous m'avez fait vraiment peur, dis-je.
— Faut pas vous balader par ici. C'est la pleine lune ce soir », dit-il.

La lune était basse sur l'horizon. Comme il m'arrivait souvent, je me fixai une échéance factice et me demandai où je serais quand la lune serait haute dans le ciel. J'aurais pu m'en aller. Je continuai à parler.

« Vous êtes toxico ? » demandai-je.

Sa bouche s'étira, dessinant un large sourire aux dents blanches, un sourire entraîné, un sourire éprouvé, un sourire confiant, bref un sourire fiable.

« Non, dit-il.
— Pourquoi avez-vous besoin de cet argent ? demandai-je.
— Nintendo.
— Oh. » Il a donc une famille. Je me sentais ridicule avec mon fantasme.

« Comment vous vous appelez ? demanda-t-il.
— Sarah. Et vous ? ajoutai-je.
— Eddy. »

Plantés comme des piquets à environ cinq mètres l'un de l'autre, Eddy et moi demeurions liés par les signaux de désir que nos corps avaient émis.

« Sarah, dit-il.
— Oui, Eddy.
— Sarah, répéta-t-il.
— Oui, Eddy. »

Il se dirigea vers moi, lentement, prononçant mon nom à chacun de ses pas. « Sarah. Sarah... » Il s'était suffisamment rapproché pour que je sente la fumée de cèdre sur sa chemise et les relents de chips aux oignons dans son haleine.

« Vous saignez, fis-je remarquer.
— C'est ces saloperies d'épines.
— Près de votre tempe.
— Ouais ? »

Alors qu'il se frottait la tempe, le minuscule rubis de sang éclata et dégoulina le long de sa joue. Spontanément, je tendis la main pour essuyer le filet de sang. Victime une fois encore d'un serrement de cœur, je retirai prestement ma main ensanglantée et la maintins en l'air comme un phare dans la lumière crépusculaire. Je l'examinai : mes molécules de peau se mêlaient à ses molécules de sang.

D'un geste rassurant, Eddy pressa ma main contre sa poitrine et en essuya le sang sur son T-shirt. Je la laissai là. Avec l'intrépidité d'une Land Rover, ma main parcourut ses pectoraux, franchit l'arête de sa mâchoire pour rejoindre enfin la crête de sa pommette. Et celle-ci emplissait le creux de ma main.

S'emparant de ma main, il la prit dans la sienne et la plaça le long de mon corps. Puis, du dos de ses mains et de ses ongles, il se mit lentement à caresser — comme une plume — l'intérieur de mes avant-bras. Toute frissonnante, je tendis mes bras en avant pour qu'il continue. Encore et encore. Je ployai mon cou à plusieurs reprises, et ce fut son tour — encore et encore — puis ce fut mon visage, mes cheveux, ses doigts, ses ongles — encore et encore.

Il s'interrompit un instant et s'écarta. Eddy ôta ses vêtements — son T-shirt, ses bottes, son jean. Éclairés par la lune, ses contours musculeux, tout de rehauts et d'ombres, paraissaient des collines et des vallées, des reliefs sur une carte. Le corps d'Eddy était un voyage qui attendait d'être entrepris. Eddy me guiderait vers de nouvelles sensations, tel un prospecteur explorant veine par veine la mine de mon corps, avant que nous ne découvrions ensemble le grand filon.

Je me déshabillai, ôtant ma robe-sac, mes sandales, mon slip. À l'aide de nos vêtements, il confectionna un nid au milieu des rosiers, et nous nous y étendîmes ; là, nous contemplâmes la lune alors qu'elle atteignait son zénith dans les cieux. Je me demandai où je serais quand elle redescendrait. Eddy se pencha vers moi, appuyé sur son bras. Il enleva l'élastique qui retenait sa queue de cheval et laissa ses cheveux noirs retomber librement sur ses épaules. Il se mit à quatre pattes au-dessus de moi, et ses cheveux dégringolèrent sur mes seins quand il baissa la tête. Comme le duvet d'un plumeau, ses cheveux me caressèrent le corps de la tête aux pieds, exacerbant la sensibilité de mon épiderme. Je cambrai les reins pour aller vers lui et rencontrai ses lèvres qui frôlaient les miennes. Effleurant la surface de ma peau, ses lèvres chaudes attisèrent encore le désir qui le dévorait. Glissant comme une goélette, filant comme un clipper sur mon corps ondoyant, le désir m'asservit totalement. Mon corps ondulait sous la brise, dans l'attente fiévreuse de l'ouragan.

Je pris conscience du pouvoir qu'il pouvait exercer

lorsqu'il me souleva le torse d'une main passée sous mes reins tandis que l'autre faisait presque le tour de ma gorge. Il aurait pu me briser le cou comme une brindille. Je le regardai dans les yeux ; j'étais son égale, non sa proie. Il ôta sa main de mon cou et la posa sur ma joue, tout en me hissant telle une coupe jusqu'à ses lèvres. Il m'embrassa. Plus fort et plus longuement, plus fort et plus profondément, plus violemment et plus longuement : sa bouche enveloppait la mienne.

La lune, semblable à un projecteur, nous ouvrit les yeux et il plongea les siens dans les miens, s'y enfonçant de plus en plus profond. Nous nous étreignîmes de plus en plus passionnément, nous agrippant, nous léchant, nous frottant, nous empoignant, nous pétrissant mutuellement. Pareille à un crabe, je m'accrochai à lui et, roulant comme une boule hors de notre nid, nous nous retrouvâmes à même le sol. Là, à l'ombre des rosiers, il pénétra en moi. Encore et encore. Mes fesses moulées dans la terre. Encore et encore. De plus en plus loin dans le filon. Et les molécules de terre se mêlèrent aux molécules de chair. Et la lune devint ses yeux, les roses ses cheveux, ma main son épaule, mes seins sa poitrine, mes cuisses ses cuisses, et il devint moi et je devins lui. Ravie.

Traduit par Anouk Neuhoff

NOTE DE L'AUTEUR

J'ai écrit cette histoire parce que je crois — une croyance partagée, me semble-t-il, par la plupart des femmes, quand nous sommes vraiment honnêtes avec nous-mêmes — que la femme, instinctivement, à un niveau primitif, aspire au viol-ravissement. C'est une théorie délicate sur le plan politique, mais le viol-ravissement, tel que la nouvelle l'explore, est différent du viol tout court. La nuance est mince, mais la nuance existe et Sarah la souligne.

Je crois qu'une femme peut reconnaître son désir de viol-ravissement tout en demeurant féministe. En fait, je pense que nier l'existence de pulsions de ce type dans la sexualité féminine revient à nier les principes du féminisme tels que je les entends.

SARA DAVIDSON

Le pari

Comme l'héroïne de la nouvelle précédente, la Lucy de Sara Davidson est victime d'un viol-ravissement. Un défi sexuel, lancé dans l'excitation mutuelle d'une nouvelle relation amoureuse, lui fournit l'excuse idéale pour s'abandonner à la passivité, une attitude à laquelle elle a toujours aspiré en secret. Il est évident que l'autocensure évoquée ici représente aujourd'hui pour nombre de femmes une autre forme d'oppression, qui les oblige à refréner leurs instincts pour se conformer à un modèle de comportement, à des normes sociales, aux dépens des véritables sensations de la chair. Même si d'aucuns prétendront que « Le pari » et les histoires de ce genre entretiennent le mythe de l'amant dominateur, je ne vois personnellement pas de plus grand obstacle au désir que les schémas imposés et les mensonges auxquels ils aboutissent.

C'ÉTAIT comme de descendre un toboggan : à toute allure, dans la nuit, ils serpentaient parmi des maisons sombres et des pelouses mouillées où tournoyaient des arroseurs ; enfin, ils atteignirent l'autoroute de la côte Pacifique et la plage. Le sable était gris et humide, les parkings fermés. Au feu de Sunset Boulevard, Joe changea de vitesse avec nervosité. Il régnait une tension dans la voiture, cette tension croissante que causent le sexe et le parfum sucré de la marijuana. Lucy guida Joe le long des rues brumeuses qui menaient à sa maison. Il serra le frein à main, ouvrit la portière de la Porsche et l'aida à descendre.

Ils avaient la maison pour eux tout seuls. Pam était chez Henry et ne rentrerait pas avant dimanche. Lucy versa de l'amaretto dans des verres et dit à Joe de choisir un disque. Après quelques accords familiers, elle reconnut Mick Jagger.

Quelle fête réussie ! songea Lucy. Elle avait les poches bourrées de numéros de téléphone griffonnés sur des bouts de papier et des pochettes d'allumettes.

Ravie de cette multiplicité de perspectives après plusieurs mois d'austérité, elle ôta ses chaussures et s'assit sur le tapis, face à Joe.

Ils savaient peu de chose l'un de l'autre. Il était de Los Angeles, elle de New York. Ils avaient tous les deux tourné des films pour la télévision et avaient tous les deux été mariés.

« Depuis combien de temps êtes-vous séparés ? demanda Joe.

— Deux ans.

— Comment était-il ?

— Vous voulez voir une photo ?

— Bien sûr. » Il alluma un autre joint.

Elle disparut dans son bureau et en rapporta une photo qu'elle avait toujours bien aimée. Le visage de son ex-mari était en partie dans l'ombre : la moitié droite, illuminée de soleil, avait un air candide, la moitié gauche paraissait sombre et mystérieuse.

Joe examina la photo, puis fronça les sourcils. « Il ne me plaît pas. Je regrette. »

Lucy récupéra le cliché.

« Jerry ne laisse personne indifférent.

— Combien de temps avez-vous été mariés ?

— Sept ans. Et vous ? »

Il étendit les bras au-dessus de sa tête. « Dix mois. Ce n'était pas sérieux, j'en ai peur.

— Quel a été votre maximum avec quelqu'un ?

— Quelques années. » Il sourit, et des fossettes lui creusèrent les joues. Il était grand, athlétique, avec des cheveux châtains et une barbe qui, outre ses yeux rapprochés, donnait à son visage une expression concentrée. « Qu'est-ce que j'y peux, si toutes les nanas en Amérique sont complètement paumées ?

— C'est drôle, elles ne disent que du bien de vous. »

Il rit, comme pour souligner qu'elle avait raison. Ils bavardèrent encore, écoutèrent de la musique. Il était maintenant trois heures du matin.

« Vous voulez monter ? » demanda Lucy.

Il fit non de la tête.

Dommage.

« Pas tout de suite.

— Hmm ? »

D'un ton désinvolte, Joe expliqua : « Je crois que nous devrions faire durer le plaisir. Je me propose d'exciter votre désir très progressivement.

— Mais enfin, de quoi parlez-vous ! »

Il se rapprocha, ramassant la bouteille d'amaretto. « Le reste de la soirée est entre mes mains. Vous n'avez rien à faire. D'ailleurs vous n'allez rien faire. »

Elle éprouvait comme des picotements.

« Je sais que ce ne sera pas facile, vous êtes le genre de femme à aimer diriger. » Il dressa le menton, comme pour dire : allez, chiche.

Mais pour qui est-ce que tu te prends...

« Je parie que si vous êtes avec quatre personnes et qu'il faut choisir un restaurant, vous n'êtes pas capable de laisser les autres décider sans vous.

— C'est vrai. »

Il reposa son verre, se dirigea vers elle et l'embrassa. Elle était excitée, il était excité. Elle se dit qu'ils allaient le faire là, à même le sol, mais il s'écarta, la laissant pantelante et frustrée.

« Ça ne me plaît pas, dit-elle.

— Tant pis. » Il sourit.

Elle lui lança une chaussure. Elle éprouvait cette

étrange sensation de brusque intimité — cette sensation presque palpable de communion — provoquée par la marijuana. Il retourna le disque. « Dommage que vous n'ayez pas de Sting. C'est le seul type qui dise encore quelque chose. Mais bien sûr, si j'aime les Stones, c'est parce qu'ils n'ont pas le moindre message à délivrer, à part baise-moi.

— Ils ont écrit des paroles pas mal du tout.

— Elles disent toutes baise-moi, elles reviennent toutes à ça.

— " Jumping Jack Flash ".

— Je suis un super-coup, baise-moi.

— " Brown Sugar ", non, celle-là, c'est évident.

— Baise-moi, négresse.

— " Street Fighting Man ". Tiens, celle-là, elle disait quelque chose.

— Ouais, je suis un révolté. Quand je rentrerai après la bagarre, baise-moi. »

Lucy éclata de rire. Il devait bien y en avoir une. « Et la chanson... oh, comment s'appelait-elle, déjà ? Elle était dans l'album " Between the Buttons ".

— " Ruby Tuesday " ?

— Non, celle-là, elle n'est pas dans " Between the Buttons ".

— Bien sûr que si.

— Non, elle n'y est pas.

— Vous vous trompez.

— J'ai le disque. Je suis catégorique.

— Moi aussi.

— Qu'est-ce qu'on parie ?

— Trouvons un enjeu qui soit vraiment intéressant.

— O.K. »

Elle s'étendit sur le dos pour réfléchir. Il s'allongea sur elle, souleva son chemisier et promena lentement ses lèvres sur le creux lisse et bien tendu de son ventre. Elle soupira ; elle s'apprêtait à lui caresser le dos quand il s'empara de sa main et la posa par terre.

« Je ne peux pas vous toucher ?

— Non. Vous ne pouvez rien faire. » Il se dirigea vers les disques pour y chercher « Between the Buttons ».

« C'est idiot.

— Vous vous y ferez.

— Alors, qu'est-ce qu'on va parier ? » demanda Lucy. L'arrogance de l'homme l'exaspérait.

« Un dîner dans un restaurant de son choix.

— À Paris.

— Je ne le trouve pas, dit Joe.

— Il est peut-être en haut. »

Il se redressa ; elle se leva pour le suivre, mais il se retourna et, de l'index, lui intima l'ordre de rester assise. Elle obéit. Il la rejoignit par-derrière, souleva ses longs cheveux bruns et lui embrassa la nuque. « Pas mal tenté.

— Je ne supporte pas ce petit jeu. »

Il commença à déboutonner son chemisier. « Tenez-vous tranquille. »

Elle obéit.

Il déposa son chemisier sur une table et s'assit à environ deux mètres d'elle. « Vous êtes plus belle déshabillée.

— Vous êtes en train de tout gâcher, vous savez. Quand vous serez prêt, moi je n'aurai plus envie.

— Je ne me fais pas de souci. » Il but son verre à petites gorgées. Il portait une chemise bleue aux manches relevées, et elle ne pouvait s'empêcher d'admirer ses bras. Ils étaient bronzés, lisses, musculeux, couverts d'un fin duvet de poils blonds. Elle éprouva un accès de désir si puissant qu'elle en eut mal.

« Lucy, c'est un acte de maîtrise presque surhumain de ne pas vous sauter dessus tout de suite, mais je vais résister. L'attente ne fera que rendre le plaisir plus intense encore.

— Non ! » La frustration était intolérable. « Vous jouez avec moi, et ça ne me plaît pas.

— Non, je ne joue pas.

— Si, vous jouez, et je veux que vous arrêtiez. »

Il rampa jusqu'à elle et approcha son visage du sien.

« Pouvez-vous me dire exactement ce que vous voulez que j'arrête ? »

Elle se demanda comment formuler la chose.

« Non. »

Ils s'esclaffèrent. Joe roula avec elle sur le sol ; il l'embrassa plusieurs fois au creux de son épaule nue, puis il s'arrêta.

« Décidons de l'enjeu du pari, lança-t-il, en regagnant son fauteuil.

— Le perdant sera l'esclave de l'autre. On verra comment vous prendrez la chose.

— Pendant combien de temps ?

— Vingt-quatre heures.

— D'accord, si vous tenez à prolonger la torture. Où est le disque ? » Il se dirigea vers l'escalier.

« Il n'est pas là-haut. »

Il se retourna.

« Dans la bibliothèque. Étagère du bas. »

Quand Joe dénicha l'album, un sourire se dessina sur son visage.

« J'avais raison, pas vrai ? » dit-elle.

Il sortit le disque de sa pochette, l'installa sur la platine et marqua une pause. « Vous tenez toujours à ce pari ? Je veux bien vous en dégager, parce qu'au fond je suis un chic type. »

Il bluffait. « Mettez le disque. »

Lucy se frotta les mains de jubilation, elle était certaine d'avoir gagné, mais, dès les premières mesures, elle comprit son échec. Comment était-ce possible ? Elle avait cru de toute son âme qu'elle avait raison, et elle se trompait. Elle se rendit à la fenêtre.

« Voilà les termes du contrat. Ce soir ne compte pas. Vous serez mon esclave le jour que je jugerai bon.

— Vous voulez vraiment m'humilier, on dirait. »

Il s'approcha, l'attrapa par les épaules avec une douceur qui l'étonna, et l'embrassa ; c'était un baiser plein de magie, un baiser qui vous transportait dans un autre monde, comme ceux dont elle avait rêvé à treize ans. Quand Joe s'écarta, elle fondit en larmes. « J'ai peur. »

Il parut inquiet. Il se rapprocha, et quand le visage de Joe se trouva tout près du sien, le regard de Lucy perdit son expression blessée et se mit à pétiller. Il la serra contre lui. « Tu es fantastique. » Puis, lui passant un bras sous les jambes et l'autre sous les aisselles, il la souleva comme une plume et l'emporta en direction de l'escalier.

Pendant les heures qui suivirent elle n'eut pas le droit de faire le moindre mouvement ; elle ne fut pas davantage autorisée à lui dire où ni quand la toucher, mais il le savait.

Presque éperdue de plaisir, elle avait renoncé à lutter. Elle était en train de réaliser tous les fantasmes qui la hantaient depuis toujours. Des préliminaires à l'infini. D'impitoyables cajoleries qui n'avaient d'autre but que de susciter le plaisir. Cette délicieuse torture allait durer toute la nuit — une nuit qui en valait mille —, une torture qu'elle subissait sans rechigner.

Elle était sur le dos, et Joe se tenait au-dessus d'elle, appuyé sur ses bras. « Je veux que tu sois mon esclave maintenant. Dis-moi que c'est moi le meilleur.

— Tu crois que tu es meilleur que moi ?

— Je ne dis pas ça. Dis-moi que c'est moi le meilleur.

— Tu n'es pas meilleur que moi. »

Il s'échappa. « Tu es mon esclave, il faut que tu le dises. » Il se mit à la caresser avec son doigt.

« Je ne peux pas dire quelque chose que je ne...

— Tu aimes ?

— ... crois pas, et en même temps... avoir l'air... crédible. »

Elle adorait ce qu'il lui faisait, elle l'adorait, lui, elle voulait que ses caresses durent toujours. Le doigt s'arrêta.

Le considérant d'un air grave, elle dit : « Pas de doute, c'est toi le meilleur. »

Le doigt reprit son activité. « La belle affaire ! » Joe éclata de rire. Il descendit entre ses jambes, y prenant place avec cette précision instinctive qu'il avait montrée toute la nuit. Elle sentait son sexe à présent, il pénétrait en elle comme un poisson remontant le courant, à grands coups de nageoire. Le poisson montait, montait, énorme, il allait établir un record, on allait le peser, on allait se faire photographier à côté de lui. Avec ses reflets bleu marine, sa puissante silhouette fendait les flots, dans un élan irrésistible.

« S'il te plaît, Joe, supplia-t-elle, s'il te plaît, laisse-moi... »

Il creva la surface, surgissant à l'air libre dans une gerbe d'éclaboussures.

Elle était toute molle, elle riait sans pouvoir s'arrêter. Il plongea en elle alors qu'elle était sur le dos, les bras languissamment repliés derrière sa tête. « Remue un peu, ordonna-t-il. Bien, maintenant arrête. » Elle était étendue sans bouger, dans la position dont, en secret, elle avait toujours rêvé. C'était bon, oh c'était si bon comme ça : elle adorait être ainsi passivement allongée sur le dos, les bras rejetés en arrière. Or, comme Joe continuait, elle se mit à bouger, au début sans le vouloir. Son petit derrière commença à se balancer, et elle ne tarda pas à épouser le rythme de ses mouvements, pompant et comprimant son sexe.

« Oh, ma chérie.

— Vas-y...

— Oui.

— Maintenant.

— Putain, que c'est bon ! »

Il était sept heures du matin. Ils avaient fait l'amour pendant presque quatre heures. Elle ne l'avait pas embrassé, pas plus qu'elle ne l'avait touché, et il n'avait pas un instant cessé de bander.

« Tu as déjà fait ça ? lui demanda-t-elle.

— Non. »

Ils se regardèrent dans les yeux, troublés et vaguement effrayés : la chambre se transforma en une sorte de bulle toute vibrante de sentiment, tandis que le monde extérieur — les gens dans leurs appartements, les gens qui dormaient, mangeaient des corn flakes, allumaient la télévision — semblait désormais appartenir à un autre ordre, futile et dénué d'intérêt.

Ils essayèrent de dormir, mais ils n'arrêtaient pas de penser aux choses qu'ils avaient envie de dire et de s'agiter dans le lit, réveillant sans le faire exprès leur désir mutuel.

« Il faut dormir, dit Joe. Tu aurais un Valium ? »

Elle se rendit dans la salle de bains et revint avec deux pilules jaunes.

Joe avala la sienne, but au goulot une gorgée d'amaretto, et embrassa Lucy, les lèvres encore toutes sucrées.

Traduit par Anouk Neuhoff

NOTE DE L'AUTEUR

J'ai écrit ce texte quand, enceinte de mon deuxième enfant, j'ai été obligée, pour éviter une naissance prématurée, de rester allongée pendant six mois en m'abstenant de tous rapports sexuels. Durant cet intermède d'abstinence forcée, je me suis surprise à écrire les passages les plus érotiques de toute ma carrière, et à y prendre un immense plaisir.

J'ai toujours pensé que la plus grande jouissance sexuelle ne découlait pas de la virtuosité technique mais du jeu des fantasmes et de l'émotion. Le fantasme décrit dans cette nouvelle est ce fantasme archétypal qu'a si parfaitement illustré La Mégère apprivoisée *— où une femme de tempérament utilise pour résister tout l'arsenal dont elle dispose, mais se voit pourtant contrainte à rendre les armes devant l'habileté de l'homme.*

LISA TUTTLE

Celle qui disait non

Lisa Tuttle, auteur très publié dans des genres très divers, montre ici qu'elle est capable de perversité autant que d'originalité. Naturellement, le souci de tout éditeur, lorsqu'il présente ce genre d'histoire à suspense, est de ne pas dévoiler trop de choses, mais il y a certains détails que je pense pouvoir dévoiler sans problème. Dans « Celle qui disait non », vous rencontrerez une épouse, un mari, un souvenir, et une surprise, et puis tenez, il y a aussi un exemplaire d'un certain livre de Pauline Réage.

Au premier abord je crus que je le connaissais et je sentis mon sang s'échauffer, mes muscles se ramollir, le souffle s'évaporer de mes poumons.

L'empreinte de ses doigts apparut comme des stigmates sur ma peau, et le souvenir de sa langue affamée dans ma bouche réveilla en moi un besoin que je ne m'étais pas avoué depuis longtemps, un brûlant désir d'interdit.

« Qu'est-ce qu'il y a ? » demanda mon mari, de l'autre côté de la table de restaurant. Surprise, je regardai en face de moi le visage bien connu et me rappelai soudain qui et où j'étais : une épouse d'une quarantaine d'années séjournant avec son mari dans un élégant hôtel de luxe de la campagne anglaise ; nous nous offrions ces vacances pour fêter notre anniversaire de mariage. « Tu as vu une personne que tu connais ?

— Non. » Car cela s'était passé dans un autre pays, et de toute façon... « Il ne serait pas aussi jeune, si c'était celui auquel je pensais. Il avait cet âge-là *à l'époque.* » L'homme dont je me souvenais aurait aujourd'hui mon âge et peut-être me trouverait-il toujours séduisante. Ce jeune homme ne devait guère avoir plus de vingt ans. S'il me regardait, il verrait quelqu'un d'assez âgé pour être sa mère, une personne dépourvue d'intérêt, sexuellement invisible. Il tourna la tête, et le lumineux regard vert qu'il posa sur moi me transit comme une pluie d'eau froide ; il sourit.

« Tu souris, dit mon mari, intrigué. C'était un ancien petit ami ?

— Non. Oh, non. Juste quelqu'un que j'avais rencontré jadis à Houston. Tu veux goûter ma mousse de saumon ? »

Jadis. Une seule nuit. Et pourtant son souvenir ne m'avait jamais quittée. Par combien de nuits moroses ou sans sommeil l'avais-je ressuscité pour me réconforter. J'y avais eu recours si souvent qu'il avait fini par me sembler une histoire que j'avais lue quelque part, et non quelque chose qui m'était réellement arrivé. Le présentant comme un fantasme, il m'était même arrivé, certaines nuits, au lit, de le partager avec mon mari. Mais c'était bien réel — ou ça l'avait été, jadis.

Je l'avais vu pour la première fois dans un bar du Montrose, en train de boire tout seul. Une abondante toison de boucles noires encadrait son long visage bien rasé, à la bouche sensuelle et aux yeux d'un vert étonnant. Seul son nez trop grand et légèrement crochu lui interdisait le qualificatif de beau, mais il avait un visage extraordinaire et il n'y avait pas que moi qui le regardais. Ce n'était d'ailleurs pas uniquement son visage qui attirait l'attention. Il avait une présence physique aussi capiteuse que quelque rare parfum. Son corps n'avait rien de particulièrement remarquable — personne ne l'aurait choisi comme mannequin vedette —, mais il était long, mince et nerveux. En toute objectivité, mon mari, un bel homme grand et baraqué, était certainement plus séduisant, mais je ne pensais pas à mon mari tandis que j'admirais la coupe parfaite du jean qui gainait les jambes de l'inconnu.

Je m'installai et commandai à boire. Je ne cherchais pas d'ennuis. Je ne pensais pas à l'adultère. Je me contentais, croyais-je, de regarder sans toucher. J'aimais la façon dont ses lèvres se retroussaient autour de sa cigarette et la façon dont ses yeux se plissaient à cause de la fumée. J'aimais ses doigts fins, et la façon qu'il avait de bouger, quand il se déplaçait sur son tabouret ou bougeait le cou et les épaules avec le naturel d'un animal.

Après avoir contemplé un moment son étrange profil si peu classique, je me mis à caresser lentement du regard ses épaules, son dos, puis ses fesses, que moulait si joliment son jean délavé. Il tourna la tête vers moi avec nonchalance comme s'il avait senti, et aimé, cette caresse. Mes yeux remontèrent le long de son corps pour rencontrer ses yeux, mais je ne souris pas. Il détourna le regard en premier. Alors seulement, je m'autorisai à sourire.

Un homme s'approcha de lui, une cigarette à la main ; il lui donna du feu et répondit distraitement à ses efforts de conversation, l'esprit tout occupé de ma personne. Je sentais son attention exclusivement concentrée sur moi, et ce alors même qu'il avait le dos tourné, les yeux braqués dans une autre direction, les oreilles assaillies par les bavardages du fumeur de cigarette — qui finit d'ailleurs par renoncer et aller jeter son dévolu sur quelqu'un d'autre. C'est à ce moment-là que ma proie se retourna et me regarda de nouveau.

Je dus dissimuler un sourire de triomphe. Il était rassurant d'avoir conservé la faculté d'éveiller le désir d'un homme. Je me sentais enfermée dans ma vie conjugale, comme si mon alliance m'avait conféré l'invisibilité, et son regard provoqua en moi une bouffée de bien-être. Tandis qu'il se redressait, fléchissant les épaules et bandant les muscles de son long dos avant de s'écarter du bar en un geste souple et désinvolte, je l'imaginai nu, en érection, et je sentis les muscles de mon vagin se contracter.

Il m'offrit un verre puis je lui en offris un. Nous restâmes assis là à nous regarder. Nous échangeâmes peu de paroles, et rien que des banalités. La véritable conversation se déroulait entre nos corps, à travers d'infimes changements de posture et d'attitude, dans le croisement et le décroisement de mes jambes quand je me penchais vers lui puis me renfonçais dans mon siège, dans la façon qu'il avait de passer ses longs doigts minces sur son visage. Pas une fois il ne me toucha. Je crois qu'il n'osa pas. J'essayais de lui faciliter la tâche, mettant ma main près de la sienne sur la table, bougeant mes jambes. À chacun de mes mouvements mon excitation ne cessait d'augmenter ; à la fin, le souffle court, complètement affolée de désir, je tendis la main sous la table et la posai sur sa cuisse.

Les pupilles de ses étranges yeux verts s'élargirent, et je souris. Plaçant sa main chaude par-dessus la mienne, il la serra.

« On peut aller chez vous ? » demanda-t-il, à voix très basse.

Confrontée à la réalité, je perdis mon sourire. À quoi étais-je en train de jouer ? Je retirai ma main et me levai. Il me suivit si hâtivement qu'il faillit renverser la table.

« Non », protestai-je, mais il quitta avec moi la pénombre du bar climatisé pour rejoindre le parking. La chaleur tropicale de la nuit nous enveloppa comme un amant en sueur. Dans un livre que j'avais lu un jour, un écrivain avait comparé l'odeur de Houston à l'arôme exhalé par une femme d'hygiène douteuse dont les sens sont excités. Aspirant profondément, je distinguai les effluves d'un effroyable mélange : bière renversée, essence, gaz d'échappement, relents de cuisine, parfum, after-shave, végétation pourrissante, poubelles et, perçant sous tout cela, une forte odeur saumâtre causée peut-être par quelque brise provenant du golfe du Mexique.

Il était juste derrière moi, il me suivait, et lorsque je me retournai pour lui enjoindre de s'en aller, je ne sais comment, au lieu de cela je m'effondrai contre lui. Aussitôt nous nous retrouvâmes agrippés l'un à l'autre, poitrine contre poitrine, bouche contre bouche, à nous embrasser avidement. Le désir que j'éprouvai quand il me toucha pour la première fois, l'intensité avec laquelle ce désir envahit mon corps tout entier était si puissante que je crus m'évanouir. Puis, lentement, sous la tendresse de son étreinte, je revins à moi, je revins à lui. Je n'avais jamais rien connu d'une beauté aussi sensuelle que sa bouche ; de chaudes lèvres pleines de douceur s'ouvrant contre les miennes, la sécheresse qui rencontrait la moiteur, une cave humide où logeait l'espiègle animal qu'était sa langue et dont elle sortait pour téter goulûment la mienne. Épaisse, son haleine sentait la fumée, elle avait un goût de péchés désirables, un goût de whisky, de sucre et de cigarettes.

Ses mains fortes et intelligentes, avec leurs longs doigts, parcouraient mon corps tandis que nous nous embrassions, tout d'abord timides, puis, comme je m'accrochais férocement à lui, sans essayer le moins du monde de le repousser, de plus en plus hardies. Il ne tarda pas à trouver encombrants mes vêtements, qui se réduisaient pourtant à l'essentiel : un chemisier de coton, une courte jupe d'été et des sous-vêtements, pas de collants, mes pieds nus chaussés de sandales de cuir. Une de ses mains, qui n'avait cessé de revenir tracer d'indolents motifs pleins de sensualité sur mes seins prisonniers, s'employait désormais activement à déboutonner mon chemisier, pendant que son autre main, derrière moi, relevait ma jupe et tirait sur l'élastique de ma culotte. En l'espace de quelques minutes, peut-être de quelques secondes, il aurait pu me déshabiller entièrement.

Je ne désirais rien davantage que de me trouver nue entre ses mains expertes, mais pas ici, en public, entourés d'inconnus — est-ce qu'il était fou ? « Non », hoquetai-je en le repoussant ; je reculai, m'efforçant de reboutonner mon chemisier.

Il tenta une nouvelle fois de m'enlacer, mais je lui donnai une claque sur les mains. Il parut anéanti. « J'ai envie de vous. Pas vous ? »

Je ris. « Pas ici, soyez raisonnable ! » Il y avait des gens partout autour de nous, qui remontaient dans leur voiture ou en descendaient, des clients qui traînaient devant le bar, et des habitants du quartier sortis prendre l'air et qui buvaient de la bière en packs de six achetée à l'épicerie d'en face. Le parking et toute la rue offraient une apparence de kermesse ou de fête foraine, de partie de campagne improvisée en vue de célébrer l'été. De la main, je lui indiquai la foule que le feu du désir nous avait provisoirement masquée et, comme si j'avais par ce geste dissipé un écran de fumée, nous vîmes tous deux, au même moment, un homme et une femme qui s'étreignaient passionnément à quelques pas de nous. Tandis que je contemplais la scène, je m'aperçus que la femme avait glissé sa main dans le pantalon de l'homme.

Mon inconnu me fit un immense sourire, un sourire étincelant et carnassier. Il posa ses mains sur mes hanches et m'attira contre lui. Son érection me parut énorme. Soufflant son haleine brûlante à mon oreille, il chuchota : « Personne ne verra rien. Personne ne fera attention. »

Personne d'autre, il est vrai, ne semblait prêter attention au couple d'amoureux, ou, si certains le remarquaient, ils feignaient poliment de ne rien voir. Les autres gens avaient leurs propres soucis ; pourquoi auraient-ils fait attention ? Et il n'en serait pas allé autrement si les amoureux avaient été du même sexe. Le Montrose était le quartier de Houston le plus bohème et le plus tolérant en matière de sexe, et c'était pour cela que je l'avais choisi comme lieu d'escapade cette nuit-là. Dans ce quartier, je pouvais oublier pour un temps qui et où j'étais, je pouvais devenir une étrangère et m'imaginer que j'étais une femme libre, en virée à San Francisco, à La Nouvelle-Orléans, ou à Paris.

L'odeur de tabac, d'épices et de sueur dégagée par cet autre étranger, la chaleur et la masse compacte de son corps contre le mien, les mains qui caressaient mes hanches, mes cuisses et mes seins, toutes ces sensations étaient émoussées par mes scrupules, et sa voix basse, qui me racontait une histoire, me parvenait comme assourdie :

« J'étais à un concert de rock un jour, il y avait des milliers de gens entassés les uns contre les autres, tout le monde debout pour mieux voir le spectacle, et les gens bougeaient, ils dansaient vaguement sur place et c'était tout ce qu'ils pouvaient faire dans le peu d'espace qu'ils avaient. J'étais avec cette fille... elle portait une jupe archicourte, comme la tienne, et à un moment elle a laissé tomber son sac et quand elle s'est penchée pour le ramasser j'ai vu qu'elle ne portait pas de culotte. Alors... je l'ai forcée à se tenir devant moi, et j'ai descendu ma braguette, et puis je suis entré en elle, et puis lentement, tranquillement, je l'ai baisée. Personne ne savait ce qu'on était en train de faire. Même quand nous avons joui tous les deux personne n'a rien remarqué, parce que tout le monde était occupé à hurler et à sautiller sur place. » Il avait de nouveau remonté ma jupe par-derrière et, s'attaquant à ma culotte — elle était trempée à présent —, il entreprit de me l'enlever.

« Non. »

Une moitié de moi espérait qu'il ne tienne aucun compte de mon refus, qu'il continue, qu'il me prenne là au milieu de tous ces inconnus, même sous leurs regards envieux et désapprobateurs ; l'autre moitié de moi était horrifiée. Que se passerait-il si quelqu'un de ma connaissance passait par là, quelqu'un avec qui je travaillais, ou un de mes voisins ? Je réitérai donc mon refus sur un ton plus féroce, et lorsque je m'écartai il ne me retint pas.

« Tu me rends fou.

— Qu'est-ce que tu es en train de me faire, d'après toi ?

— Rien, par rapport à ce que j'aimerais te faire. »

Nous nous dévisageâmes mutuellement, tout brûlants de frustration. J'attrapai sa main. « On va trouver un coin un peu moins public. Viens. »

Je n'avais pas d'endroit spécial en tête, je voulais seulement quitter la foule. Nous nous éloignâmes des rires et des bavardages, du fracas de la musique et de la lumière des néons pour gagner les rues plus paisibles où il n'y avait pas de bars ni de stations-service ouvertes, pas de salons de massage ni d'épiceries de quartier ; des rues bordées d'arbres où les immeubles abritaient des boutiques d'esthéticienne et des cabinets dentaires, de petites entreprises qui fermaient à la tombée de la nuit. Dans l'une de ces rues presque désertes il m'attira brusquement sous le porche d'un magasin d'antiquités et me plaqua contre le mur.

« Non. » Ainsi chuchoté, le mot avait la douceur d'une caresse. Je n'étais même pas sûre qu'il ait entendu. Ses gestes étaient aussi habiles qu'impérieux. Il déboutonna mon chemisier, dégrafa mon soutien-gorge, libéra ma poitrine, titilla mes seins et les pétrit tellement que leur pointe dressée en devint douloureuse. Je capitulai, vaincue, liquéfiée, et puis tout à coup, brutalement, je me vis de l'extérieur : une espèce de pouffiasse, à moitié déshabillée dans un lieu public en compagnie d'un inconnu, qui laissait cet inconnu lui faire ça — je me réveillai subitement, saisie d'un haut-le-cœur. Cela ne pouvait pas être moi. J'avais toujours été sage ; même avant mon mariage je n'avais eu que deux liaisons ; je n'avais jamais eu d'aventures avec des inconnus. Maintenant que j'étais mariée, ce genre de comportement était impensable. Le sexe était une chose qui se passait chez soi, dans un lit, pas sous le porche d'une boutique.

Je me raidis et repoussai ses mains avec violence. Tandis que je me débattais et me contorsionnais pour lui échapper, il me menotta les poignets d'une seule main sans le moindre effort et me fixa du regard, les lèvres contractées en un léger sourire.

« Non », dis-je faiblement, sans le penser. Je désirais soudain plus que tout qu'on me domine, qu'on m'oblige à faire ce que j'avais envie de faire, qu'on me débarrasse de ce sentiment de culpabilité. Il me regarda dans les yeux et y lut ma prière, tandis qu'entre le pouce et l'index il roulait le bout d'un de mes seins. Je me sentais paralysée par son regard, incapable de lutter. Je me tenais immobile, frémissante. Il lâcha mes mains et remonta ma jupe jusqu'à ma taille.

« Enlève ton slip et écarte les jambes », dit-il.

Je me sentais ivre de désir. « Non », murmurai-je. Je ne voulais pas dire que je n'avais pas envie, et je ne voulais pas dire que j'avais envie. Par ce mot je voulais exprimer un type de oui différent ; je voulais dire : oblige-moi à le faire, fais-le-moi, je suis en ton pouvoir désormais.

Ses yeux n'avaient pas quitté les miens, mais l'espace d'un instant je craignis qu'il ne comprenne pas. Puis il dit : « Essaie un peu de m'en empêcher. » Tirant sur l'élastique de mon slip, il le fit alors glisser avec douceur le long de mes jambes. Quand il tomba sur mes chevilles, je m'en délivrai négligemment et je demeurai là, passive, offrant mon sexe à sa vue.

Un petit soupir de plaisir s'échappa de ses lèvres tandis qu'il me contemplait. Il reprit son air sévère. « Contre le mur et écarte les jambes. »

Je déglutis avec effort, puis je retrouvai ma voix ainsi que le seul mot qui me restait. « Non. »

Il éclata de rire. « Non ? Non ? Qu'est-ce que ça veut dire ? Ton corps dit tout le contraire. » Il glissa sa main entre mes jambes. Quand ses doigts rencontrèrent ma moiteur, le souffle coupé, je tressaillis. « Ton corps ne ment pas. Ton corps dit oui. » Ses caresses étaient aussi douces que sa voix, délicates et admirablement assurées. Avec un gémissement, je fermai les yeux, incapable de le regarder me regarder tandis qu'il chatouillait mon clitoris. Je le laissai continuer, jusqu'à ce que ses titillations deviennent trop excitantes, son doigté trop subtil pour mon désir beaucoup plus âpre, et je lui attrapai la main pour l'encourager à me frotter plus fort et à introduire ses doigts en moi. Il eut un hoquet comme si c'était lui qu'on pénétrait, et je poussai un cri de plaisir, un « Non ! » aussi sonore que violent.

Le mur était dur contre mon dos. Mes cuisses me faisaient mal tandis que je chevauchais la main de cet inconnu ; ses doigts intelligents me connaissaient mieux, semblait-il, que je ne me connaissais moi-même, sachant exactement comment câliner et explorer à la fois, sachant précisément quand une douce caresse devait se faire plus brutale. Pendant tout ce temps il m'observa, il regarda mon visage se tordre de plaisir et y lut mon désir tandis qu'il murmurait tour à tour des paroles obscènes et des paroles affectueuses, faisant alterner les ordres et les compliments aussi habilement qu'il me caressait, la main tantôt douce, tantôt rude.

Je sentis alors son autre main sur mes fesses et ses doigts se glisser dans la fente ; je gémis tandis qu'il commençait à me travailler des deux mains, l'une derrière, l'autre devant, et je l'implorai de continuer.

Sans cesser de me fourrager, chancelant à peine, il se mit à genoux et commença à laper mon clitoris, respirant bruyamment sous l'effet de sa propre excitation. Le contact chaud et humide de sa bouche était doux, précis, insupportable, et je n'y tins plus. Tel l'éclair en dents-de-scie, incandescent et intense, l'orgasme me foudroya et, agrippant sa tête bouclée, je poussai un hurlement. « Non, criai-je. Non », répétai-je, comme si je devais, dans mes derniers instants de plaisir extrême, nier la force de ce plaisir, ou sa réalité — comme si ce mot allait l'empêcher d'être réel pour quiconque à part moi.

Plus tard, mais trop tôt encore, alors que j'étais toujours sous le choc de la jouissance, refusant d'être dérangée, il m'attrapa la main et la porta à son bas-ventre, l'appuyant contre la protubérance dure et chaude formée par son sexe.

« Non. »

Je me suis souvent demandé ce que j'entendais par là. Jamais de ma vie avant cette nuit-là je n'avais dit non en pensant oui, mais cette nuit-là non était mon mot d'élection, le seul mot qui me vînt, et il avait paru comprendre.

Je retirai ma main. « Non. »

Peut-être avais-je oublié comment dire oui. Peut-être avais-je envie qu'il me force. Peut-être en avais-je tout bonnement assez et voulais-je le renvoyer. Peut-être, mon propre désir rassasié, ne m'intéressais-je tout simplement pas au sien. Plus tard, quand je rêvais de la suite, je n'arrivais pas à croire que j'avais pu sincèrement en avoir assez à ce moment-là. Je me refusais à croire que j'avais été suffisamment égoïste pour le priver de son plaisir sous le simple prétexte que mon propre besoin immédiat avait été satisfait. Le plus souvent, je préférais croire que, lorsque j'avais dit non à la fin, j'avais quand même pensé oui, et que c'était lui qui avait mal compris, nous frustrant tous les deux.

Quelle qu'ait été ma pensée profonde, quelle qu'ait été mon intention réelle, il m'entendit dire non, et il me prit au mot et s'en alla, et je ne fis aucun effort pour le retenir.

Je ne le revis jamais — je partis pourtant à sa recherche certains soirs —, et il ne s'est guère écoulé de nuit depuis où je ne pense à lui en espérant une deuxième chance.

Après le dîner, mon mari et moi prîmes le café dans la spacieuse et confortable bibliothèque de l'hôtel, assis sur un canapé au cuir doux et souple comme de la peau vivante, près du feu qui grésillait dans la cheminée. Nous n'adressâmes la parole à personne — nous nous montrions plus anglais que les Anglais pendant ce voyage —, mais nous n'avions pas grand-chose à nous dire nous-mêmes. Peut-être étions-nous mariés depuis trop longtemps, peut-être étions-nous gênés par le voisinage des autres clients. Pour ma part, émoustillée par la présence du jeune homme qui ressemblait tant à mon inconnu du passé, j'étais incontestablement hantée par mes souvenirs. Par complexe de culpabilité, je me sentais mal à l'aise avec mon mari, et je sursautais dès qu'il me touchait. Mes yeux n'arrêtaient pas de se poser subrepticement sur le jeune homme, et je faisais comme si c'étaient les livres rangés dans l'immense bibliothèque qui m'intéressaient. Je le sentais qui m'observait, lui aussi, en général au moment précis où je détournais les yeux, mais de temps en temps nos regards se croisaient, ils se rencontraient l'espace d'un instant électrisant, puis nous nous hâtions tous deux de détourner les yeux. Était-il possible que ce garçon me trouve aussi désirable que son sosie, presque vingt ans auparavant ? J'espérais que mon mari ne remarquerait rien, mais peut-être ne serait-ce pas si mauvais qu'il me sache désirée par un autre homme.

Le temps vint de nous retirer, et nous quittâmes la bibliothèque, traversâmes le hall majestueux et montâmes le magnifique escalier, nos pas assourdis par l'épais tapis de haute laine. Je levai les yeux sur les beautés préraphaélites qui paraient les splendides vitraux, mais les remarquai à peine tant j'étais obsédée par le souvenir de ces lèvres chaudes et sensuelles, de ces longs doigts intelligents et de la verge que je n'avais jamais connue.

Je me déshabillai lentement et rêveusement dans notre chambre luxueuse. J'en étais au caraco de soie noire dont il m'avait fait la surprise à la Saint-Valentin quand mon mari surgit derrière moi et m'attira contre lui, plaquant ses mains sur mes seins, soufflant son haleine chaude dans mon oreille. Je sentais son érection, j'étais aussi excitée que lui, mais par le souvenir d'un autre homme.

La culpabilité, ou quelque chose d'autre, me fit murmurer : « Non. »

Il m'embrassa doucement dans le cou et, aguicheuse, je roulai contre son sexe mes fesses culottées de soie. Ses mains se resserrèrent sur mes seins pendant que ses lèvres cherchaient la veine qui battait dans mon cou. Gagnée par une excitation croissante, je sentis les scrupules s'associer une fois encore à mon désir et je chuchotai : « Non » ; il me lâcha.

Toute frissonnante après son départ subit, je demeurai figée sur place quelques instants, déçue et stupéfaite, puis je l'entendis soupirer en se mettant au lit.

Mais que pouvais-je attendre d'autre ?

« Non » n'avait jamais voulu dire « oui » dans notre vocabulaire commun. Je ne l'avais jamais regretté jusqu'à aujourd'hui, jusqu'à cet instant précis où j'aurais souhaité un peu de télépathie entre nous.

Toute brûlante de frustration, j'ôtai mes sous-vêtements bien inutilement sexy et me glissai nue dans le lit.

« Bonne nuit, ma chérie », me dit-il, et le chaste baiser qu'il me donna me dissuada de lui faire comprendre, en appliquant ma bouche sur la sienne, ce dont j'avais vraiment envie. Bien sûr j'aurais pu faire un geste plus évident, ou lui expliquer mon désir par des mots, mais les mots appropriés ne me vinrent pas. J'étais d'humeur à être prise, non à prendre, et je ne pus rien faire d'autre que de rester étendue là éveillée, contrariée d'avoir été si mal comprise, furieuse de mon état d'excitation, alors qu'il s'endormait avec une facilité insultante. Tout de même, s'il m'avait *réellement* désirée, il n'aurait pas pu dormir. Tout de même, s'il m'avait réellement désirée, il ne serait pas parti.

Quand on est seul dans le noir, le temps passe lentement. Repensant une fois de plus à cette nuit d'autrefois, j'imaginai que je n'avais pas dit non, mais oui. Ou bien qu'il n'avait tenu aucun compte de ma protestation symbolique, qu'il m'avait poussée contre le mur et m'avait prise, volontairement contre mon gré. Le plaisir sans la culpabilité ; je ne voulais pas, je n'ai rien pu faire, il m'a forcée... Tel était le jeu que je devais jouer si je voulais demeurer une femme heureuse en ménage. Je finis par me lever. Je croyais avoir aperçu un exemplaire d'*Histoire d'O* sur les étagères, en bas. Avec le concours de ma main, cette lecture m'aiderait peut-être à trouver le sommeil. Enveloppant ma nudité dans un kimono de soie, je laissai mon mari à ses rêves.

La grande maison était silencieuse, mais éclairée. Des lumières électriques en forme de bougie, sur les murs des couloirs, illuminaient les portes des chambres. J'imaginais tous les clients de l'hôtel unis dans le plaisir, à l'exception de l'inconnu solitaire, qui avait peut-être du mal à s'endormir, tout aussi excité que moi, et pour la même raison. J'aurais aimé savoir quelle était sa porte.

Dans la bibliothèque, le feu brûlait encore, et la lumière qu'il répandait me révéla que j'avais été précédée dans la pièce.

Il devait avoir eu la même raison que moi de venir

ici. Il se tenait face à la bibliothèque et, en m'entendant franchir le seuil, il se retourna, surpris, un livre à la main. Il portait une courte robe de chambre en tissu léger, attachée par une large ceinture. Dessous, je le savais, il était nu.

Nous nous dévisageâmes sans parler pendant un temps qui me parut très long. Dans la vie, il est assez rare qu'on bénéficie d'une deuxième chance. Je savais que je ne me le pardonnerais jamais si je laissais passer celle-ci. Je refermai résolument la porte derrière moi et pénétrai dans la pièce. Quand je ne fus plus qu'à quelques pas de lui, debout dans la lumière des flammes, je m'immobilisai ; je dénouai mon kimono et m'en débarrassai d'un mouvement d'épaules, troublée par la sensation délicieuse de sa chute soyeuse le long de mon corps nu, troublée aussi par la lueur que je décelai dans les yeux de l'inconnu tandis qu'il me regardait sans rien dire.

Il ne fit aucun mouvement délibéré, mais j'assistai à l'érection de son lourd phallus turgescent, dont la tête arrondie ouvrit le rideau satiné de sa robe de chambre, stimulée par ma nudité. Je ne l'avais jamais vu auparavant, et il était plus gros et plus imposant que dans tous mes fantasmes.

Je souris et me passai la langue sur les lèvres. Après m'être rapprochée, je tombai à genoux devant lui.

« Non », dit-il. Il m'attrapa par les épaules et me remit debout. « Je vais te baiser, comme j'aurais dû le faire il y a des années. Tu ne m'échapperas pas cette fois. »

J'étais abasourdie. Il ne pouvait pas s'agir ici du jeune homme que j'avais ramassé dans un bar presque vingt ans plus tôt — il n'était pas assez vieux, et puis il s'exprimait avec un accent anglais. Mais s'il ne s'agissait pas du même homme, comment était-il au courant ?

Il posa ses mains sur mon corps dévêtu ; elles étaient plus rudes que dans mon souvenir, et plus avides dans leurs caresses. Puis il m'attira contre lui, et la soie de sa robe de chambre sembla couler sur ma peau avec la fraîcheur d'une cascade. Sa verge dure et chaude cognant contre mon sexe, il m'embrassa. Comment je me souvenais aussi précisément d'un tel détail après si longtemps, je n'en sais rien, mais je reconnus le contact de ses lèvres, et sa bouche avait toujours un goût de péchés désirables : elle sentait le whisky et le sucre et, très légèrement, la cigarette. Je faillis m'évanouir de plaisir tandis que sa langue se promenait dans ma bouche et que ses mains, quittant mes hanches, s'attardaient sur mes fesses avant de descendre m'explorer l'entrejambe.

Il rit de me découvrir si mouillée et si accueillante. « Tu es chaude, pas vrai ? Tu ne peux pas dire que tu n'as pas envie de moi.

— Non », murmurai-je dans sa bouche, en signe d'acquiescement. J'avais envie de lui, maintenant, violemment, rapidement, lentement, de n'importe quelle manière.

Sans me lâcher, sa bouche goulûment écrasée contre la mienne, son pénis continuant à m'aiguillonner, il me poussa en arrière et m'allongea sur ce même canapé de cuir où, quelques heures auparavant, j'avais bu le café en compagnie de mon mari.

Brusquement saisie de scrupules à ce souvenir, je tentai de me débattre et m'écriai : « Non... je ne peux pas...

— Oh que si ! tu peux.

— Non. » Tout en murmurant ce non à contrecœur, je me redressai tant bien que mal, regrettant qu'il ne m'en empêche pas, déplorant plus encore de ne pas m'en empêcher moi-même. Mais ma liberté était illusoire. Aussitôt que je fus sur pied il me prit dans ses bras et me souleva avec une force insoupçonnée. Indifférent à mes pitoyables tentatives de fuite, il me retourna comme une crêpe et m'allongea à plat ventre sur le canapé. La banquette était chaude et résistante ; tendre et ferme à la fois, elle était recouverte d'un cuir si fin que j'avais la sensation d'être couchée sur le corps de quelqu'un d'autre. À peine avais-je repris haleine qu'il me soulevait par la croupe, une fesse dans chaque main, et je sentis bientôt ses lèvres sur ma vulve, tandis que sa langue habile et brûlante fouillait mon clitoris.

Toutes mes protestations, toutes mes velléités de fuite s'évanouirent soudain dans un long gémissement de plaisir. Dégageant sa tête, il déclara, sarcastique : « Oui, ça te plairait, pas vrai ? Me laisser tout te faire sauf te baiser... Mais c'est pourtant ce que je vais faire, et rien de ce que tu pourras dire ne m'en empêchera. »

Je ne dis rien. Dédaignant mon plaisir personnel, j'oubliai également les convenances. Obligeante, je livrai mon corps à sa jouissance. Presque à plat ventre sur l'immense canapé en cuir, j'avais la figure appuyée contre ses coussins et les jambes qui dépassaient du bord. Il me souleva les fesses et m'écarta les jambes, et je sentis le bout de sa queue chatouiller les lèvres humides de mon vagin. Comme de toute façon je ne pouvais pas le voir, cet inconnu derrière moi qui était mon amant, je fermai les yeux et m'abandonnai aux sensations charnelles.

Il était énorme et d'une grande voracité dans sa recherche du plaisir. Quoique je fusse très mouillée et parfaitement consentante, il ne fit preuve d'aucune tendresse et s'enfonça en moi aussi violemment que rapidement, m'écartant les fesses avec ses mains, comme s'il voulait me déchirer en deux. J'avais beau désirer ardemment cette pénétration, je n'en éprouvais pas moins la sensation d'être forcée et, défaillant à moitié sous l'effet de tant de violence, je m'écriai :

« Non... oh, non... »

Il éclata de rire et s'enfonça de nouveau en moi, cette fois jusqu'au bout. Se retirant légèrement, il s'enfonça une fois de plus. « Non ? » À chacun de ses coups de boutoir il répétait le mot : celui-ci sortait tantôt comme un soupir, tantôt comme un hoquet, et je lui faisais écho.

« Non... non... non... »

Nos dénégations se succédèrent de plus en plus rapidement : il avait trouvé une cadence aussi pressante que puissante qui nous satisfaisait tous les deux. Je perdis toute notion du temps et du lieu, et jusqu'à la notion de ma propre personne, tandis qu'il s'engouffrait dans mon corps et accédait enfin, en même temps que moi, à un orgasme sauvage et dévorant, accompagné d'un ultime cri de plaisir dans lequel nos deux voix se mêlèrent.

Quelque temps après je le sentis qui se retirait. J'émis un petit gémissement de protestation mais je ne bougeai pas, trop épuisée et heureuse comme j'étais, vautrée à plat ventre sur le canapé, les jambes écartées. Puis j'entendis la porte de la bibliothèque s'ouvrir.

Fâchée qu'il puisse me quitter comme ça, j'ouvris les yeux et levai la tête juste au moment où les lumières s'allumaient. Là, dans l'embrasure de la porte, observant froidement le tableau que je formais avec mon amant, se tenait mon mari.

Il me contempla, nue et rougissante sur le canapé, puis il regarda l'homme, nu lui aussi, son sexe encore dressé tout luisant de nos fluides mêlés. Il régnait un profond silence. Puis mon mari, à mon grand effroi, me fit un large sourire.

« Bon anniversaire de mariage, ma chérie, dit-il. J'espère que tu t'es bien amusée ? »

J'essayai de me relever ; la tête me tournait.

« Oh non ! se récria-t-il. Reste comme ça, je t'en prie. Ou bien va-t-il falloir que je demande à notre ami de te tenir ? »

Se postant aussitôt à mes côtés, mon ancien amant me maintint fermement les épaules pour m'empêcher de bouger.

« J'espère de tout cœur que tu t'es amusée, parce qu'à présent c'est mon tour », poursuivit mon mari. Il y avait une note dans sa voix que je n'avais pas entendue depuis très longtemps, et je compris soudain qu'il avait tout manigancé ; cet étrange jeu sexuel auquel je ne l'aurais jamais imaginé se prêter constituait un stupéfiant cadeau d'anniversaire à notre double usage, et tout à coup je me sentis plus excitée que je ne l'aurais cru possible.

« Tu as été vilaine, affirma mon mari. Alors j'ai demandé à notre ami de rester... il va d'abord falloir que je te punisse, avant que nous puissions nous embrasser et nous réconcilier. »

J'essayai maladroitement de lutter, mais l'inconnu n'eut aucun mal à me neutraliser. « Non, dis-je plaintivement. Je t'en prie. Non. »

Traduit par Anouk Neuhoff

NOTE DE L'AUTEUR

Le temps ne me semble pas si loin (même si cela fait sans doute déjà dix ou quinze ans) où l'on tombait souvent sur des articles prétendant examiner les différences entre la sexualité masculine et la sexualité féminine, des articles qui déclaraient que les femmes étaient généralement moins attirées et moins émoustillées par la pornographie, tant visuelle qu'écrite, que les hommes. Et nous étions censées accepter de telles affirmations comme autant de conclusions scientifiques ! Or cette généralisation grossière, résultat de tous ces tests et autres sondages pseudo-savants, pouvait s'expliquer très simplement : la pornographie (un terme qui signifie, littéralement, des écrits ou des dessins décrivant des prostituées) s'étant toujours adressée à un public masculin, la relative indifférence, ou même la répulsion, qu'elle inspirait aux femmes n'était guère surprenante. On ne pourra dire si les femmes sont véritablement plus, moins, ou aussi sensibles que les hommes aux images et aux textes pornographiques que lorsque les femmes auront eu davantage d'occasions de créer et donc de voir ou de lire nos propres histoires érotogènes.

Ce sera amusant, mais on n'y est pas encore ; nous préparons aujourd'hui le terrain pour des femmes qui ne sont pas encore nées. J'ai beau moi-même rêver de découvrir une nouvelle manière d'écrire sur la sexualité, et une nouvelle approche des fantasmes sexuels, « Celle qui disait non » ne constitue pas cette percée capitale. Comme le suggère le titre original, The Story of No — *Histoire de Nom, jeu de mots avec* Histoire d'O, *elle découle de l'œuvre d'autres écrivains, et son inspiration est plus littéraire que personnelle.*

LIZ CLARKE

Des raisons de ne pas aller à Fort Lauderdale[1]

1. Partie de la Floride où les étudiants américains aiment passer leurs vacances *(NdT)*.

L'exubérance de Liz Clarke m'a semblé extrêmement réconfortante après avoir lu tant de textes présentés par des romancières plus vieilles, plus sages — et plus déprimées. Ces femmes de ma génération ont presque entièrement renoncé, pour les raisons habituelles, à faire la fête — ou à « baiser », comme dirait Clarke — toute la nuit, ou bien elles n'en ont pas l'occasion. La sexualité des étudiants des années quatre-vingt-dix dépeints par Clark, si elle est assombrie par l'ombre du sida, est peut-être aussi plus intense, plus polymorphe à cause de ce danger mortel. Et j'ai éprouvé pour eux une véritable reconnaissance à la lecture de ce témoignage pas vraiment sophistiqué — mais pas tout à fait innocent non plus — de leur énergie juvénile, de leur optimisme et de leur goût pour les aventures amoureuses.

« Tu as plusieurs amants. C'est excitant. » Joe commençait à me taper sur les nerfs. Il mentait aussi comme un arracheur de dents : il était mort de jalousie.

Je me contentai de sourire. Mes pieds étaient gelés. J'avais retiré mes chaussures pour courir dans la terre boueuse du champ de maïs, mais le vent se levait à présent. Nous venions juste de rentrer des vacances de Pâques. Ou, plus exactement, il venait juste de rentrer ; moi, j'étais restée sur le campus.

« Qui est-ce ? demanda-t-il.

— Nous avons décidé de ne pas en parler. Tu sais comme les nouvelles circulent vite ici.

— Tu n'as pas confiance en moi ? »

Tu rigoles, Anatole. « Je suis désolée, Joel, j'ai promis. »

Il prit un air boudeur. À quelques centaines de mètres, là où le champ rencontrait le bois, un autre couple hétéro se roulait dans l'herbe. Je regardais au loin le mont Jasmine et la chaîne du Gourami.

« Parle-moi de tes vacances. Comment était Los

Angeles ? » dis-je. Cela détourna un moment son attention. Il me décrivit toutes les soirées auxquelles il avait participé.

« Tu m'as manqué, ajouta-t-il. Tu es la fille la plus sexy que je connaisse. » En clair, je n'étais pas belle, mais un bon coup tout de même.

« Femme », corrigeai-je automatiquement.

Nous revînmes à Amphlett Place.

« Qui était-ce ? » insista-t-il en touchant sur mon cou la marque de morsure qui avait éveillé ses soupçons.

« Joel, je ne peux vraiment pas te le dire. Ne te vexe pas.

— Elliot ?

— *Je t'en prie !*

— Gabe ou Cat ?

— Qu'est-ce qui te fait croire ça ? répliquai-je de manière très, très désinvolte.

— Tu m'as dit que tu avais passé les vacances à communier avec eux dans votre appartement. »

Je me mis à rire. « Ça n'est pas Gabriel ou Cat. » C'était Gabriel *et* Cat.

Joel rentra chez lui. Je rentrai chez moi. En ce qui me concerne, après la manière dont il m'avait envoyé balader avant les vacances, il pourrait s'estimer heureux s'il revoyait jamais l'intérieur de ma chambre.

J'étais passée lui dire au revoir la nuit précédant son départ. Il briquait les lavabos et un ragoût de bœuf mijotait dans un autocuiseur Crockpot. J'avais l'impression d'entrer dans la quatrième dimension. Les repas Crockpot de mon enfance m'avaient horriblement marqué psychologiquement.

« Qu'est-ce que tu fais ? » Je m'assis sur un plan de

travail juste derrière lui, tandis qu'il grattait les couches de crasse accumulée depuis plusieurs semestres.

« Je range. J'ai lessivé la salle de bains, nettoyé la cuisine et lavé la vaisselle qui traînait. »

Oh, mon Dieu ! Le problème, c'est qu'il était furieusement séduisant. Il avait les yeux de Bambi, de longues boucles noires, et il sentait un délicieux mélange de cigarettes au clou de girofle et de marijuana. Dans vingt ans, l'odeur du clou de girofle suffira à me couper le souffle. Je tendis le bras et caressai du doigt le lobe de son oreille. Ses cheveux étaient retenus par un ruban défraîchi. Cesse de nettoyer ce foutu lavabo ! Je n'avais pas eu l'intention de lui sauter dessus en venant ici, mais j'étais peut-être excitée par le défi que cela représentait, ou par le clou de girofle, en tout cas par quelque chose. Il posa son éponge. Un progrès. Je l'enlaçai et l'entourai de mes jambes, je fis remonter ma langue du haut de son col jusqu'à l'entaille derrière son oreille.

« Je prépare un dîner pour Katya. Elle sera là dans une demi-heure », dit-il.

Je l'agrippai par les cheveux et l'embrassai, lentement, profondément, en roulant des hanches. Oh, oui ! Cela devait suffire à éveiller son attention. Lorsque je glissai au bas du plan de travail pour presser tout mon corps contre lui, mes genoux étaient en coton.

« Dans combien de temps ? » Adossée à la porte de sa chambre, je l'attirai vers moi. Ma main sur le bas de son ventre, fermement accrochée à sa bite.

« Une demi-heure.

— Hummm... »

Sa tête descendit entre mes seins et il déboutonna le haut de ma chemise. Une demi-heure, c'était envisageable, le connaissant. Je pouvais me débrouiller en une demi-heure. Je respirai difficilement. Mais, bon Dieu, qu'est-ce qu'il avait donc de spécial ?

Il pinça légèrement mes hanches et se dégagea. « Katya sera bientôt là. Tu ferais mieux de t'en aller. »

« Tu plaisantes ? » Des odeurs de Crockpot au bœuf et d'Ajax flottaient dans l'air. Il se tourna vers le lavabo et reprit son éponge. Il ne plaisantait pas.

Je reboutonnai mon chemisier. « Bonnes vacances », dis-je en récupérant sur son lit mon blouson de cuir.

Il me suivit, l'éponge à la main. Il avait beaucoup de points communs avec les éponges. « Toi aussi.

— Et bon dîner. » Meurs du botulisme. J'enfilai mon blouson. Mes genoux tremblaient et mon con hurlait de frustration. Dans cette l'histoire, qui a une sexualité pervertie ?

« Merci. »

Je m'arrêtai sur le pas de la porte. « Dis bonjour à Katya de ma part.

— Peut-être que tu peux passer un peu plus tard.

— Peut-être. » Peut-être, comme dans « peut-être que tu mérites vraiment de manger un ragoût Crockpot ». Il ne reverrait jamais la chemise que je lui avais empruntée.

Dehors, les étoiles étaient des paillettes de glace. Je levai les yeux vers mon appartement. Depuis le départ d'Alan et Sarah, Patricia s'était matérialisée et s'accrochait comme une sangsue à Gabriel. Je n'étais pas d'humeur à le supporter, pas tout de suite. Je n'étais pas d'humeur à faire quoi que ce soit, sinon baiser.

Bien huilée et personne pour me démarrer, pensai-je amèrement.

Mais ce n'était pas tout à fait vrai. Cassie était passée quelques jours plus tôt et m'avait informé qu'elle avait changé d'avis concernant l'interdiction d'échanger nos fluides — comme nous l'avions si romantiquement défini. En réalité, c'était son interdiction. Je n'arrivais pas à voir de différence entre le fait d'échanger ses fluides avec moi ou avec les hommes qu'elle baisait. À tout prendre, mes fluides étaient moins dangereux.

Pour l'heure, j'avais sans aucun doute un excès de fluides à dépenser, je tournai donc les talons et me rendis chez Cassie. La Déesse me souriait : elle était là.

Quand elle était venue me voir jeudi, Cassie avait aussi suggéré quelque chose impliquant Gabriel. Et elle. Et moi. Je ne savais pas quel genre de révélation l'avait frappée, mais je n'allais pas m'en plaindre. Ce qui se passait déjà dans le groupe à l'appartement y était peut-être pour quelque chose. Gabe avait bien sûr manifesté de l'intérêt lorsque je l'avais informé de cette petite proposition. Tout ce qui était sexuel intéressait Gabe. Mais, avait-il dit, ça ne l'emballait pas outre mesure. Surtout parce qu'il ne connaissait pas très bien Cassie. Moi, je connaissais très bien Cassie, pourtant je n'étais pas vraiment excitée par l'essence même de son idée. Nous avions besoin d'en parler.

C'était une excuse comme une autre.

AVERTISSEMENT : ce passage de l'histoire corrobore la théorie selon laquelle les bisexuels sont de sales obsédés qui considèrent les amusements avec leur propre sexe comme un substitut à l'Acte avec un grand A. Si vous croyez déjà à cette idiotie, rien de ce que je pourrai dire ne vous fera changer d'avis et vous vous sentirez agressé dans quelques paragraphes.

« Ce nul m'a jeté ! » J'arrachai mon blouson et m'affalai sur son lit. Comme la plupart des étudiants du collège Sterling, elle n'avait pas de sommier, simplement un matelas par terre.

« C'est vraiment un connard », dit-elle. Je n'avais pas eu besoin de préciser qui était la personne concernée.

Nous traînâmes Joel dans la boue, ce qui prit un certain temps parce que nous voulions tirer de cet exercice le maximum de plaisir possible. Lorsqu'il fut réduit à l'état de mollard baveux de wombat en train de se dessécher sur un rocher quelque part à l'intérieur de l'Australie, j'ajoutai :

« J'ai parlé de ta proposition à Gabe.

— Ouais ? Et alors ? »

Je l'informai. Elle connaissait déjà mes réserves.

« Eh bien, en fait, j'ai réfléchi moi aussi. » Apparemment, c'était la semaine où Cassie réorganisait entièrement sa cosmologie. « Et si je participais plus activement ?

— Précise.

— Tout sauf échanger les fluides.

— Quels fluides ?

— Les siens.

— Hum. O.K., ouais, je préférerais ça. Je lui en reparlerai. » Tout le semestre, j'avais espéré que Ricardo Montalban allait surgir dans la pièce et me tendre un cocktail servi dans un ananas. « Qu'est-ce qui t'a donné cette idée ? »

Elle ouvrit des yeux encore plus grands, plus innocents et plus chocolat. « Euuuuuuuh... Gabriel est très séduisant. » C'était vrai. « Et tu es très belle. » Ça se discutait. Cassie se blottit contre moi. « J'ai pensé que ce serait amusant.

— Rien d'autre ?

— Non.

— O.K. » Gabriel voyait des raisons cachées à tout.

Je l'embrassai dans le cou. Elle était allongée sur le dos, et je me collai contre elle, ses bras autour de moi. Pour je ne sais quelle raison, nous nous retrouvions souvent dans cette position. Je l'embrassai à nouveau et elle ne me demanda pas d'arrêter. Je ne m'arrêtai pas.

« Dis donc, Liz, dit-elle avec délices, tandis que je lui mordillais le lobe de l'oreille sans oser aller plus loin que son cou, de peur qu'elle ne se fâche. J'ai bien l'impression que tu es en chaleur. »

Je déteste cette expression, surtout en ce qui me concerne, et il va de soi que je refuse absolument d'y être associée. Mais ça ne m'empêcha pas de l'embrasser.

« Ooh, c'est agréable. » *Agréable ?* J'étais sur le point de jouir simplement en effleurant son épaule. « Je pense que vivre dans cet appartement t'a fait du bien.

— Ouais ? Dans quel sens ? »

Elle s'assit. Je m'assis. « Hum, tu es plus à l'aise avec ton corps. Tu es devenue bien plus agressive », dit-elle.

Pour lui donner raison, je me jetai sur elle.

« Oh, Natacha, gloussa Cassie avec son accent russe sexy. Tu me fais de ces choses ! »

C'était toujours comme ça avec Cassie : je ne savais jamais ce qui allait arriver, s'il arrivait effectivement quelque chose, jusqu'à ce qu'on y soit. Les approches étaient toujours lentes, prudentes. Ce qui rendait la situation presque douloureusement excitante. J'avais peur qu'elle change d'avis à tout moment. Cassie demandait toutes les cinq minutes : « Ça va ? Tu es sûre ? » Lui faire l'amour c'était comme avancer au bord d'un précipice dans l'obscurité. Comme déployer des ailes violettes et se laisser porter par le vent. Tout ça à la fois.

« Hé, Natacha, tu veux qu'on échange nos fluides ?

— Bon, Anastasia... si tu insistes... »

Je l'ai déjà dit, c'était la première fois que nous dépassions le stade des baisers et des caresses superficielles.

« Tu ne me feras sans doute pas jouir », dit Cassie.

Ha ! Elle ne savait visiblement pas à qui elle avait affaire. Bien sûr, elle m'avait avoué qu'elle n'avait jamais eu d'orgasme avec un homme — et elle n'avait pas baisé avec une femme depuis longtemps. Elle avait bien besoin qu'on lui rafraîchisse la mémoire.

Le premier baiser sur la bouche faisait toujours rouler quelques cailloux au bas du précipice. Sa peau était douce comme de la soie. Elle aimait qu'on lui suce les pointes des seins si fort que j'avais toujours peur de lui faire mal. Ma chemise fut déboutonnée et arrachée, ainsi que sa large robe verte et ses leggings de laine. Nous m'extirpâmes hors de mon jean. Il est scientifiquement prouvé que les dessous féminins sont plus appétissants que ceux des hommes. Toutes celles qui ont eu du mal un jour à garder leur sérieux (ou à cacher leur déception) devant un vieux Fruit of the Loom d'un blanc douteux en ont fait l'expérience. Cassie ne portait jamais de soutien-gorge, évidemment — elle avait des nichons en Teflon qui auraient pu figurer dans le livre des records de Ripley, *Croyez-le ou non.* N'étant pas aussi bénie des dieux, je me tournais plutôt vers les soutiens-gorge en dentelle noir et violet, et les culottes fleuries comme les chemises hawaïennes.

Peut-être était-ce à cause de la précarité de la situation ou de l'impression d'être une perverse et de ne pas être punie pour ça — à moins qu'on ne me prenne la main dans le sac. Peut-être était-ce à cause de la rapidité avec laquelle elle avait accepté. En tout cas, pour une raison dingue, cela me faisait penser à une de ces vieilles publicités pour l'eau de Cologne Impulse : « Si un inconnu vous offre soudain des fleurs... » Au bord de l'orgasme, n'importe quelle idée délirante peut vous traverser l'esprit. Généralement, une matrice de volutes violettes, de grandes volées d'oiseaux, ou des explosions de couleur... en tant qu'écrivain, je trouve assez déprimante la banalité de mes images mentales pendant l'amour.

On associe souvent les cons à des fleurs, des papillons ou des coquillages. Moi aussi, je l'avoue. On peut comparer les lèvres à des pétales et le clitoris à des perles jusqu'à mardi prochain, mais, croyez-moi, les enfants, quand vous l'avez sous le nez, une chatte est une chatte. Que la Déesse soit louée !

Ses caresses embrasaient tous les endroits qu'elle touchait. Je tremblais. Mes mains et ma bouche se serraient convulsivement...

« Oh, oh ! dit-elle en riant.

— La ferme. »

Elle avait mis une cassette des Cocteau Twins et allumé trois bougies sur sa commode. Oh, mon Dieu, que c'était bon ! Elle écarta mes cuisses et sa langue était chaude mais pas aussi chaude que la peau qu'elle léchait. Des couleurs, encore des couleurs. Que cela doit être triste d'avoir des orgasmes en noir et blanc.

« Tu as si bon goût », dit Cassie en souriant au-dessus de mon ventre.

On me l'avait déjà fait remarquer.

Après que mes yeux se furent remis en place, je me frayai un chemin de baisers jusqu'au bas de son ventre et le haut de ses cuisses, et elle me répéta une fois de plus qu'il faudrait une intervention divine ou sénatoriale pour la faire jouir. Je m'imaginai en mécano remontant ses manches et crachant dans ses mains ou en pianiste faisant théâtralement craquer ses articulations. Deux doigts, une langue et elle remonta la gamme en jouissant.

Neuf minutes exactement à la pendule au pied du lit sur la commode, à côté des bougies et du magnéto qui jouait « The Pink Opaque ».

« Oh, mon Dieu, arrête, arrête ! » Elle s'assit, haletante, les yeux écarquillés comme des soucoupes.

J'avais un air désinvolte, j'en suis sûre.

« Oh, mon Dieu ! Comment as-tu fait ? »

Je m'assis et essuyai ma bouche sur mon épaule. « J'ai voué un culte à l'autel de Cat.

— Remercie-la pour moi. » Elle passa ses doigts dans ses cheveux. Cela ne produisit aucun changement notable. Ses cheveux, coupés au bol, étaient du même marron que ses yeux. « Je n'arrive pas à croire que tu aies fait ça. Oh, mon Dieu ! » Elle accrocha ses bras autour de moi et m'embrassa, avec un respect nettement plus marqué.

J'avais envie d'appeler l'*Enquirer*.

« Vivre en groupe a été bon pour toi.

— Éducatif sans aucun doute ». Je ne fis aucune allusion au cunnilingus que j'avais exécuté sur Patricia quand elle nous avait rejoints, Gabe et moi, après la dernière boum organisée à l'appartement. Il me vint à l'esprit que Cassie avait délibérément attendu que je ne sois plus une gouine débutante et rougissante, paralysée à l'idée même d'une initiation sexuelle.

Quand le téléphone sonna à une heure et demie du matin, j'étais dans la cuisine, penchée avec Gabriel et Patricia au-dessus d'une bassine de pois chiches en ébullition, comme les trois sorcières de *Macbeth*. Nous fabriquions de l'hoummos, un plat turc. *Sachant* que c'était Joel, je laissai Gabe répondre.

Je l'écoutai tout en prenant un bain de vapeur au-dessus de la bassine. « ... Nous avons dîné et puis nous étions complètement stoned et nous avons regardé *2001* en vidéo... » Plus d'étudiants de première année, me jurai-je. Hors de question. Et, mon Dieu, plus jamais personne de Los Angeles. « ... Et c'était vraiment super. Elle vient juste de partir. Est-ce que tu peux venir ?

— Non, je ne pense pas. » Nous, les Sudistes, avons la politesse rivée au corps déjà dans le ventre de nos mères. Heureusement pour lui. « Il est tard.

— Je pourrais passer.

— Joel. Il est une heure et demie du matin. Je vais me coucher. » Énorme mensonge. « Passe de bonnes vacances.

— Tu m'écriras ?

— Ouais, bien sûr. » *Je t'en prie.*

En fait, je me mis au lit vers trois heures, après

avoir libéré mes tendances agressives sur la bouillie de pois chiches, de tahini et de jus de citron, bien trop aillée, imaginant avec délices que la cervelle de Joel sortait des trous octogonaux du presse-purée. Gabe et Patricia m'accompagnèrent et nous ne dormîmes pas beaucoup... Mais en dépit de la valeur éducative et divertissante de ce matin-là, je prends la liberté d'y substituer un autre épisode qui intervint plus tard dans la semaine. Dans les deux cas, j'ai eu l'impression d'avoir reçu un coup sur la tête et de m'être réveillée dans un mauvais film porno. Et puis j'ai promis à Cat qu'elle serait dans cette histoire.

Lundi et mardi, Gabe et Patricia partirent voir Doug à Plymouth et Alan à Boston. Gabriel exhalait l'ail par tous les pores de sa peau après tout l'hoummos qu'il avait mangé durant les trente-six heures précédentes. Le mercredi, j'étais assise sur le rebord de la fenêtre de la cuisine en train de lire *Interview avec un vampire* et de surveiller l'entrée du parking d'Amphlett Place, attendant son retour. Au moment où j'étais convaincue que je désirais être un vampire pour le reste de l'éternité, je me rendis compte que j'avais délibérément cherché l'endroit le plus ensoleillé pour lire. Bien sûr, la vue sur le parking entrait aussi en ligne de compte. Mais, naturellement, je ne le vis pas arriver. Il avait dû rentrer à pied de Greenvalley Village où habitait Patricia. Ils avaient pris sa voiture.

« Salut.

— Salut.

— Comment c'était ?

— O.K. » La porte de l'appartement se referma derrière lui. Il jeta un coup d'œil au tableau des messages avant de traîner son barda dans sa chambre. Je posai mon livre et lui emboîtai le pas.

Il laissa tomber son sac à dos et sa besace, se tourna vers moi et m'enlaça. Nous n'avions pas le genre de relation où je pouvais l'appeler chéri et lui dire qu'il m'avait manqué. Je le fis quand même.

« Tu m'as manqué aussi », répondit-il, l'air légèrement étonné. Sur la pointe des pieds, en extension, je pouvais à peine atteindre son épaule. C'est pourquoi, lorsque j'étais dans sa chambre, je me tenais généralement sur son lit — quand je n'y étais pas allongée. La chambre de Gabriel était devenue le lieu de ralliement et une à cinq personnes terminaient généralement les soirées affalées sur son matelas (il n'avait pas de sommier et avait ajouté un capitonnage en mousse). Les formes de divertissement auxquelles se livraient les susdits corps variaient. J'embrassai son cou, encore vaguement aillé... Incroyable comme les corps deviennent vite familiers ! Il est tellement plus facile de connaître un corps que la personne qui l'habite. Peut-être à cause de notre style de vie, j'avais su que Gabriel aimait qu'on lui morde le pouce et l'index avant d'apprendre le nom de ses frères et sœurs.

Après — quoi, un mois et demi ? — je le connaissais à son goût, son odeur, la texture de sa peau. Je connaissais la forme de ses baisers et le poids de ses mains. Sa respiration. Je pouvais reconnaître son pas dans l'escalier.

Pénétrer les parties qui n'étaient pas couvertes seulement par des vêtements était une autre histoire.

Bien sûr, Gabriel avait des groupies qui appelaient vingt-quatre heures sur vingt-quatre, se crêpaient le chignon dans l'espoir de l'embrasser, le mordre, le sucer, le baiser et lui masser le dos. Cela ne l'amusait pas du tout quand Alexa, Cat ou moi suggérions qu'il punaise un bulletin d'inscription sur sa porte.

Lorsque les baisers debout se firent vieux, il m'attrapa par la taille aussi facilement que si j'étais le chat (il était admis que notre chat, Gandalf, était l'animal le plus gros, le plus méchant de ce côté du Pecos), me porta jusqu'à ma chambre, en traversant le couloir, et me jeta sur mon futon — plus large que son lit. Un-zéro-un Amphlett Place, là où les fantasmes deviennent réalité. Parfois, en tout cas.

« Je t'ai manqué, hein ? » dis-je en lui souriant.

Gabe tomba à genoux à côté de moi sur le futon. « Bon Dieu, tu es tellement excitante.

— Merci. »

Un bras lové sous mon épaule gauche, à demi penché au-dessus de moi. « Je t'en prie. » Lentement, son visage s'approcha du mien jusqu'à ce que nos lèvres se frôlent. À peine. Ce léger point de contact, plus une invite qu'un baiser. Je levai la tête et nouai mes bras autour de son cou pour l'attirer, bouche et langue ; je le goûtai profondément tandis que ses mains posées sur le creux de mes reins m'amenaient dans la position assise.

Il avait ce regard qui, de l'autre bout de la pièce, provoquait des décharges électriques le long de ma colonne vertébrale alors même que Sarah et Alexa coupaient des légumes pour les burritos, que Kyle lisait à haute voix son livre de chimie et qu'Alan faisait hurler sa musique à l'étage supérieur. Je ne pouvais jamais soutenir ce regard bien longtemps. Prédateur, félin, les yeux virant du bleu au vert. Une bouche de chérubin de pierre. Gabriel savait comment parcourir le fil ténu de la peur, repousser les limites.

Une main lente effleurant les joues, les lèvres, le cou. La courbe de son sourire. Il caressait mes épaules comme s'il voulait dessiner ma silhouette. Je saisis une de ses mains et du bout de ma langue léchai soigneusement l'articulation de son index, le contour de sa paume, suçai ses doigts. Il ronronnait presque.

« Ferme ta porte à clé », dit-il.

Cette demande me parut un peu bizarre. « Personne ne va rentrer dans l'appartement à part Cat, dis-je en me levant pour lui obéir, et nous l'inviterions de toute façon. »

Quand ma porte fut fermée à clé, je m'agenouillai près de lui, relevai sa crinière pour embrasser sa nuque sucrée et masser son dos, repoussant sa chemise et glissant mes mains sur sa peau chaude. Nous faisions rarement l'amour en plein jour. Ma chambre était d'un blanc incandescent sous les rayons du soleil qui se reflétait dehors sur la neige.

Gabe, je m'en étais rendu compte, n'avait pas encore atteint l'état bouddhique du nouveau mâle, façon New Age. Il se contentait de canaliser son énergie machiste dans des directions socialement acceptables. Comme... le sexe. Il mordait, empoignait, disait « foutre ». Des traits de caractère attachants. Baiser Gabriel, c'était se trouver aspirée par un cyclone vers un Oz où Glinda est un travesti et la Méchante Sorcière de l'Ouest une stripteaseuse sexy sanglée de cuir noir. Vous vous souvenez du moment où les Munchkin s'aplatissent devant elle ? Et ils ne chantent pas cette connerie niaise de

« Ding-dong la sorcière est morte ». La bande-son est de Prince et la Route de Briques Jaunes mène à la Citée Érotique.

Le voyage est la moitié du plaisir, comme on dit. Un cyclone d'haleine chaude dans les cheveux, de bouches entrouvertes, de dos arqués, de doigts mouillés. Dis-moi que tu veux. Les mains enlacées au-dessus de ma tête.

« Ne bouge pas », murmura-t-il d'une voix rauque, et il me donna un baiser aussi doux qu'une bouche d'enfant, lécha le sel de mes paupières.

Un cyclone de sang qui se retire, aspiré vers l'intérieur. Une chute libre. Dis-moi que tu veux. Le battement de mon con, quand nous eûmes finalement dénudé tous mes pores, ouvert leurs bouches et avalé goulûment l'air et la peau. Ah, les joies des tétons sensibles !

Ses dents solidement enfoncées dans mon cou, son ventre contre mon dos. Les préservatifs dans le premier tiroir de la commode. Gabriel pouvait me soulever (il le fit) et me manipuler comme une marionnette. En ce qui me concerne, il était une paroi d'escalade, des montagnes russes, un toboggan à eau et le stand de crêpes, tout ça à la fois.

« Oh, mon Dieu, laisse-moi te regarder ! » Ses mains sur mes hanches. J'étais allongée sur lui, me fichant des fourmis qui s'installaient dans mon pied droit.

Je souris et pris une pose à la Madonna, les mains croisées derrière ma tête renversée.

« Très sexy. »

Je roulai des hanches d'une manière qui lui fit sortir les yeux de la tête et il cessa de rire.

La lumière avait décliné et nous étions enlacés dans une position post-coïtale, baignés de sueur, quand nous entendîmes la porte d'entrée s'ouvrir, puis on frappa à ma porte. Gabriel se couvrit d'une couverture si rapidement que cela déclencha un *bang!* supersonique.

« Du calme, c'est fermé. Qui est-ce ? » dis-je de mon ton le plus innocent — style Petit Chaperon Rouge.

« C'est Cat.

— Une seconde ! » Je me levai et attrapai ma robe de chambre, accrochée derrière la porte. C'était une acquisition de la boutique Est-West, en rayonne noire, ornée d'un dragon rouge et orange dans le dos.

« Je peux m'en aller si Gabe et toi êtes occupés.

— Non, on a fini, dis-je en ouvrant la porte. Entre.

— Oh ! j'ai tout raté ? » Elle laissa tomber son sac à dos, ferma la porte et se fit une place sur le futon.

« Hummmm, pas forcément », dit Gabriel en l'embrassant dans le cou. Je me demandai pourquoi il avait ressenti le besoin de prendre une allure décente... comme si Cat ne l'avait jamais vu nu.

J'embrassai les parties de son cou que Gabe avait oubliées.

« Bonté divine ! » Les expressions se propageaient comme les suçons. Je crois qu'Alan était à l'origine de celle-là.

« Comment ça s'est passé au travail ? demandai-je entre deux baisers.

— Oh, chiant ! dit Cat joyeusement. Mais j'aime bien ce que vous me faites. »

Gabe avait dit un jour que Cat lui faisait penser à un serpent, tout en sinuosité et souplesse. Elle aurait pu être sculptée dans de la perle. À Sterling, si on vous demandait de décrire une gouine et que vous répondiez : « Elle a des cheveux courts et bruns », le questionneur était susceptible de vous donner une gifle, parce que quatre-vingt-quinze pour cent d'entre elles avaient des cheveux courts et bruns. Cat, cependant, sortait de la norme. Sa coupe militaire était naturellement hérissée, sans qu'elle ait besoin de gel ou de gomina. Nous formions tous les trois — nous l'avions tous remarqué — un merveilleux tableau contrasté. Moi, avoisinant les un mètre soixante, de courtes boucles rousses ornées d'une touche verte de Krazy Kolor, une peau pâle et dorée, des courbes à gogo. Cat, parfaitement souple et androgyne, au moins tant qu'on ne l'avait pas vue nue, car on se rendait compte alors qu'elle avait des seins et des hanches de rêve ; des traits celtiques délicats. Gabriel, éphèbe d'une certaine manière, malgré sa taille, ses larges épaules et son éternelle barbe de trois jours ; une peau douce, des cheveux fins tombant aux épaules.

Avec Gabe et Cat, j'avais envie de jouer les voyeuses pour admirer pleinement leurs corps. Ils étaient... Gabe trouvait que Cat et moi ressemblions à un clip vidéo live : « Lesbiennes du Congo, en ré mineur ». Le spectacle de Gabe et d'Alan nous excitait suffisamment, Cat et moi, pour nous donner envie d'être des hommes pendant quelques jours. Quant à Gabe et Cat, ensemble je les désirais encore davantage — j'étais peut-être la plus complexée de notre cercle, mais quand nous nous retrouvions, j'avais toujours peur qu'ils préfèrent s'amuser tous les deux plutôt qu'avec moi. Nous voulions tellement être libéraux et libérés.

« Je crois que tu devrais enlever tes vêtements », suggérai-je à Cat. Elle le croyait aussi. Gabriel également. Nous l'aidâmes. Ma robe de chambre chinoise subit le même sort.

« Les filles, dit Gabe quand Cat et moi furent entremêlées. Je suis fatigué. Ça ne vous gêne pas si je me contente d'observer ? » Nous étions son spectacle de sport favori. Le problème quand on est bisexuel, c'est que parfois tous les stéréotypes dégueulasses vous arrivent vraiment. Qu'est-ce qui rendait ça qualitativement différent de Cassie qui voulait me voir baiser Gabriel ? Ne compliquez pas le problème en essayant de le rendre logique. « Toutes les deux, bon Dieu... »

Cat éclata de rire dans la vallée entre mes seins qu'elle était en train d'embrasser. Nous connaissions assez bien Gabe pour traduire. Puisque nous baisions de toute façon, ça ne changeait pas grand-chose de lui servir de vidéoclip. La lèvre inférieure de Cat ne demandait qu'à être mordue. Maintenant que j'y pense, j'aurais vendu mon sang pour mordre n'importe quelle partie de Cat. Dans ma version du pays d'Oz, elle avait le rôle de la Sorcière de l'Ouest. Elle s'occupait merveilleusement de mon con, dessinant des traînées d'étincelles bleues avec sa langue, quand quelque part au Kansas, Gabriel cria en jouissant et retomba sur le lit. Il nous observa jusqu'à ce que je me mette à grésiller et à fondre, puis il nous embrassa toutes les deux et se rhabilla.

« Je vais prendre une douche. Vous êtes incroyables, les filles.

— On sait », répliquai-je.

Cat, appuyée sur les coudes, toujours entre mes jambes, rit et embrassa mon ventre. « *Tu* es incroyable. »

L'heure des affirmations ! Chacun reconnaît et félicite la personne à sa gauche — une thérapie de groupe avec orgasmes !

Gabriel s'en alla, je restai seule avec Cat. Quelques semaines plus tôt, Elliot, m'abordant à l'extérieur du Roger-Nelson Hall, après mon cours de neuf heures du matin, avait suggéré que j'installe un tourniquet à ma porte. Pas étonnant que nous ayons rompu : ce garçon ne pouvait même pas inventer une insulte originale.

Bien sûr, Gabriel plaisantait quand il suggéra à la fin de la semaine que nous nous installions tous les trois à Seattle et que nous fassions un mariage de groupe. Bien sûr, Alexa et Alan ne trouvèrent pas cela drôle du tout quand ils l'apprirent en rentrant. Sarah se trouva miraculeusement épargnée, étant la seule locataire qui ne baisait pas avec Gabriel, Cat et/ou moi. (Excepté Kyle qui avait eu la sagesse de ne pas s'en mêler. À ma grande déception et celle de Cat.)

M. Roarke n'est jamais apparu avec ses cocktails servis dans des ananas, nous ordonnant à tous de sourire. Je ne crois pas que le Magicien ait donné à l'un de nous du cœur, de l'intelligence ou du courage. Un foyer, peut-être — un vrai avec une famille qui vous donne des envies de meurtre et pour laquelle on se ferait tuer.

Je n'ai pas beaucoup revu Joel après ça, mais je ne l'ai pas dit à Elliot. Je voulais lui laisser croire que mon tourniquet n'arrêtait pas de tourner.

Ah, et la soirée de débauche avec Cassie n'a jamais eu lieu.

Il reste toujours le prochain semestre.

Traduit par Anne Michel

NOTE DE L'AUTEUR

Mon idée était : ne serait-ce pas merveilleux de jouir de la sexualité (n'y voyez pas de jeu de mots) sans avoir cet ennuyeux bagage émotionnel à traîner ? Le fantasme suprême ! Même avec les amants que j'adore et qui m'adorent, nous portons le poids de nos histoires, mutuelles et individuelles. Bien sûr, un rejeton de la génération sida, de la codépendance et d'Oprah s'y attend : le latex et la thérapie sont des évidences.

Les habitants de cette histoire ont collectivement surmonté la violence, l'inceste, le viol, l'alcoolisme, la drogue, l'anorexie, les tentatives de suicide et la dépression. Dans leur cercle, la frontière entre « ami » et « amant » est floue ou inexistante. Ils découvrent aussi que le sexe peut être une partie de plaisir et pas un drame religieux. Soyons sérieux, si on ne peut pas faire l'amour avec ses amis, alors avec qui sur cette terre doit-on le faire ?

SUSAN SWAN

Sur ta peau brillaient les joyaux

Si une chose est sûre en matière d'attirance physique, c'est qu'on ne peut jamais être sûr de rien. Et, comme dans tout ce qui touche au désir, la surprise est toujours possible. Ici, Susan Swan nous fait partager la tendresse inattendue que ressent une femme pour un amant qui ne correspond à aucun de ses critères de l'homme idéal mais qui se glisse, sans y être invité, dans son cœur.

BIENHEUREUX Sankara : *Om namah sivaya !*

Tu dis que tu ne peux vivre sans moi, que le thé que tu prends le matin a perdu son parfum et le coucher du soleil sa beauté, puisqu'il précède une journée dont je serai absente (*Om shanti,* Sankara ! Ou bien aurais-tu oublié le mantra que t'a donné mon maître, Vishna ?) Chaque jour, je prie pour que tu atteignes Dieu et l'extase de la béatitude suprême. Au lieu de quoi tu dis que nous sommes l'un à l'autre et que tu m'as aimée dès le premier jour où tu m'as vue sur le quai de l'ashram. Tu disais m'avoir reconnue d'après les vieilles photos de Padma sur la brochure de la retraite spirituelle ; tu disais n'avoir jamais vu de plus exquis yogi que cette jeune femme avec une longue tresse noire dans le dos, qui faisait la roue sur la plage.

Ces photos dataient de plus de dix ans lorsque tu es descendu du ferry de Chandrashekar avec les autres hôtes, encore vêtu des habits que l'on porte dans les villes du Nord, pâle et plein d'appréhension comme ces enfants que l'on envoie séjourner auprès de membres de la famille qu'ils ne connaissent pas. Tu disais que je faisais encore très jeune, penchée au-dessus de la rambarde pour observer la petite procession qui gagnait la terre ferme, mais c'est mon regard empli de tristesse qui t'a attiré. Pour une femme à peine plus âgée que ta propre fille, j'avais l'air embarrassé et affligé. C'est alors que tu as remarqué combien je boitais tandis que je remontais d'un pas lent et incertain le sentier près de la terrasse où les autres hôtes, le corps reposant sur la tête, faisaient leurs exercices de yoga matinaux. Derrière moi l'immense Narayan, mon ombre fidèle, avançait péniblement, jurant entre ses dents tandis qu'il poussait la vieille charrette débordante de valises.

Tu as toujours été poli, Sankara, et tu n'as porté aucune accusation, mais tu penses, je le sais, que je couchais avec Narayan avant ton arrivée. Crois-moi, mon très cher, il ne s'est pas passé grand-chose entre nous, à ceci près, bien entendu, que nous étions souvent ensemble puisque nous préparions l'édition du nouveau recueil de lettres de notre maître. (*Siranda Upanishad* — une Écriture universelle de la propre main de mon maître).

Dès ce premier jour, tu as ressenti le caractère possessif de Narayan à mon égard, disais-tu, mais je ne lui prêtais pas attention, pas plus qu'au spectacle absurde qu'il donnait de lui-même chaque matin, lorsqu'il s'exerçait à faire des tractions des bras à la barre placée dans la petite cour de l'ashram. Les autres femmes aimaient voir les muscles de ses biceps qui se tortillaient comme des serpents. Mais pas moi, pas ta Shakti. Narayan avait beau avoir une taille et une puissance physique exceptionnelles, il était juste à mes yeux un enfant gâté à peine sorti de l'école, avec des mains immenses et des oreilles en anse de cruche. C'était la mascotte du camp, tu comprends, parce qu'il était le petit frère du swami.

C'est vrai que j'ai pris plaisir à discuter avec lui de notre projet. Narayan a un esprit sardonique, et puis il est allé rendre visite à mon maître en Inde et... si tu savais, Sankara, les histoires drôles qu'il peut raconter ! Des histoires de vieux gourous qui sont tellement plongés dans la méditation au fond de cavernes tibétaines qu'ils vont jusqu'à oublier de sortir de leurs transes et à souffrir d'engelures ! Mais quoi qu'il en soit, je ne le prenais pas au sérieux. Pas plus que, ce premier jour, je ne t'ai prêté attention, Sankara. J'étais en train de transporter la provision — interdite — de chocolat de Vishna (que Narayan venait juste d'apporter en fraude) et j'espérais que mon maître ne me réprimanderait pas pour mon retard.

Tu avais, bien sûr, remarqué ma cheville foulée parce que tu es comme mon père entraîneur de basket-ball et que tu es habitué à repérer toute blessure. J'aime à penser que notre rencontre était prédestinée, une forme nécessaire d'inceste, mais je ne veux pas me laisser aller à la nostalgie. Je veux te dire la vérité. Qui d'autre, à l'ashram Siranda, se préoccupait vraiment de mon pied ? Oh, bien sûr, quand il fut évident qu'il ne guérissait pas, quelques membres de l'équipe m'ont proposé des remèdes, mais c'était juste pour avoir le plaisir de s'entendre parler. Quelle ironie du sort, n'est-ce pas, que nous qui sommes utiles aux autres puissions rarement l'être à nous-mêmes...

Ce fut donc toi qui vins vers ma petite cabane avec à la main une boîte de plastique bleue, la trousse d'urgence que tu emportes partout, comme un portefeuille. La glace, tu te l'es procurée dans le réfrigérateur défaillant de la retraite. Tu m'as montré comment reposer en hauteur ma cheville sur des coussins, puis comment la maintenir avec une bande de contention. Et, sur un ton paternel, tu as délivré ton ordonnance : compression, élévation, glace, repos. Puis, lorsque l'enflure a persisté, c'est toi qui as insisté pour me conduire à l'hôpital de la capitale.

Rien que pour cela, je te serai éternellement reconnaissante. Mais je n'ai pas été tout à fait honnête, même à l'instant. Car je t'avais remarqué dès le premier jour. Plus tard, au cours de la méditation, alors que, sans prendre la peine de t'asseoir en tailleur comme le reste d'entre nous, tu t'adossais, les épaules voûtées, au mur blanchi à la chaux du temple pendant que mon maître Vishna psalmodiait sans fin ses *bhajans* et ses mantras. C'est cette année-là, à Pâques, que notre maître avait assoupli sa règle et permis à ceux d'entre nous qui souffraient du dos de s'appuyer contre le mur du temple. Aussi me suis-je assise à tes côtés, heureuse d'avoir l'occasion de me reposer. Je m'aperçus alors que je ne pouvais détacher mes yeux de toi. Que cet homme est laid, pensai-je. Cela venait de ta peau. Tu le comprendras, je n'ai maintenant aucune raison de te cacher combien je te trouvais repoussant. J'étais dégoûtée par la toile d'araignée de rides qui recouvrait ton visage, menaçant d'effacer tes traits. Tu avais quelque chose de mon père durant son dernier mois à l'hôpital — l'air distrait et agité d'une momie desséchée, forcée de rester en vie contre son gré. J'ai découvert alors la façon dont tu te coiffais, avec cette frange d'empereur romain qui tombait sur ton front. J'ai pensé : tiens, il y a encore quelque chose de vivant chez le petit père... Tu t'es retourné pour t'étirer et tu as surpris mon regard. Je suis restée interdite devant tes yeux mordorés qui brillaient comme les joyaux de Krishna dans ton visage vieillissant.

Je ne veux pas te faire du mal, Sankara. Mais j'essaie de rester aussi près que possible de la vérité. Ainsi, tu comprendras pourquoi je t'ai quitté ce matin-là, il y a de cela plusieurs mois. Je sais, tu ne méritais pas un départ aussi brusque. Nous étions déjà de vieux amants. Tu étais étendu, nu sur ma couche étroite, et tes doigts jouaient avec les poils noirs qui repoussaient sur ta poitrine. À nouveau, tu te rasais deux fois par jour et les poils blancs de ton torse et de ton visage avaient commencé à laisser la place à des poils sombres. C'était, disais-tu, pour moi. Parce que d'avoir une relation sexuelle avec moi te rajeunissait. Non, je suis injuste avec toi. Tu ne parlais jamais de sexe. Tu disais toujours « amour ». Et tu savais attendre. Tu me satisfaisais d'abord, autant de fois que je le souhaitais, et ensuite seulement tu te laissais aller à l'orgasme.

Sept fois pour moi, une fois pour toi. Sept-aequo, disais-tu. Aucun homme n'avait jusqu'alors été aussi naturel avec moi ni aussi bienveillant à mon égard. Trop souvent, c'est par anxiété ou par vanité que les hommes veulent satisfaire une femme et non, comme toi, pour l'émotion pure.

Je me souviens de la vision de mes mains dans le bol de lait avec lequel je nettoyais les perles de l'autel, taillées dans du vrai *rudrakshi*, un bois précieux qui plaisait beaucoup à mon gourou. Je me souviens de les avoir fait glisser hors de leur fil de plastique pour les rassembler dans le creux de ma main. Elles étaient encore humides et non poisseuses comme c'est le cas avec les perles de santal lorsqu'on les nettoie dans du lait.

Je me suis assise auprès de toi sur le lit et j'ai commencé à te caresser le front d'une main. Je connaissais alors tout de ton corps, Sankara, et pourtant je devais encore lutter contre le dégoût avant de te toucher. Dès que je posais les mains sur toi, néanmoins, je me demandais pourquoi je devais lutter ainsi. J'aimais le contact de ta peau. Elle n'était pas sèche, comme j'aurais pensé qu'elle pût l'être avec l'âge. Elle était légèrement grasse et d'une souplesse étonnante chez un homme. Non. Je mens à nouveau. Ta peau était douce comme un prépuce.

Au moment où je me suis mise à disposer les perles de bois sur ton corps, j'ai aperçu par la fenêtre Narayan qui faisait ses tractions. Il lui était impossible de me voir, au début. Comment aurait-il pu, dans l'éclat aveuglant du soleil matinal qui colorait tout en un jaune sulfureux, sauf les eaux vertes et troubles de l'océan ? J'avais l'intuition que Narayan me cherchait. Puis il s'est baissé, a soulevé son sac à dos et l'a déposé sur ses épaules. Quand il a eu fini de l'ajuster, il s'est avancé vers ma cabane. J'étais en train de poser deux perles sur tes paupières closes lorsqu'il a murmuré mon nom. Puis, très doucement, il a ouvert en grand mon volet. J'ai levé les yeux et il m'a fait signe.

Effrayée, j'ai versé plusieurs perles de bois dans l'une de tes oreilles, dont j'avais si souvent mordillé le lobe. Ma maladresse t'a fait rire. Alors je me suis mise, rapidement à présent, à déposer les perles au creux des crevasses soyeuses de ton corps auquel le soleil avait donné la couleur brun clair du bois de *tulsi.* J'en ai placé quatre, peut-être cinq, dans les plis de chaque côté de ton pubis, là où la peau était encore pâle. Et tu as acquiescé avec empressement à mon petit jeu, les yeux clos, le sourire aux lèvres. Tu avais le même air de béatitude que Krishna sur les images de Vishna, sur l'autel du temple. Tu vois de quelles images je veux parler — celles que mon maître m'a fait orner de perles comme on décore de guirlandes un arbre de Noël... Ces mêmes perles que je posais sur toi ce matin-là, lors de notre dernier moment ensemble.

Je t'ai rendu ton sourire et tu as commencé à passer ta langue pointue sur tes lèvres. Aujourd'hui, quand je pense à nous en train de faire l'amour, ce que je me rappelle surtout, c'est, lorsque je te chevauchais, cette manière de te lécher les lèvres avec lenteur, d'un air satisfait, comme si tu me goûtais.

Avec tendresse, j'ai pris la perle la plus grosse. C'est la cent neuvième du *japamala,* celle qui est plus volumineuse que toutes les autres et qui indique que l'on est arrivé à la fin de son mantra. Puis j'en ai effleuré l'extrémité de ton pénis. Et ton pénis s'est dressé, de nouveau en érection, et tes yeux mordorés se sont ouverts soudain. Mais, à l'inverse de moi, tu ne pouvais voir Narayan qui se tenait en silence devant la fenêtre et nous observait. J'ai déposé la perle la plus grosse dans le petit cratère de ton nombril, où elle est demeurée, tel l'un des yeux noirs de mon maître, ces yeux qui ne cillent pas.

Mon très cher, tu n'étais pas le seul à penser que je te redonnais la jeunesse. Chaque fois que tu me pénétrais — lentement au début, puis plus vite et à nouveau lentement, ah, Sankara, que j'aimais ce lent va-et-vient ! —, chaque fois que tu donnais une poussée en moi, tu perdais des mois, puis des années, enfin des décennies, même. Et lorsque tu jouissais, tu étais plus jeune que moi. Oui, chaque fois que nous faisions l'amour, je sauvais de la mort le Mathusalem que j'avais remarqué le premier jour.

Ce matin-là, tandis que tu étais étendu devant moi, dans la magnificence des joyaux de mon maître, ignorant que Narayan aussi te regardait, j'ai commencé à me sentir somnolente. Au cours de ce mois, j'avais été malade à plusieurs reprises. J'avais attrapé une grippe et eu par deux fois de la fièvre et mal à la gorge. Ce n'était pas dans mes habitudes. Un moment, j'ai pensé que j'avais de nouveau la grippe, tant je me sentais fatiguée et léthargique. J'ai bâillé une, deux, trois fois, les yeux fixés sur toi pour éviter la fenêtre devant laquelle Narayan se tenait, l'air menaçant. Tu n'as pas remarqué combien j'étais lasse. Tu as grogné un peu et m'as attirée à toi, en me demandant dans un murmure de te chevaucher encore.

Bien évidemment, j'avais envie de te faire plaisir. Et de montrer à Narayan que, malgré ses doutes, tu étais dans cette chambre aussi viril qu'un jeune homme. J'obéis donc, excitée par sa jalousie et me préparai à battre le rappel de ta superbe jeunesse.

Je me sentis alors pris d'épuisement, un épuisement comparable à celui des gens âgés, et je sus que je devais faire un choix. Je pouvais être avec toi. Ou je pouvais être avec des hommes comme Narayan, qui n'auraient certes pas la sagesse d'aimer en toute connaissance de cause, mais n'exigeraient pas autant que toi.

C'est ainsi, mon très aimé, que j'ai fait ce terrible choix. Je vis maintenant avec Narayan à ———, une nouvelle communauté spirituelle que Vishna, notre maître, a fondée près de la capitale de ———. Mon gourou me fait suivre tes lettres, que je lis avec une grande tristesse. Narayan dit que si tu m'aimais, tu me laisserais en paix et cesserais d'écrire pour supplier que je revienne. Il dit que tu n'es qu'un vampire, que tu ne veux pas vraiment mon bien. Narayan est jeune. Il ne sait pas user des mots qu'il faut, mais au fond, il n'a pas tort. Je t'ai rendu ce que j'ai pu de ta jeunesse. Maintenant, c'est à moi de recevoir en retour. *Om shanti,* Sankara ! Toi qui m'as aimée comme personne. Sans limites, sans jugement. Tu n'avais jamais vu, disais-tu, personne d'aussi souple que cette jeune femme sur les photos de Padma. Tu admirais ses jambes nues, tendues vers l'arrière comme un arc pour former une roue humaine.

Bien à toi, le soi bien à elle de
Shakti.

Traduit par Marie-France Girod

NOTE DE L'AUTEUR

J'ai appris bien malgré moi qu'on confondait trop souvent le réalisme érotique et la littérature érotique qui met en valeur les sentiments sensuels ou sexuels. Mon roman, The Last of the Golden Girls, *l'histoire de jeunes filles qui deviennent des femmes, a risqué un procès pour atteinte aux bonnes mœurs à cause de cette confusion. J'étais accusée d'encourager le lesbianisme parce que j'y décris deux jeunes filles qui simulent les rapports sexuels pour se préparer aux relations avec les hommes. Je serais ravie d'encourager n'importe quelle forme d'amour érotique n'importe où, n'importe quand, mais, dans ce cas précis, j'envisageais l'éveil sexuel des jeunes filles comme un élément de réalisme romanesque. Je suis heureuse de dire que j'ai écrit cette nouvelle pour décrire et, j'espère, susciter des sentiments érotiques. J'ai choisi pour cadre un monastère parce que j'ai séjourné dans ce genre d'endroit et que j'ai remarqué qu'il y avait un lien entre le spirituel et l'érotisme. Les sentiments érotiques profonds, comme les sentiments spirituels, relèvent du mystère de notre vie intérieure. En dépit de ce que veulent nous faire croire les gourous, je pense que l'intense concentration qui accompagne la méditation aiguise nos sens.*

ANNE RHYD

Les plumes bleues

Les rencontres de hasard et les séduisants inconnus sont des stéréotypes de la littérature érotique, et c'est dans ce genre de récit que la fiction s'éloigne le plus clairement de la réalité. Cependant, c'est justement parce que la fiction enjolive la réalité que nous tirons un tel plaisir de la levée des inhibitions dans ces aventures érotiques imaginaires. Anne Rhyd constate aussi dans « Les plumes bleues » que porter un masque dans une atmosphère de carnaval donne un sentiment de liberté et ouvre des possibilités même aux plus sages d'entre nous. Et comme l'imagination de l'auteur maîtrise parfaitement la situation, les conséquences de l'abandon qui s'ensuit sont délicieuses et sans danger.

JOSEPHINE se glissa entre un réverbère et une poubelle tandis que la foule joyeuse paradait sous ses yeux, défilait, parfois juchée sur des chars, le long de Chartres Street. Sa nièce restait invisible — ce qui signifiait qu'elle ne se trouvait vraiment pas dans cette rue, car on ne pouvait manquer la horde d'enfants qui accompagnait Susan, même dans cette cohue. Josephine avait donc plus de soixante minutes à perdre avant trois heures, heure à laquelle elles étaient convenues de se retrouver en se séparant.

Un peu plus tôt, Josephine aussi avait été prise dans le tourbillon de la fête. Elles mangeaient des beignets en faisant du lèche-vitrines à travers le Vieux Carré quand Susan l'avait soudain entraînée dans une boutique obscure. « L'heure d'acheter nos masques », avait-elle déclaré, et les enfants s'étaient jetés sur les masques garnis de pierreries et de paillettes qui couvraient les murs, puis ils s'étaient battus, convaincus que celui choisi par le voisin était le plus beau. Josephine se tenait à l'écart, appuyée contre un mur de brique. « Toi aussi, tante Jo », avait dit Susan. Elle s'était tournée vers la propriétaire des lieux. « C'est la première fois que ma tante assiste au Mardi gras, avait-elle expliqué. Il lui faut un masque de circonstance. »

Dans la pénombre de la boutique, la femme avait dévisagé Josephine. Elle était grande, avec un maintien élégant et des gestes langoureux. Ses cheveux, torsadés en chignon, étaient parsemés de paillettes qui accrochaient la lumière. Son masque vermillon s'ornait de plumes aux teintes assorties et elle portait une robe de satin rouge aussi — une création magnifique dont le bustier emplumé moulait des formes tout aussi magnifiques avant de s'évaser en une jupe ample. Elle évoquait pour Josephine une fraise bien mûre qu'on aurait trempée dans du chocolat. Un chat blanc sur le comptoir se frottait contre sa maîtresse en miaulant, tandis qu'un second s'était lové entre ses jambes.

La femme avait souri, finalement. « Oui, la reine Etta a quelque chose pour ta tante, avait-elle dit en prenant un masque derrière le comptoir. Il n'en existe qu'un autre comme celui-ci au monde. » Il était d'un bleu roi intense, son œil droit souligné par des plumes bleues et le gauche par du strass de même couleur. Deux petits chapelets turquoise pendaient sur un côté. Josephine l'avait enfilé. Il sentait le santal et son revêtement intérieur était doux. À chaque respiration, les chapelets lui caressaient la joue. Elle s'était regardée dans le miroir, puis avait promené nerveusement ses doigts sur sa robe droite en tricot bleu marine. Elle lui avait semblé parfaite le matin même, mais le masque la rendait quelconque.

Etta avait remarqué son geste et lui avait désigné une tenue.

« Essaie-la, c'est la même que la mienne. » Josephine avait esquissé un signe de refus, craignant que la similarité des vêtements ne fasse qu'accentuer le contraste entre son corps maigre et celui d'Etta, plus généreux. Mais elle avait fini par se dire qu'elle pouvait toujours l'enfiler, quitte à ne pas sortir de la cabine, et elle avait décroché la robe du portemanteau.

Dans la cabine — un simple réduit séparé de la boutique par un rideau de toile grossière — le tissu soyeux avait glissé par-dessus sa tête et le long de son corps. Tandis qu'elle agrafait la longue rangée de boutons sur le devant du corsage, elle avait senti la matière satinée enserrer ses hanches, puis sa taille et ses seins. Les plis drapés de la jupe lui caressaient les cuisses. Elle avait levé les yeux vers le miroir et contemplé l'étrangère qui la regardait : une femme suffisamment forte pour relever les défis de l'existence, suffisamment courageuse pour prendre des risques et suffisamment audacieuse pour porter une telle robe — une femme, en somme, bien différente de celle qu'elle avait été ces derniers temps.

Elle avait écarté le rideau et demandé : « Est-ce que je peux vous laisser mes vêtements et passer les récupérer plus tard ? » Les enfants avaient cessé de se battre pour l'admirer et le plus jeune des garçons s'était mis à pleurer parce qu'il ne la reconnaissait pas. « Bien sûr », avait répondu Etta. Puis, tandis que Josephine la payait, elle avait murmuré : « C'est un puisant grigri. Ma mère connaissait le vaudou, et sa mère avant elle, elles me l'ont appris. » Elle avait cligné de l'œil. « Cette robe va sûrement te porter chance. »

En sortant les enfants de la boutique, Josephine avait mis la main devant ses yeux pour ne pas être aveuglée par le soleil. La chaleur semblait encore plus étouffante après la fraîcheur du magasin. « Bravo ! » Susan lui manifestait son approbation. « Elle te va à ravir. »

« La reine Etta m'a promis qu'elle me porterait chance.

— Eh bien tu mérites certainement un peu de bonheur pour changer », avait répliqué Susan avant de se perdre dans la foule, la laissant seule.

Après s'être promenée une heure dans la cohue, Josephine était revenue à leur lieu de rendez-vous et avait alors décidé qu'elle n'en bougerait plus. Elle avait regardé un jeune garçon porter en équilibre des bols fumants d'écrevisses, et deux caniches excités se déchirer leurs costumes sous les cris de leurs maîtres. Elle avait observé une femme qui, la chemise dégrafée jusqu'à la taille, jetait en riant des chapelets du haut d'un balcon en fer forgé. Que de bruit et d'animation ! Pourtant Josephine se sentait aussi étrangère que si elle avait contemplé ce spectacle à la télévision. Les effluves de gumbo et d'étouffée augmentaient encore sa nervosité et lui donnaient faim.

« Autant manger un beignet en attendant », se dit Josephine. Elle faisait demi-tour quand elle heurta un large torse d'homme. Un bras la rattrapa. « Ça va ? demanda-t-il.

— Oh, oui. Excusez-moi. » Gênée, elle chercha à mettre un peu de distance entre eux, mais un monocycliste maladroit bouscula l'homme et celui-ci entoura instinctivement la taille de Josephine. Tout aussi instinctivement, elle se pencha en avant pour garder l'équilibre et se retrouva lovée dans les bras d'un parfait inconnu. Et elle aimait cela, elle s'en rendit compte en sentant, à travers l'étoffe de leurs costumes, la chaleur rassurante de ce corps fleurant le frais. Sous ses mains, la peau de ses bras était chaude et sèche et elle n'avait pas envie de rompre ce contact. Une plume bleue voleta paresseusement sous ses yeux et elle leva la tête.

Il portait un masque semblable au sien. Mais qu'il paraissait différent ! Ce qui, sur elle, avait un air d'exubérante féminité produisait sur lui l'effet contraire. La délicatesse baroque du masque contrastait avec ses traits énergiques et donnait à son visage une force et une détermination qui soulignaient sa virilité, comme le costume en soie et la boucle d'oreille d'un pirate ou le jabot et les dentelles d'un cavalier.

Ce masque et son costume de pirate ne révélaient rien de son identité. Elle n'aurait su dire s'il était jeune ou vieux, riche ou pauvre, conservateur ou libéral ; elle voyait seulement qu'il avait un corps robuste et une belle bouche, marquée par des rides qui devaient plus au bonheur qu'au malheur. Cela la laissait libre d'imaginer n'importe quoi et cette idée l'excita. Elle constata aussi avec une certaine gêne que non seulement elle ne souhaitait pas quitter cet homme, mais qu'elle avait envie de lui, envie de toucher ses pommettes saillantes sous les plumes bleues et de caresser les poils frisés qui dépassaient de sa chemise.

« Vous avez très bon goût en matière de masque »,

dit-il avec une voix profonde de baryton dont elle ne put identifier l'accent.

Peu désireuse de briser la magie de cet instant et de se retrouver seule plus tôt qu'il ne le fallait, elle ne lui répondit pas, mais continua de s'accrocher à cette chaleur. Posant son regard sur la main gauche de Josephine, l'homme desserra son étreinte et se recula légèrement. « Vous n'avez pas peur que votre mari nous surprenne ainsi ? demanda-t-il d'une voix moqueuse.

— Mon mari est mort », répondit-elle après un silence. Les mots semblaient durs et laids comme la réalité qu'ils représentaient. Elle ajouta : « Je n'ai pas osé la retirer. » Il la regarda longuement, puis avança timidement la main pour lui caresser les cheveux. « Alors, nous avons deux choses en commun », dit-il. Josephine entendait à peine sa voix, couverte par les bruits de la foule et par les battements de son cœur qui lui martelaient les oreilles.

« Quand ma femme est morte dans un accident de voiture, j'ai gardé sa brosse à dents dans la salle de bains, ses mules sous le lit, je n'ai touché à rien. Et puis, finalement, j'ai tout vendu et je suis venu m'installer ici.

— Ça semble très radical.

— Oui.

— Et vous n'avez aucun regret ? »

L'homme réfléchit un instant puis répondit : « Je ne pense pas, non. » Il ajouta : « J'en suis sûr maintenant. Jamais une belle inconnue en robe moulante ne s'était jetée dans mes bras auparavant. » Ces mots surprirent Josephine. Elle comprit alors qu'il voyait en elle l'étrangère qu'elle avait contemplée dans le miroir de la boutique. Son masque et son costume dissimulaient son identité aussi parfaitement que ceux de l'homme. Elle pouvait être la femme qu'elle voulait aujourd'hui. Et soudain, elle se sentit aussi mystérieuse et exotique qu'il l'imaginait.

Il porta la main à son masque. « Ma femme adorait cette couleur. Je l'ai choisi parce qu'il me faisait penser à elle. Mais quand je le vois sur vous, je me rends compte que je dois avoir l'air ridicule avec quelque chose d'aussi féminin.

— Oh non, sur vous il a exactement l'effet contraire », le rassura-t-elle et elle fut surprise de se sentir rougir. Elle aurait voulu trouver la force de s'en aller.

Ils se regardèrent, immobiles, jusqu'à ce qu'un accordéoniste exubérant les bouscule avec son instrument. « Pourquoi ne sortons-nous pas de là ? suggéra l'homme.

— Je dois retrouver ma nièce ici à trois heures, expliqua Josephine.

— Pas de problème », dit-il, et elle lui donna sa main. Elle sentit son estomac se contracter devant la chaleur de son sourire. Il l'entraînait déjà quand soudain il s'arrêta, retira l'alliance de Josephine et la glissa dans son sac. « Juste pour un moment », lui murmura-t-il.

Sa main lovée en sécurité dans la sienne, elle le suivit loin de la foule, à travers un dédale de ruelles et de cours. Les odeurs de nourriture et d'alcool laissèrent place à celles des treilles en fleurs qui tombaient des balcons et s'accrochaient aux murs éboulés. Le monde moderne avait disparu et il lui était facile de s'imaginer qu'il était vraiment un pirate, peut-être même Jean Laffite, fraîchement débarqué des bayous pour venir chercher son butin. Ils boiraient le porto le plus cher de la ville pour célébrer sa victoire et il lui donnerait un collier de rubis qui aurait dû orner le cou d'une noble Espagnole. Il ne manquait qu'une épée à son compagnon pour tenir parfaitement ce rôle.

Il ouvrit finalement une porte, lui fit traverser un vestibule sombre et froid, monter un escalier. Sa chambre n'en révélait pas plus sur son identité que son apparence : seul un jean jeté sur une chaise déparait son ordre spartiate et seul un coucou accroché au mur donnait à l'ensemble un peu de caractère. Les fenêtres lumineuses, tendues d'une gaze blanche que faisait danser une brise légère, s'ouvraient sur une cour ombragée.

Josephine prit soudain conscience du silence qui l'entourait. Pas de rires, de bruits de bottes ou d'aboiements. Elle n'entendait que le clapotis d'une petite fontaine, un phonographe au loin qui jouait un disque rayé, presque inaudible, d'un Français cajun à la voix nasillarde et la respiration chaude, tentatrice de son hôte près de son oreille. Le contraste entre la chaleur des bras qui l'étreignaient et l'air froid qui caressait ses cuisses et s'insinuait entre ses jambes, la fit frissonner. Elle sentit soudain sa culotte glacée et s'aperçut alors que son con était trempé, excité par leur simple étreinte.

Ils s'embrassèrent doucement et leurs masques s'entrechoquèrent. Elle esquissa un geste pour retirer le sien, mais il arrêta sa main. Il l'entraîna vers un sofa et se pencha au-dessus d'elle tandis qu'elle s'asseyait. Elle entrouvrit les lèvres, attendant un baiser ; au lieu de cela, la bouche de l'homme alla se poser sur son masque. Avec ses dents, il arracha délicatement une plume et s'en servit pour caresser le visage de Josephine. Il dessinait des cercles duveteux et s'attarda finalement sur les contours de sa bouche, la frôlant encore et encore. Quand le vent emporta cette plume, il en arracha une autre et titilla son oreille avec tant de légèreté qu'elle ne prit conscience de l'effet que cela produisait sur elle qu'en entendant sa propre respiration s'accélérer. Le vent à nouveau enleva la plume et l'homme en prit deux cette fois pour effleurer son cou et son décolleté, sans aller plus loin que le bord de sa robe.

Bientôt le masque fut entièrement déplumé. Il contempla les plumes éparpillées sur la poitrine de Josephine et sourit. Il s'agenouilla devant elle et se pencha avec une grande lenteur pour attraper une des plumes de son bustier, mordillant un téton au passage. Il prit son temps pour accomplir son œuvre ; il mâchait les plumes plutôt qu'il ne les tirait, desserrant les mailles du tissu soyeux qui se tordait sous ses dents, et à chacun de ses mouvements une longue caresse parcourait les seins de Josephine.

Avec ses mains qui étaient libres maintenant qu'il se trouvait à genoux, il dégrafa le premier bouton de la robe et enfouit son visage, sa bouche pleine de plumes à cet endroit. Il défit un second bouton, puis un troisième et ouvrit largement le bustier. Écartant les pans raides du tissu, il caressa un des globes, traçant des cercles de plus en plus petits avant d'atteindre finalement le téton. Il titilla cette pointe encore et encore à l'aide des plumes duveteuses jusqu'à ce que Josephine l'agrippe par les cheveux et enserre sa taille de ses jambes.

Il se dégagea et reprit le déboutonnage de sa robe. Bientôt, il l'eut dénudée du cou aux genoux et il tira alors doucement sur sa culotte, l'amenant elle aussi aux genoux. Il cracha sa bouchée de plumes, en arracha de nouvelles, plus longues et plus dures, et lentement en parcourut le ventre de Josephine. Puis sa tête glissa entre ses jambes et il caressa son pubis avec les plumes. De temps en temps, il dessinait de longues lignes chaudes et mouillées sur l'intérieur de ses cuisses, puis revenait s'abreuver à la source humide. Une plume se détachait parfois de son masque, effleurant le ventre de Josephine avant d'aller se poser, portée par le vent, sur son bras ou son visage. Bientôt Josephine hurla de plaisir, s'arqua et il enfonça ses doigts en elle pendant qu'elle jouissait.

Il lui fallut une minute pour lâcher les cheveux de l'homme qu'elle avait agrippés et elle put alors lui défaire sa chemise. Sa peau était bronzée et tendue sur ses muscles, la brise caressait ses poils frisés. Une cicatrice d'appendicite — ou peut-être le souvenir d'un duel — pointait sous le pantalon. Josephine ramassa plusieurs plumes éparses sur le sol et, avec l'une d'elles, parcourut lentement la marque blanche, s'arrêtant pour déboutonner la braguette afin de suivre la cicatrice jusqu'à sa source.

Rapidement, mais avec grâce, il retira ses chaussures et son pantalon, sursautant légèrement lorsque son pied nu se posa sur une plume. La respiration de Josephine s'accéléra tandis qu'elle le regardait et elle aima l'entendre lutter lui aussi pour contrôler son souffle désordonné. Posément, paresseusement, Josephine caressa l'intérieur de sa cuisse et de son mollet avec une poignée de plumes, remonta le long de l'autre jambe, puis redescendit. Les barbes des plumes s'accrochaient dans ses poils et elle avait du mal à les dégager. En prenant garde de ne pas le chatouiller, elle longea les contours de ses doigts de pied. C'était lui maintenant qui agrippait ses cheveux.

Elle l'entoura de ses bras et de ses jambes, l'enveloppa et ferma les yeux. Suspendue à lui, elle avait l'impression de flotter sur l'océan. Ses coups de reins l'emmenaient dans une direction, puis les coussins du sofa la faisaient doucement rebondir en sens inverse, et bientôt elle perdit toute notion de temps et de pesanteur, ne percevant plus que le mouvement et l'obscurité. Finalement, il s'abattit sur elle et, immobile, elle reprit lentement conscience de son corps. Il lui caressa les cheveux tendrement et lui murmura des choses qu'elle n'entendait pas.

Ils sursautèrent tous les deux lorsque le coucou sonna l'heure. Il soupira et se redressa. « Votre nièce va vous attendre », dit-il. Il reboutonna soigneusement la robe de Josephine, réajusta son masque sur son visage, avant de se rhabiller à son tour. « Je vous ramène là où je vous ai rencontrée. »

Elle n'attendit pas longtemps près du réverbère avant d'apercevoir Susan. Tandis qu'ils s'approchaient, Josephine vit que les enfants tenaient tous un verre de limonade. Susan en portait deux, un pour elle et un pour sa tante. De la condensation s'était formée le long du verre et des gouttes d'eau tombaient sur la chaussée. « Je suis désolée de t'avoir abandonnée », dit Susan. Comme Josephine s'emparait de son verre, sa nièce remarqua sa main.

« Tante Jo, tu as perdu ton alliance ! s'exclama-t-elle.

— Ne t'inquiète pas, elle est dans mon sac. » Josephine sortit sa bague, hésita un instant, puis la passa à son doigt.

Susan avait eu le temps de bien regarder sa tante et ses yeux étaient fixés sur le masque et la robe déplumés. Josephine résista à l'envie de vérifier que sa tenue était bien reboutonnée. Finalement, Susan demanda : « J'espère que tu n'es pas restée tout le temps ici.

— Oh, je ne ferai jamais une chose pareille ! répondit Josephine.

— Oh que si ! » répliqua Susan. Puis elle contempla de nouveau avec étonnement le masque de Josephine et retira un petit souvenir bleu, accroché aux cheveux de sa tante.

« Je me suis dit que tu pourrais peut-être rester avec nous définitivement. Pourquoi retournerais-tu dans cette maison vide, avec toute cette neige ?

— C'est une décision bien radicale.

— À situations désespérées, décisions désespérées. »

Josephine suça sa paille en réfléchissant à l'offre qui lui était faite. « J'y penserai, dit-elle, mais je ne crois pas que je resterai. » Elle s'arrêta en apercevant une autre plume bleue. « Cela dit, qui sait ? Tout peut arriver. »

Traduit par Anne Michel

NOTE DE L'AUTEUR

Les éléments de cette histoire ont été inspirés par plusieurs événements de ma vie qui se sont produits au moment où je commençais à écrire : je me préparais à m'installer à La Nouvelle-Orléans et je me désolais de devoir quitter mon travail de journaliste dans un magazine pour cause de maladie ; j'ai même eu une conversation sur le meilleur moyen d'intégrer des plumes et des chapelets à un vitrail représentant des masques de Mardi gras. Je voulais aussi parler du désir sexuel d'une manière différente de celle que nous proposent les magazines pour hommes et les romans d'amour où l'héroïne est généralement jeune, belle et un peu sotte, et où le moteur de l'histoire réside dans le fait que le héros exerce sa domination sur l'héroïne qui l'accepte.

CAROL MASO

L'Américaine au chapeau chinois

S'il existait un atlas mondial de la sensualité, la France y occuperait au moins un continent, et il est probable que l'histoire de Carole Maso, qui se déploie avec une nonchalance étudiée, perdrait beaucoup si elle avait pour cadre l'Indiana, par exemple. Une autre idée, ingénieusement présentée ici, est que le langage est vraiment une façon particulière de toucher l'autre et que les mots, qu'ils soient familiers ou délicieusement insolites à l'oreille, peuvent jouer un rôle important dans les préliminaires amoureux.

SOIT une femme, X, et un homme, Y, qui prévoient de se retrouver dans un lieu Z, la fontaine de la place Antony-Mars, dans le sud de la France, en une quelconque fin d'après-midi d'été, à la fin du XXe siècle.

Ils marchent tous deux lentement, inexorablement, vers Z, face à leur destin commun et, à l'instant, s'arrêtent et se retournent pour s'embrasser. Y, un homme aux cheveux longs, français de toute évidence, embrasse X sur les deux joues. C'est comme s'il surgissait d'un film inédit de Truffaut. Elle a l'air allemande, ou scandinave, peut-être anglaise ou américaine, et porte un chapeau chinois. Le soleil est éclatant, si éclatant même que parfois l'un d'entre eux, ou les deux à la fois, semble disparaître dans la lumière. Il tourne autour d'elle, lentement. Elle est assise, immobile, à une table en plastique blanc, du genre de celles que l'on voit partout en France depuis quelques années. Il fait le tour de la fontaine, de Z, lentement, tout en la regardant avec une certaine exaspération.

« Il fait chaud, dit-il.
— Non, il fait beau.
— Il fait chaud.
— La lumière est si éclatante, presque blanche.
— Oui, la lumière. Parle français.
— Oui, la lumière. »

Elle conjugue le verbe « vouloir ». *To Want* en anglais.

Elle le regarde apparaître et disparaître, apparaître et disparaître encore.

« Cela me rappelle un autre après-midi, sauvage et magnifique.

— Encore ?

— En cet après-midi sauvage et magnifique, nous tentions de parler. Tu disais : “ Où habitez-vous ? ” Je disais : “ À New York. ” C'était au temps où j'espérais encore que tu pourrais me sauver.

— Oui, dit-il. Comme un prince charmant sur son cheval blanc. » Il rit.

Elle bat des mains. « Es-tu prêt ? *Are you ready* ? Es-tu prêt maintenant ? »

Elle se lève. « La première position », dit-elle, et elle place ses bras et ses jambes dans la première position de danse classique. Il est superbe.

« La deuxième. »

Il tient la position un instant, puis l'abandonne. « Tu croyais vraiment que je pourrais te sauver, dit-il. Tu l'as même écrit dans ce carnet.

— La troisième, à présent. Parfait ! »

Il garde la pose. « Déjà, tu savais que je ne pouvais rien pour toi. » Il s'éloigne. « Je t'ai demandé : “ Où habitez-vous ? ” Tu as répondu :

“ Près du cimetière. ” J'ai demandé : “ Où êtes-vous née ? ” Tu as dit : “ Sur la plus belle côte du monde. ”

— Personne ne comprend pourquoi tu es venue dans mon pays, dit-il. Ils t'appellent tous “ l'étrangère ”. »

Elle s'écrie : « Mais je me rappellerai toujours la perfection de cet après-midi. La beauté de la fontaine. Et les cheveux longs.

— La femme qui pleure, dit-il. Chante avec moi. »

Il entonne en anglais la chanson qu'elle lui a apprise.

Row, row, row your boat.
Gently down the stream,
Merrily, merrily, merrily, merrily
Life is but a dream.

« Je tremblais déjà à cet instant-là, dit-elle.

— Tu pleurais.

— Oui, de joie. De chagrin.

— Tu disais : “ J'ai peur. ”

— Oui. Déjà le premier jour il y avait une chambre blanche... un film en noir et blanc. Un ange.

— Tu attendais un miracle, peut-être. »

Il sourit.

Gros plan sur le jeune Français. Profil. Il tourne lentement la tête vers la droite. Panoramique.

« Tu es un ange », dit-elle.

Il rit. Prend son chapeau chinois.

Elle le lui reprend.

Elle se souvient de cet après-midi, éblouissant et catastrophique.

Il essaie de se remémorer ce premier jour. « Déjà, dit-il, tu savais que tu étais condamnée.

— Arrête », dit-elle, passant le doigt sur son bras, son torse. Elle effleure la merveilleuse texture de sa peau.

« La dernière position, dit-elle.

— Non, dit-il, pas encore. »

Il tend la main, et elle prend la pose.

« Je t'aime », dit-elle, se laissant prendre au piège de l'illusion, comme tout le monde. Ou presque.

Il fait non de la tête. « Ce n'est qu'un rêve, dit-il. Un mensonge. Je te croyais différente. »

Il lui prend la main et la tient sous la cascade scintillante de la fontaine. Puis il la lâche, et ils demeurent face à face.

Elle sous son chapeau chinois.

Lui avec ses cheveux longs.

Sans se toucher, sans dire un mot.

Inexplicablement, il y a un mouvement de caméra. Un flou. Puis on les voit soudain de dessus. La caméra plane. Quoi d'autre ? Mais oui, c'est un ange, un des jolis anges de France. L'ange sanglote. Il commence à pleuvoir.

« Je croyais qu'il ne pleuvait jamais en été, selon toi ? »

Il rit.

Il fait nuit à présent. Ils font demi-tour et se dirigent vers le cimetière. Il la guide le long de l'escalier escarpé, la paume de sa main gauche posée sur ses reins. Il lui encercle la taille de son autre bras et appuie la paume de sa main droite contre son cœur. Il presse doucement sa poitrine et souffle : « Arrête. Stop, dit-il, avec un accent français prononcé.

— Ouvre la porte », dit-elle dans un rire.

L'homme ouvre la porte.

Dans la pièce, un lit, une lampe, un livre noir près du lit. Une étrange lumière blafarde entre par la fenêtre. C'est la lumière du cimetière. Qui lui rappelle vaguement la nuit, dans sa grande ville illuminée. « Chez nous », dit-elle. Mais c'est faux, bien entendu.

Elle songe à sa ville immense, silencieuse à présent, très sombre. Invraisemblablement tragique. Elle a peine à imaginer.

« J'ai peur », dit la femme à cet homme, agrippant son bras en une soudaine volte-face. Elle se retrouve devant lui, nez à nez. Il y a de la terreur dans les yeux de la femme qui, debout sur la pointe des pieds, scrute son visage comme en quête d'une explication.

« Je ne comprends pas, dit-elle.

— Tu ne comprends rien. » L'homme sourit. Il la conduit vers le lit.

« Si, ça, je le comprends. »

Il la domine de toute sa hauteur. Elle l'enserre de ses bras. Elle sent contre ses lèvres le métal de sa boucle de ceinture.

« Non. »

Il s'écarte, se met à genoux et la regarde, observe son visage, les deux rides sur son front qui indiquent la fatigue, sa bouche légèrement entrouverte. Il prend ses chevilles dans chacune de ses mains et les écarte doucement.

« Il fait chaud ce soir », dit-elle en s'allongeant sur le lit.

Lentement — tout se fait lentement — il défait les

six lanières de ses sandales. Il tire sur les lanières, puis les dégage. Six fois par pied. Il aperçoit la touffe de poils dorés sous sa jupe.

Elle s'assoit et relève ses cheveux sur le sommet de sa tête, qu'elle rejette en arrière. Il l'observe attentivement, avec intensité. Son front, son nez, son menton, sa gorge. Elle laisse retomber ses cheveux et dit de nouveau : « Il fait chaud. » Elle lui demande de lui apporter — comment cela s'appelle-t-il déjà ? — son carnet.

« Où est-il ?

— Là. » Elle le montre du doigt, et il y va à quatre pattes. Elle sort de son sac une petite boîte ronde d'épingles à cheveux, qu'elle lui tend. Elle se tourne vers le mur. Il lui remonte les cheveux sur le sommet de la tête, comme il l'a vue le faire, et essaie de les y fixer. De longues mèches bouclées lui échappent à chaque tentative, et il soupire.

« N'abandonne pas aussi facilement, dit-elle.

— Comment ? »

Elle défait les boutons de son corsage, qu'elle plie soigneusement. Puis son soutien-gorge. Il est agrafé par-devant, et le dos a vaguement la forme d'un cœur. Ses seins s'épanouissent, libérés de leur armature de dentelle élastique.

Elle chantonne une petite chanson d'anniversaire, d'une voix de fausset. « C'est mon anniversaire, aujourd'hui », dit-elle. Mais ce n'est pas vrai.

Il s'aperçoit que le bord de ses oreilles est rouge et que sa nuque est légèrement irritée. Il éprouve alternativement de la tendresse, de l'hostilité, puis de l'indifférence à son égard.

Elle lève les bras pour vérifier sa coiffure, et il

profite de l'occasion pour mettre le nez au creux de son aisselle. Il respire à fond. Il pose les lèvres sur la peau légèrement rugueuse, fraîchement rasée. Il la mordille, doucement. Elle veut qu'il la morde plus fort, qu'il lui fasse mal peut-être — pour ressentir quel frisson ? Mais il refuse.

Elle prend un petit miroir dans son sac de cuir et touche du doigt les boucles qu'il a façonnées avec les épingles, admirant son habileté. « Tu es coiffeur, peut-être », dit-elle en riant.

Il glisse sa bouche vers le bout rose de son sein. Elle l'observe dans le miroir, tel un enfant affamé et fragile. Puis, lassée, elle l'écarte du coude. La contournant par-derrière, il pose sa bouche sur l'autre sein, et c'est le même jeu. Elle le regarde, puis l'écarte tendrement de son aile blanche. Elle se retourne pour lui faire face. Elle essaie de nouer ses cheveux en queue de cheval.

« Non, dit-il.

— Mais il fait chaud. »

Elle fait une nouvelle tentative.

« Non. »

Lentement, elle défait les boutons de sa chemise, comptant chaque bouton. « Un, deux, trois, quatre, cinq, six, sept. Tu ressembles à un enfant. » Elle parcourt avec sa bouche le contour de sa cage thoracique, appuie à l'endroit où elle pense qu'il y a son cœur.

Elle détache la ceinture, familière à présent, et sort son pénis du pantalon. Il est animé d'une vie propre. Elle trouve particulièrement joli l'angle qu'il forme avec son corps.

« L'explorateur », dit-elle.

Il la plaque sur le lit, les mains à plat. Son érection s'accentue encore. Il la chevauche, les genoux sous ses aisselles. Il se dresse doucement au-dessus d'elle, de manière à être juste hors d'atteinte. Elle peut à peine lui frôler le bas-ventre avec sa langue. Il s'éloigne un peu plus. Il se balance d'avant en arrière, sans cesse. Elle se débat pour se libérer. Elle tente de se lever sur un coude. « Non. » Il l'observe. Elle lutte pour le toucher. Elle est tout humide.

« Laisse-moi faire, dit-elle.

— Non.

— J'ai envie de toi.

— Non.

— Je t'en prie.

— Parle français. »

Sur ce, il lui lâche les mains, s'étire en arrière en lui fourrant son pénis dans la bouche. Mouvement de trempette. Difficile à décrire à présent. De plus en plus difficile. Il sort de sa bouche, d'une main remonte sa jupe jusqu'à la taille et commence à la caresser doucement. Il sourit et hoche la tête en constatant à quel point elle est mouillée. Ses longs cheveux pendent au-dessus d'elle. « Tu es comme mon petit cheval », dit-elle.

Elle arque les genoux, le déséquilibrant soudain, et il s'affaisse en mimant la défaite. « N'abandonne pas si facilement », dit-elle. Il lui écarte les jambes avec des mots sans suite, il la pénètre, et elle demande en riant : « Que dis-tu ? »

Il lui couvre la bouche de sa main. Il déplace sa main vers sa gorge, tout en la pénétrant de plus en plus fort.

« Tu m'étouffes, dit-elle. Tu m'étouffes. »

Puis, plus rien. Je voudrais l'aider, mais c'est impossible.

Le carnet noir tombe sur le plancher, et elle se redresse, l'air affolé. « Non, ce n'est pas un signe », dit-il en anglais.

Il s'assoit, toujours profondément en elle. Il jure et transpire et réclame quelque chose. Elle ne comprend pas quoi. Elle lui dit, ne cesse de lui répéter ce qu'elle veut, elle. Ce qu'il lui faut à présent. Elle veut être sur lui à son tour.

« Parle français. »

Elle finit par trouver une manière de le dire.

« Bon. »

Il l'observe, il regarde les mèches de ses cheveux s'échapper des épingles dans la violence de ses mouvements. Elle profite de sa brève capitulation et chevauche avec lui, loin, très loin.

« Tu es comme un petit cheval. »

Son corps éblouissant s'écroule sur le sien. Elle le couvre d'un rideau de cheveux et de larmes. Elle a peur. Elle veut quelque chose qui ne change pas. Quelque chose de permanent.

Elle n'ira jamais assez loin.

Avec une précision étrange, il la retourne. Prend l'un de ses pieds, puis l'autre, et les place sur ses épaules. Il lui tient les chevilles et la fait pivoter jusqu'à ce que sa tête touche le plancher. Sur le rebord du lit, ainsi décapitée, elle n'est plus qu'un buste à présent. Il entre en elle avec une férocité renouvelée.

Elle tente de parler, mais c'est inutile.

« Mon Dieu », dit-il en anglais, en riant.

Elle se love sur elle-même, à même le plancher. Du

lit, il la regarde. Il voit son corps divisé en deux volumes parfaits : le dos, les fesses.

On dirait qu'elle flotte.

Je m'avance vers eux. Je ramasse les épingles à cheveux éparpillées sur le plancher et entre les draps moites. J'examine le carnet noir.

« Regarde, dis-je à l'homme. Elle rêve qu'elle rentre à la maison. »

Traduit par Claudine Richetin

NOTE DE L'AUTEUR

Ce récit est un extrait de mon dernier roman qui raconte l'effondrement progressif d'une jeune romancière américaine venue s'installer en France. Dans ses efforts désespérés pour ralentir le processus de désintégration qui la frappe, elle s'accroche en dernier recours à la sexualité. Ici elle caresse un instant l'idée d'un amour romantique — mais un instant seulement. L'impression de froideur, de détachement claustrophobique créée par ce récit est en partie un hommage[1] à Claude Simon, Alain Robbe-Grillet et au nouveau roman, la narratrice essayant de se raccrocher à une identité littéraire, même s'il ne s'agit que d'une identité d'emprunt.

Dans les nombreuses scènes érotiques du roman, un étrange dédoublement de personnalité a lieu puisque la narratrice devient à la fois l'observatrice et l'observée. « Et je voudrais l'aider, mais je ne peux pas », dit celle qui observe. Le choix délibéré de ne pas exploiter les possibilités du langage, de la sexualité et de l'imagination — si importants dans mes précédents romans — a rendu

1. En français dans le texte (*NdT*).

livre très effrayant à écrire. Il est né d'un espace enfoui en moi, noir et cynique, et il me confronte à une de mes plus grandes peurs : la perte terrifiante de toute émotion.

IDIOUS BUGUISE

Vitres

Regarder et être regardée, tel est le thème qu'a choisi Idious Buguise, comme Barbara Gowdy et Carole Maso. Sa narratrice frustrée, pitoyablement éloquente, nous apparaît comme une sorte de voyeuse[1]*, à l'agressivité rentrée, qui découvre soudain que le simple fait d'ouvrir son cœur, même à un psychanalyste silencieux, peut être une manière d'avancer vers la vérité. En même temps, il n'est pas exclu que l'on s'identifie, l'espace d'une demi-seconde, et non sans un certain malaise, à un tel personnage : une femme qui proclame avec conviction qu'on lui refuse beaucoup de ce qui lui est dû.*

1. En français dans le texte (*NdT*).

TOUS les jours je m'assieds dans ce fauteuil en raphia vraiment-pas-très-confortable, et vous, vous êtes assis derrière votre bureau high-tech en verre et métal. Je parle et vous m'écoutez, les yeux fermés ou fixés sur la fenêtre, et je me demande ce que vous regardez et que je ne peux pas voir. Je vous parle de sexe et vous remuez sur votre chaise. Je vous observe et vous avez l'air un peu mal à l'aise. Est-ce que ça vous excite quand je parle de cul, de cons gluants et de pénétration, ou bien faites-vous semblant de croire que je vous lis un passage d'un mauvais roman, et pas que j'associe des idées bien réelles de mon cerveau en chair et en os ? Et lesquelles de ces idées sont vraiment les miennes ou simplement du porno soft que j'imagine, un jeu pour vous exciter ? Savez-vous qui est quoi ? Tout ceci ne peut pas être thérapeutique. Je ne vous raconte même pas mes rêves. J'invente au fur et à mesure et vous, les pieds sur votre bureau, vous qui ne me regardez jamais, vous empochez l'argent, jour après jour.

L'heure des associations !

Aujourd'hui, en venant ici, dans le bus numéro 12, je me suis assise à côté d'un homme qui avait les plus belles mains du monde. Pas d'alliance, pas de poils. Pas d'envies ou de cuticules rongées. Et, bien sûr, ces mains m'ont rappelé les doigts imaginaires qui ne me quittent jamais.

Oh, mon Dieu. Il n'y a pas si longtemps, vous savez... Trois ans, trois ans et demi qu'il m'a quittée pour elle. Je parie qu'ils font ça dans toutes les pièces de leur maison. Ouais. Je sais bien que c'est long sans faire l'amour. Mais qu'est-ce que vous voulez que j'y fasse ? Je ne peux pas sortir et me vendre au premier venu. Je ne peux pas m'approcher de n'importe qui — ou même de quelqu'un en particulier — et dire : « Mettez vos bras autour de moi, vos lèvres sur les miennes et caressez doucement mon sexe. » Vous comprenez, on ne fait plus ce genre de trucs. En tout cas, pas moi.

C'était tellement plus simple dans les années soixante. Je n'étais pas obsédée par les mains et les doigts, je n'essayais pas de les imaginer posés sur mon con. À l'époque, tout le monde se mélangeait à tout le monde. On ne risquait pas de tomber enceinte ou d'attraper un herpès ou le sida. On ne pensait même pas à l'herpès. Nous prenions toutes la pilule. Et le HIV n'existait pas. Nous faisions ça partout, dans toutes les positions imaginables. On taillait des pipes, on baisait tranquille, sado-maso. Sur les parquets, dans les hammacs, dans les baignoires ! Et tout me plaisait, tout. Embrasser, toucher, jouer, sucer. Je ne demandais rien et je faisais tout, et je me laissais griser par ces années de dope et de draps trempés des heures d'affilée. Et celle que j'étais alors aimait vraiment ça et se baladait, le con palpitant pour le premier type qui voulait s'amuser avec elle. La masturbation était seulement une étape vers la perte de votre virginité. Ce n'était pas la récompense à la fin de la journée. Ce que je veux maintenant, c'est m'allonger sur la banquette arrière de la voiture de ses parents, comme au bon vieux temps, ventre contre ventre, et avec des mains partout, douces, caressantes, qui commencent juste à découvrir les étreintes et le plaisir. L'adolescence, l'innocence et les vitres embuées : je ne veux pas vieillir. Je ne veux pas mourir.

Est-ce que vous participiez à des orgies dans les années soixante ? Ou est-ce que vous étiez seulement payé pour en entendre parler ? Pourquoi est-ce que je me fatigue à vous poser des questions ? Vous ne me répondez jamais. Vous savez, je vous déteste parfois. J'ai des problèmes avec mes fantasmes, et vous, vous qui en avez tant entendu, ça vous serait facile de me donner la solution la plus satisfaisante et la plus orgasmique à certaines de ces histoires, mais non. Je dois être masochiste pour continuer à venir ici.

D'accord, bien, je dois accepter le présent et cesser de vivre dans le passé. J'ai presque cinquante ans, trois grands enfants et je ne peux pas éviter de vieillir. Vous me l'avez dit. C'est même la seule chose que vous m'ayez dite. Les mots sortent bien de votre bouche. Ce que vous ne m'avez pas dit, c'est que je m'avachis, que j'ai des pattes d'oie autour des yeux et que je devrais probablement envisager une hormonothérapie.

Je sais. Je ne suis plus cette jeune fille d'autrefois. Je suis une femme désormais, avec d'autres désirs et d'autres besoins, pas vraiment généreuse, pas vraiment bonne ni attentionnée, et certainement plus l'enfant des années soixante. Je suis divorcée, amère, renfermée, jalouse de ma progéniture, incapable de communiquer, et je veux un amant qui-me-fasse-tourner-la-tête. Mais je ne veux pas donner. Je suis une de ces filles égoïstes des années quatre-vingt — donne-moi ci, donne-moi ça. Et maintenant, nous sommes entrés dans les années quatre-vingt-dix et je veux être satisfaite. Je veux dire : vraiment satisfaite. Vous me comprenez. Une satisfaction « je-ne-veux-pas-que-ça-s'arrête ». Est-ce que c'est si grave que ça ?

Je suis tellement nulle que je n'arrive même pas à me masturber. J'ai essayé mais mon rythme n'est pas bon. Je ne trouve pas le dosage qu'il faut entre fantasmer, bouger, mouiller et me caresser. Tout devient si sec et si inutile. Et, de toute manière, je ne veux pas faire le boulot. Je veux qu'on me le fasse.

Aujourd'hui, avant de prendre le bus, je suis passée devant les sex-shops de Soho et j'ai regardé tous ces gadgets pour « une sexualité rapide, autonome, simple et sans risque ». Comment est-ce qu'on s'en sert ? Et comment cela pourrait-il être mieux que de la chair humaine... même la mienne ? Non et non. Je ne peux pas me servir de ces gadgets. La masturbation n'est vraiment pas mon truc, de toute façon. Vous êtes un amateur de la branlette ? Oui ? Vous vous branlez énergiquement jusqu'à ce que ça explose ? Ou vous faites ça en douceur et vous le laissez goutter ? Vous vous essuyez avec des kleenex ? Ou vous trouvez ça trop visqueux et trop dégueulasse pour mettre le nez dessus ? Et, en secret, vous appelez ça du foutre, du jus ou de la laitance ? Quel est le mot que vous utilisez ? Vous avez de nouveau l'air mal à l'aise. Qui de nous deux est le plus malade ? Moi qui vous parle et qui vous paie ou vous qui êtes payé à m'écouter ?

Parfois je pense au type de l'autre côté de la rue. Et je m'imagine nue avec lui. Mais ce sont des idées stériles : elles ne me mènent nulle part. Je ne le vois pas me pénétrer avec son pénis ou couvert de sueur. Il n'a pas le genre de peau à suer. Elle n'est probablement même pas très sensuelle. Comme d'habitude, j'ai sans doute choisi de fantasmer sur le mauvais mec. Nous sommes toujours allongés nus sur l'herbe derrière un buisson. Il n'y a pas de cris et de chuchotements, simplement des caresses et beaucoup de baisers profonds avec de la salive qui dégouline — d'accord, les baisers sont un peu trop baveux ! Il joue doucement avec mes seins et le plus souvent je suis en état d'extase, les yeux mi-clos. Mais tout cela n'est pas réel. Et d'ailleurs, mes seins ne sont pas très sensibles. Mon mari parlait toujours d'une de ses anciennes copines aux tétons siffleurs. Il n'avait qu'à les regarder pour qu'ils se dressent et sifflent « God Save the Queen ». Les miens se contentent de rouler sur les côtés ramollis de mon corps ménauposé, ils attendent que mon con se réveille et chante de l'Otis Redding. Ce type, il a de jolis mains. Pas formidables, mais pas mal. Je crois que si elles étaient un peu mieux, je serais plus satisfaite de mes rêves de voisin.

Vraiment, cette analyse tourne en rond. Je vous raconte mes fantasmes sexuels et vous restez assis en disant : « Ah, ah, ah ha. » Encore que, je dois l'admettre, je ne vois pas vos mains et elles sont peut-être en train de caresser votre bite sous tous les angles. Si c'est vrai, je vous paie à vous branler. Ce qui ne me semble pas très juste. Vous ne trouvez pas ? Vous savez, si j'avais un amant, je parie que je ne serais plus ici.

À présent, je sais ce que je veux et je sais exactement comment cela doit se passer. Vous voulez que je vous explique ? Vous n'avez pas vraiment le choix. Vous devez écouter, hein ? Je ne veux plus de baisers, d'haleines fétides, de violentes étreintes et de pénis qui me pénètrent. Un doigt — le majeur avec un ongle coupé court — caresse les courbes de mon corps nu et mes aisselles, encore et encore, il frôle seulement mon sexe et, de temps en temps, presque accidentellement, il s'égare dans les poils de mon pubis puis reprend aussitôt sa course. Cela se répète pendant à peu près cinq minutes et, à chaque fois, l'attouchement accidentel sur mon con dure deux secondes supplémentaires. Encore et encore, jusqu'à ce que mon corps et mes aisselles soient oubliés et que seule ma chatte se mette à bouger d'elle-même. Elle se dissocie du reste de mon corps, s'arque, ondule et gémit à chaque caresse délicate de ce doigt solitaire. Parfois le doigt me pénètre légèrement et suit les contours de mes fesses mais il me caresse surtout — il ne frotte pas. Je lui murmure : « N'arrête pas, n'arrête pas. » Je veux seulement qu'il continue ainsi, indéfiniment. Pas de trucs brutaux. Pas de mouvements brusques, de pénétrations violentes. C'est drôle. Vous, les hommes, vous ne pensez qu'à vous enfoncer, sonder, exploser. Rien de tout cela ne m'intéresse. Je veux simplement de la douceur, de la tendresse, un geste détaché. Vous sous-estimez aussi la bouche, probablement. Je veux me détendre et embrasser pendant des heures.

Je ne veux pas vraiment participer. Je veux qu'on s'occupe de moi et que les autres — des inconnus — me regardent. Vous savez, quand je vous parle et que j'essaie de vous sortir de cet état de stupeur qui vous habite, je dis « baiser », « mouiller », « con » et « bite ». Mais je n'y crois pas vraiment. Je ne pense pas que vous puissiez comprendre ce que je ressens quand je m'imagine, nos bouches et ce doigt dans une pièce aux lumières grises tamisées, aux ombres qui dansent sur la vitre. Non. Vous et moi, les hommes, les femmes, nous habitons des espaces sexuels différents. Nous avons besoin les uns des autres, mais nous ne connaissons pas nos extases respectives. Comment faites-vous ? Est-ce que vous ramenez mes histoires chez vous ? Est-ce que ça vous aide au lit ?

Prenez ces doigts magiques dont je vous parle. Malheureusement, une personnalité y est accrochée et, à un moment ou à un autre, ce doigt est remplacé par un mot, une langue ou un pénis, le rythme est rompu et je perds le fil. Ça devient trivial. Caresse un, deux, trois. Lèche un, deux, trois. Suce un, deux, trois. Encore. Recommence. Dès que les personnalités entrent en scène, je me dessèche et le plaisir tourne rapidement à l'ennui. Je commence à dresser la liste des courses, j'écoute la radio, les voix dans l'appartement d'à côté. Je ne veux pas donner de plaisir. Je ne veux pas que quelqu'un me pénètre avec sa langue ou son pénis. Je veux seulement voguer vers cette île mouillée où un majeur délicat joue avec mon con.

Un étranger dans un hôtel de Manchester serait encore mieux que le voisin, je crois. Le lit devrait se trouver près d'une fenêtre ouverte pour que les gens (que je ne connaîtrais pas) qui habitent en face de l'hôtel puissent nous voir. Ouais ! Je voudrais les exciter pour qu'ils nous regardent — sans que je le sache — et s'y mettent à leur tour. Après quelques minutes, cela se propagerait dans toute la rue, jusqu'à ce que toutes les vitres soient embuées, que toutes les femmes se fassent caresser la chatte par un majeur délicat et que tous les lits soient trempés de sécrétions vaginales — je parie que vous n'aimez pas ce mot-là. Et même maintenant, pendant que je vous raconte tout ça, je sens cette boule dans l'estomac, ma gorge se serre, mes paupières se ferment et mon con se trémousse et je veux que vous veniez ici, que vous quittiez votre putain de bureau prétentieux et que vous vous coupiez les ongles. Servez-vous de votre majeur épais, parfaitement manucuré, et mettez-vous au travail, gagnez votre argent.

Traduit par Anne Michel

NOTE DE L'AUTEUR

J'ai toujours rêvé d'être laveuse de carreaux. Comme j'ai peur des échafaudages, je suis devenue anthropologue, ce qui revient au même, mais on est sur la terre ferme. J'ai récemment songé à une carrière de conseillère conjugale et cela m'a semblé trop limité. Alors aujourd'hui, seule dans mon bureau, j'invente mes propres clients et leurs problèmes matrimoniaux que j'essaie de résoudre. « Vitres » est le premier chapitre de la vie de ma première patiente. C'est une divorcée de cinquante ans qui cherche désespérément l'amour. Elle n'accepte pas son âge, son divorce ni ses désirs sexuels.

SABINA FAYE

Le manguier

Ainsi que d'autres auteurs de ce recueil, Sabina Faye utilise l'exotisme comme stimulant du désir. Chacun sait d'ailleurs que rien ne procure de sensations plus délicieusement sensuelles que de déguster une mangue mûre. C'est pourquoi, s'étant laissée initier à une forme de rituel tropical, l'héroïne de Sabina Faye est prête à en découvrir d'autres. Et, grâce à la force de ses images foisonnantes, cette aventure érotique et exotique peut aussi être définie comme un voyage immobile dans le royaume des sens.

De toutes mes perceptions sensorielles, le toucher est celle qui fonctionne le mieux. Obéissant à je ne sais quel instinct primitif, je me dirige dans la vie à tâtons, tendant les mains pour toucher avant même que mon cerveau n'ait enregistré d'impression visuelle. Rien n'existe réellement si je ne l'ai touché. Je choisis mes vêtements en fonction de leur sensation sur ma peau. Le nylon me donne la chair de poule tandis que certaines soies me procurent une véritable jouissance. À la maison je mange avec les doigts, car la fourchette dénature les goûts. Comme son nom l'indique, c'est un instrument mesquin et glacial. Je crois que j'aurais dû vivre à l'âge des cavernes, j'aurais dormi sur un lit de peau de bête à même le roc, marché pieds nus et empoigné à pleines mains des quartiers de gibier rôti au feu de bois pour les dévorer à belles dents. En entrant dans une pièce, je n'y trouve ma place qu'après en avoir fait le tour en touchant le bois de la table, le tissu des rideaux. Les expositions de peinture m'angoissent. J'évite systématiquement les musées, tout y est enfermé et tenu à distance.

Mais je suis née en plein XXe siècle déclinant, dans un monde caractérisé par l'emballage cellophane et la climatisation, dans le pays le moins tactile de la planète, l'Angleterre. Je suis venue en Australie à la recherche du vent. Tombée par hasard dans le fin fond du Nord tropical, je n'ai pas été déçue. J'y ai découvert un pays où l'air avait poids et plénitude, où le sol vibrait sous mes pas ; où il pleuvait à grosses gouttes larges, où je sentais la morsure du ciel nocturne sur mon visage. Et là, j'ai trouvé un homme dont la peau avait la douceur la plus inimaginable qui soit.

Je ne peux penser à lui, même aujourd'hui, sans un frisson, sans cette sensation de battement d'ailes de papillon dans la poitrine. Je n'avais jamais auparavant touché une peau comme celle-là. Douce comme la langue d'un nouveau-né, lisse comme la surface d'un étang, elle évoquait à la fois le chocolat et la mousse, le pétale des pensées et la glace noire. C'était un Suédois brun, habituellement vêtu en tout et pour tout d'un short et d'un anneau d'argent à l'un de ses orteils. Cela mis à part, si vous me demandez exactement de quoi il avait l'air, je ne saurais le dire, tant j'étais fascinée par la texture magique de sa peau. Je pouvais toucher son bras, son pied, le dos de sa main, et je devenais immédiatement moite de désir. On sentait comme un courant magnétique sous cette douceur. Je n'avais jamais été aussi excitée auparavant par une simple impression tactile.

J'étais venue d'Angleterre pour travailler sur le bateau d'un cousin éloigné, qui m'avait procuré ce travail dans la plus pure tradition britannique, grâce à l'intervention d'une famille voulant venir à bout d'une jeune rebelle de dix-neuf ans bien décidée à ne pas entrer dans une respectable université, ou même une école de secrétariat, mais à partir en auto-stop à Istambul ou ailleurs. Ma famille était esclave d'un nom respectable dans la bonne société (bien que possédant, comme la plupart de ces familles, une fortune beaucoup moins respectable), et une telle aventure aurait causé un impensable scandale. Il fut donc entendu que le cousin issu de germain de mon père, qui faisait partie des marins de la famille (employés de bureaux maritimes pour la plupart à présent), et affrétait un yacht pour touristes sur la mer de Corail, me prendrait à son bord comme cuisinière.

C'est ainsi que je me retrouvai à soupeser des mangues un samedi au marché de Cairns. Pour la première fois, je faisais les provisions pour la traversée. Après avoir effectué les achats courants, sacs de pommes de terre, oignons, choux et carottes, je portai mon attention sur les fruits. Je n'avais jamais de ma vie vu la moitié des variétés offertes, et j'étais un peu soûle des odeurs et du contact de ces fruits ; il y avait là des ananas hérissés de motifs géométriques, des noix de coco laineuses et des kiwis velus, des papayes coupées en deux exhibant leur chair rose orangé.

Je saisis une mangue. Elle était douce et lourde au toucher, la peau semblable au cuir d'un gant, toute verte, avec une touche de rouge écarlate à l'une de ses extrémités. Je la tournai plusieurs fois entre mes mains.

« Qu'est-ce que c'est ? demandai-je à la femme derrière l'étal.

— Quoi ? Ça ? » Elle me regarda en plissant les yeux et se rapprocha de moi, comme si elle cherchait des signes trahissant mon appartenance à une race d'extra-terrestres. « C'est une mangue. T'as jamais vu de mangue, ma petite ? »

Je fis non de la tête.

« Quel goût ça a ? »

Elle haussa les épaules. « De mangue ! Ça a un goût de mangue. » Elle éclata de rire et en choisit une sur le tas, planta une incisive dans la peau, en pela une partie, dénudant la pulpe d'un orange éclatant. « Vas-y, goûte celle-là, me fit-elle en me désignant d'un signe de tête la mangue que je tenais à la main. T'es une pom, hein ? »

Je n'étais en Australie que depuis trois jours, j'ignorais ce qu'était une pom, mais la marchande avait l'air plutôt sympathique et ce ne devait donc pas être trop vexant. J'acquiesçai. Je portais la mangue à ma bouche quand je sentis une main sur mon bras. « Pas par ce bout », dit une voix masculine. Mais je l'entendis à peine, tant j'étais transportée par le contact de sa peau. C'était une caresse imperceptible, comme si un petit oiseau m'avait effleuré le poignet. Je me retournai et je vis l'homme qui m'avait touchée.

« Comme ça », dit-il, et je sentis ses doigts sur les miens quand il tourna la mangue dans ma main. La douceur de nos deux peaux l'une sur l'autre me donna le vertige.

« La sève de l'arbre coule sur le pédoncule et reste sur l'écorce, me dit-il. Si vous mordez par le mauvais bout, vous pouvez vous brûler les lèvres. »

Il retira sa main et je resserrai les doigts sur le fruit. En perforant la peau avec les dents, le jus tiède et sucré gicla et coula sur mon menton. L'homme éclata de rire quand une goutte lui éclaboussa la poitrine. Je tendis instinctivement la main pour l'essuyer et connus mon premier vrai contact avec la peau de Deyan. Elle était chaude et sèche, lisse comme la lune, comme le daim et le caramel. Il ne s'éloigna pas, regarda ma paume hardiment posée sur son torse, et je m'aperçus alors que ma main était couverte de jus de fruit collant. Je la retirai vivement.

« On dit ici que la meilleure solution est de les manger nu dans sa baignoire. » Sa voix aussi était pleine, profonde et mélodieuse. « Venez, il y a un robinet par là. »

Il me guida à travers les éventaires jusqu'à un robinet à l'extérieur du bâtiment. Après s'être rincé les mains, il ôta sa chemise de coton léger, qu'il portait ouverte, à la manière de la plupart des hommes dans cette région tropicale. Il la passa sous le robinet, la tordit et la revêtit de nouveau.

Il est rare qu'un homme, ou n'importe qui au demeurant, me laisse muette, mais j'éprouvais d'énormes difficultés à trouver le moindre mot dans la tempête sensorielle de mon cerveau. Je ne pensais qu'à une seule chose : le toucher encore, caresser cette peau, y frotter mon visage, la lécher, la palper, partout. Je n'avais jamais touché de peau comme celle-là. Dehors, à la lumière du soleil, je me rendis compte qu'il était plus âgé que je ne le croyais, la trentaine bien sonnée. Il était mince et musclé, de taille moyenne, peut-être même moins, mais il se mouvait d'une manière souple et déliée qui le faisait paraître plus grand.

Le soleil était chaud et miroitait dans la poussière

du parking où nous nous sommes assis sur des bidons de lait pour finir la mangue. Nous nous penchions en avant de manière à laisser couler le jus. Nous avions échangé nos noms, mais presque rien dit d'autre quand mon cousin arriva avec la camionnette pour charger les provisions.

La semaine en mer me parut longue. Je dus apprendre à cuisiner dans la minuscule coursive, hisser les voiles et bavarder avec les clients. Je nageais chaque jour dans la mer limpide des tropiques. L'eau était si salée que je flottais sans effort, la chaleur du soleil me caressant le visage et les vagues me léchant le corps, tandis que je me remémorais la peau de Deyan. Je pensais souvent à lui, doucement bercée la nuit par le roulis du bateau, ou quand je sentais le soleil sur moi. Une nuit, assise seule sur le pont, je mangeais une mangue, le jus dégoulinant le long de mes jambes. Je pensais à ce qu'il m'avait dit, à la manière de manger ces fruits, nu dans la baignoire. Je léchai mes doigts sucrés avant d'essuyer le jus sur ma cuisse. Quelle impression aurais-je à toucher la sienne ?

La brise du soir était fraîche, et je m'allongeai en écartant un peu les jambes, caressant à peine la peau douce entre mes cuisses, insinuant lentement mes doigts par l'échancrure de mon short, vers un endroit où la peau est encore plus tendre, tandis que le souvenir de celle de Deyan me submergeait comme un frisson intolérable.

En arrivant en vue du port à la fin de la semaine, j'étais debout à la proue du bateau. La caresse enveloppante du vent tiède sur mon visage avait la douceur de la peau de Deyan. Un frémissement d'anticipation me parcourut délicieusement l'échine.

J'avais deux jours de congé, et je mourrais si je n'avais pas l'occasion de le toucher. Je savais seulement qu'il habitait sur la côte au nord de Cairns, sans avoir aucune idée de son adresse précise.

Je descendis l'esplanade, portant à même la peau un léger sarong de coton. Autre plaisir sensoriel suprême, je léchais un cornet de glace. Les pélicans planaient au ras des cases de terre sèche et les nuages s'ourlaient des premières lueurs dorées du soleil couchant. Après une semaine en mer, quel plaisir de retrouver la terre ferme et l'herbe fraîche, d'entendre l'étrange bourdonnement du silence sans vent.

En cette fin de printemps, les buissons de frangipaniers bordant l'esplanade étaient en pleine éclosion et l'air était lourd de leur parfum. Je me suis assise sur un banc, les jambes légèrement écartées pour me rafraîchir, et j'ai fermé les yeux pour humer l'air ambiant. C'était un parfum unique, suave mais insistant, comme l'odeur d'une robe du soir encore tiède que l'on vient de quitter. Ma glace était fraîche, et je la léchais aussi lentement que possible, imaginant sans vergogne que ce n'était pas sur un double cornet de glace à la fraise que je faisais courir ma langue, mais sur la peau veloutée du sexe de Deyan. Je fus tirée de ma rêverie par l'envol bruyant d'une nuée jacassante et chamarrée de trichoglosses surgissant des arbres.

J'ouvris les yeux. Il était là.

« Miss Mangue. J'ai vu arriver ton bateau », a dit Deyan, une expression amusée sur le visage au vu de ma posture. Il s'est assis près de moi, à quelques centimètres. Je sentais la chaleur de sa peau.

« Comment était-ce ? Pas trop souffert du mal de mer ? » Il avait encore un soupçon d'accent suédois, et une voix chaude et profonde. Sa voix allait bien avec sa peau. Elle vibrait, comme un tambour.

« Non, ai-je dit en riant, seulement de la solitude. »

Nous avons gardé quelques instants un silence dénué de gêne. Un chien qu'on promenait a folâtré vers notre banc, en quête de caresses. Ensemble, nos mains ont cherché ses oreilles, et se sont trouvées. Dans notre élan, nos jambes se sont touchées. Quand le chien s'éloigna en trois bonds, Deyan ne fit aucun geste de recul. Mais le coton de ma jupe, si mince fût-il, était encore une barrière exaspérante. Il me posa des questions sur mon voyage. J'appris qu'il était biologiste et qu'il travaillait surtout dans la forêt tropicale, vers le nord. Il était venu en ville aujourd'hui pour expédier une nouvelle série d'échantillons.

« La forêt tropicale est-elle la même chose que la jungle ? ai-je demandé. Tout le monde n'a plus que cette expression de forêt tropicale à la bouche à présent ; qu'est devenue la jungle dans tout ça ? »

Deyan réfléchit à ma question.

« Je crois qu'il doit y avoir des animaux sauvages pour que cela mérite le nom de jungle. Au moins des tigres, voire quelques gorilles.

— J'aimerais en voir un.

— Un quoi ? dit-il en souriant. Un tigre, ou un gorille ?

— N'importe.

— Je t'y emmènerai si tu veux », proposa-t-il sur-le-champ. J'adressai mentalement un grand merci à toutes les rédactrices de courrier du cœur, qui conseillent toujours de chercher à connaître les centres d'intérêt de celui que vous voulez séduire. Le plus beau, c'est que j'avais effectivement toujours eu envie de découvrir la jungle !

« Tu dors sur le bateau ? demanda-t-il en toute simplicité. Tu es de garde peut-être ?

— C'était mon intention, mais je n'y suis pas obligée. »

Un moustique m'a piqué le genou, et j'ai relevé ma jupe pour me gratter. Comment n'y avais-je pas pensé plus tôt ! Je pouvais maintenant sentir le velours de son genou contre le mien.

« Le bateau est verrouillé pour la nuit. »

J'ai eu une sensation de frémissement dans le bas-ventre. Mon sarong se mouillait tout doucement.

« J'ai invité des copains chez moi pour un barbecue, si tu veux te joindre à nous... » C'était une invitation sans détour, dénuée des chichis habituels aux garçons plus jeunes. « Je pourrai te ramener si tu veux, poursuivit-il, mais il y a largement la place pour dormir. Et nous pourrions aller dans la forêt demain. Il vaut mieux partir tôt, avant la grosse chaleur. »

Il faisait déjà trop chaud en ce qui me concernait. Inutile d'évoquer les animaux sauvages, je vibrais déjà de tous les tam-tams de la jungle.

Deyan conduisait les jambes écartées. Tout dans son attitude dénotait une extrême décontraction, mais je devinais ce qu'elle recelait de tension contenue. Nous avons pris la nationale en direction de la plage de Macon. Deyan, carré confortablement sur son siège, me parlait d'une pieuvre qu'il avait observée près de l'île Fitzroy au cours de la semaine. Pendant la saison touristique, il arrondissait ses fins de mois en organisant des visites du milieu naturel.

« Elles changent de couleur à une vitesse incroyable. Quand tout le monde les regarde, elles s'excitent et virent du rose au rouge foncé, presque marron. »

Je me demandais en l'écoutant la couleur que nous prendrions si nos peaux réagissaient, comme celle des pieuvres, en fonction de l'émotion ressentie.

La maison sur la plage était fraîche. Une petite bâtisse de bois, tout près du môle, à l'ombre de manguiers vénérables. L'intérieur était propre, le mobilier rare et confortable. Parmi une foule de plantes vertes, des piles de livres s'entassaient, traitant surtout de la flore ou des insectes, et des photos sous-marines ornaient les murs.

« C'est un poisson-ange, répondit Deyan à la question que je me posais, venant derrière moi et me tendant un verre de vin. Ces anémones sont leur habitat naturel.

— Ça m'a l'air bien agréable, ai-je remarqué à haute voix en observant les tentacules duveteux des anémones.

— Uniquement pour le poisson-ange, expliqua-t-il. Tous les autres se font piquer. » En prenant le verre tendu, j'ai remarqué une grande cicatrice bifide à la pliure de son bras. Instinctivement, j'ai tendu la main pour la toucher.

« C'est une piqûre de méduse, a dit Deyan.

— Quelle horreur ! » Ma main s'est attardée sur son bras, s'est éloignée à regret. Mes doigts brûlaient de le toucher encore. Les poils de ses bras étaient soyeux et fins. Quand j'ai atteint son poignet, il m'a pris la main pour m'attirer à lui. Nos bouches se sont trouvées, avidement. À travers le short, je sentais son sexe gonflé pressé contre le mien, si aisément accessible. Je crois qu'il savait que je ne portais rien sous le tissu léger de mon sarong. J'ai glissé ma main sous sa chemise, pour me repaître du contact de sa peau. Elle était légère comme l'haleine d'un papillon, douce comme le vin de Porto, et deux fois plus enivrante. Je mourrais gaiement dès demain si je savais mon linceul aussi doux et chaud.

Je me suis penchée pour poser mes lèvres sur sa peau. J'ai fait courir ma langue dans le petit creux de son cou, à la jointure de ses deux clavicules. Je sentais ses mains explorer mon corps, l'un de ses doigts tentant de déchiffrer le code d'accès à la ceinture de ma jupe. Puis une voiture a viré dans l'entrée, et deux types sont entrés sous le porche avec une caisse de bière. La soirée commençait.

La nuit ne fut qu'un tourbillon de gens, de musique, de margarita et de braises. Nos yeux se rencontraient parfois, ou bien il s'approchait de moi tandis que je parlais avec ses copains, et posait en passant sa main sur mon épaule. Nous nous frôlions devant l'évier, ou au passage d'une porte, par hasard, mais sans hâte. D'autres femmes présentes semblaient de toute évidence partager mon intérêt pour Deyan. Je m'en moquais. Je ne souhaitais qu'une chose, le toucher. C'était sa peau que je voulais, pas sa fidélité. À dix-neuf ans, j'avais tout un hémisphère à découvrir, et la griserie des senteurs de la nuit tropicale.

Bientôt, la soirée allait s'achever, bientôt les invités allaient partir. Nous nous nous glisserions dans la petite chambre, avec ses draps de coton frais et ses fenêtres à persiennes ouvertes sur la mer. Mais à une heure du matin personne ne donnait le moindre signe de faiblesse, et j'étais quant à moi sur le point de m'écrouler. J'étais debout depuis quatre heures du matin et j'avais bu un nombre respectable de margaritas. Aux alentours de deux heures, je m'endormis sur un vieux divan confortable sur la terrasse.

Je rêvais de plongée sous-marine dans une forêt d'anémones pulpeuses. J'ai senti la douceur d'une caresse. En ouvrant les yeux, j'ai trouvé Deyan qui m'effleurait le bras.

« Tu veux toujours y aller ? » murmura-t-il, la main encore posée sur mon bras. Je me réveillai immédiatement. On distinguait une mince ligne rouge sur la mer, à l'endroit où le soleil allait se lever. Nous avons enjambé d'autres corps endormis, jusqu'à la porte de derrière où stationnait sa camionnette. Le soleil pointait à peine au-dessus de l'horizon quand nous sommes arrivés dans la forêt, mais déjà le sol fumait de chaleur. Nous avons marché pendant une heure, nous arrêtant souvent quand Deyan me faisait observer quelque chose. J'étais presque soûle de senteurs et de sensations. Les feuilles des plantes grasses, les troncs moussus des arbres, les champignons lisses suspendus aux branches, l'air même semblaient uniques, humides, mais gonflés de vitalité.

La piste était étroite et se rétrécissait à mesure que nous montions. Soudain, je sentis une piqûre à la jambe. Croyant à une morsure d'insecte, je me suis grattée. Quelques pas plus loin, la douleur s'étendit et devint intolérable. C'était une piqûre bizarre, beaucoup plus douloureuse que ne l'aurait laissé croire son apparence anodine. La peau se couvrit d'une plaque rouge. Deyan se pencha pour regarder.

« Tu as heurté un arbre urticant, m'expliqua-t-il.

Il devait être minuscule, j'ai pourtant essayé d'avoir l'œil. »

C'était une démangeaison à vous rendre fou, une douleur insupportable qui me donnait envie de trépigner en hurlant.

« C'est une sorte d'ortie géante, poursuivit-il, mais cent fois pire. De plus, la démangeaison dure longtemps et se renouvelle à chaque contact de l'eau.

— Génial ! » J'essayais d'être héroïque.

« Il existe une autre plante antidote, si je pouvais la trouver... dit-il. Attends-moi là. »

Pendant qu'il cherchait dans les buissons, je restai dans l'étroit sentier, encore abasourdie par la douleur de cette piqûre. Je le voyais dans le bois, son corps bronzé brillait dans les rayons du soleil matinal. Il se taisait, absorbé par sa quête, se mouvant sans crainte dans les broussailles touffues. J'étais pour ma part encore un peu méfiante : il y avait dans ces bois non seulement des arbres urticants mais des araignées mortelles et des serpents venimeux.

Mais Deyan était là comme chez lui. Il s'enfonça plus avant. Ses épaules nues luisaient dans la lumière glauque, et soudain je ressentis l'irrépressible désir de le toucher. Je me frayai un chemin jusqu'à lui, et posai la main sur son dos nu. Un sang nouveau coulait dans tout mon corps. Je le caressai doucement, avec une sorte de frayeur fascinée, comme un enfant caresserait pour la première fois un magnifique serpent. Il s'était penché pour observer une plante près d'un arbre abattu. Un immense buisson de frangipaniers sauvages nous séparait, et, en se retournant pour me montrer la plante, il en fit bouger les branches.

Elles étaient encore mouillées de rosée, et le parfum explosa comme un nuage. Nous étions submergés par une vague de senteurs.

« Oh, respire... ai-je crié, oubliant la douleur, tandis qu'une cascade d'effluves se déversait sur nous.

— Hmm... » Il a fermé les yeux pour humer l'air odorant. J'aimais aussi en Deyan sa capacité de silence dans la forêt. Il contourna le buisson et me montra la plante pour que je puisse la reconnaître en cas de nécessité.

« Il est impossible de guérir totalement la démangeaison, m'informa-t-il en arrachant les feuilles qu'il écrasa ensuite dans la paume de sa main. Mais cela te soulagera un peu. »

Il s'accroupit et commença à frictionner ma jambe avec la sève de la plante. Au début, le frottement ne fit qu'accentuer la douleur. Je me penchai vers le frangipanier pour tenter de résister, passant les doigts dans les fleurs entrouvertes. La rosée me rafraîchit et l'essence de la plante commença à agir. Je sentais son effet frais et astringent. Les mains de Deyan étaient chaudes, ses paumes calleuses, unique aspérité sur sa peau veloutée.

Je voyais du coin de l'œil les muscles de ses cuisses, solides et fermes, saillants à cause de sa posture accroupie. Sa peau était brune et luisante de sueur. Nos regards se croisèrent l'espace d'une seconde, puis Deyan se pencha en avant pour lécher le creux de mon genou.

Je bougeai les pieds, étendis les jambes. Seule une de mes chevilles avait été meurtrie, mais ses mains caressaient les deux et commençaient même à me frictionner plus haut. Je frissonnai au contact de la sève fraîche à l'intérieur de mes cuisses. Deyan se mit debout, lentement, passant toujours les mains le long de mes jambes.

Il s'appuya légèrement contre moi et posa ses lèvres sur mon cou. Puis il me prit la taille d'une main, et de l'autre se mit à jouer des doigts sur la face interne de ma jambe. Les genoux me manquèrent soudain, et je trébuchai à demi contre le buisson de frangipanier. Sous le choc, des pétales s'envolèrent, se collèrent à ma peau. La main de Deyan sur ma hanche me retint. Je sentis l'effleurement de ses doigts entre mes cuisses dont il commença à caresser la peau particulièrement sensible.

Deyan plia un peu les genoux et je sentis ses cuisses fermes contre les miennes. Il se frottait contre moi par-derrière, comme un chat. Son sexe dur et gonflé bougeait doucement contre mes fesses.

Debout dans le silence pesant, nous nous frottions l'un contre l'autre comme deux ours, voluptueusement. Le soleil chauffait de plus en plus et la forêt épaisse baignait dans une vapeur bleutée. Les doigts de Deyan s'insinuèrent sous mon vêtement humide. Je me laissai aller contre lui, tendant les bras au-dessus de ma tête pour pouvoir lui toucher la nuque.

Douceur de la soie, de la moleskine, du marbre, du miel, du vent dans les palmiers, d'un concert pour violoncelle : je caressais sa peau. Je sentis qu'il se débarrassait de son short, puis qu'il tentait d'écarter mes jambes avec la sienne tout en me poussant vers l'arbre abattu. Le tronc était couvert d'une mousse très douce qui me chatouillait presque les seins. Il m'immobilisa de tout son poids contre l'arbre. J'écrasais à moitié le buisson de frangipanier.

Le tissu léger de mon sarong tomba. J'étais nue dans la forêt tropicale. Deyan fit courir ses mains sur tout mon corps, me pétrissant les côtes, me pressant presque durement contre le tronc moussu. Je sentais son sexe dur contre le mien, tout gonflé de désir, je sentais l'extrémité me fouiller, cherchant à m'exciter au maximum. Je devenais folle, j'aurais voulu qu'il ne s'arrêtât jamais et en même temps je mourais d'envie de le sentir au fond de moi.

Il se redressa, glissa une main entre mon ventre et le tronc moussu pour trouver ma chatte brûlante et mouillée. Il l'introduisit entre les lèvres gonflées, caressa l'endroit le plus sensible de ses deux doigts. Je tentai de me soulever de l'arbre, j'étais folle de désir mais je ne voulais pas jouir de cette façon. J'adorais ses mains, mais j'avais envie de son sexe dur tout au fond de moi, je voulais en sentir la puissante, l'inflexible poussée.

Je tentai de me retourner, mais il m'en empêcha. Il avait posé sa main sur mon sexe, l'effleurant à peine, me laissant au bord de l'orgasme. Puis soudain il me retourna, me soulevant pour m'allonger en travers de l'immense tronc. Sa force me stupéfia, ainsi que cette soudaine rudesse. Il s'approcha encore, et je sentis son sexe, énorme et dur contre moi, comme une bûche d'acajou glissant sur une pente humide. Mon désir se répercuta soudain comme le tonnerre à travers les plaines.

Mon corps commença à trembler. Je sentais ses dents sur mon cou, puis, enfin, le bout de son sexe qui s'insinuait lentement en moi, d'à peine quelques centimètres. Je gémis et je me redressai pour qu'il entre tout à fait, mais il s'écarta, m'excitant davantage encore. Cela semblait ne jamais devoir s'arrêter : Deyan se plaisait à me titiller, à me fouiller, entrant à peine et continuant à jouer avec mon clitoris jusqu'à ce que je ne puisse plus me retenir. Soudain je sentis ses jambes se raidir, et il me pénétra jusqu'au fond. Son superbe membre incurvé me fouaillait si bien, si profondément, tandis que ses mains m'immobilisaient contre le tronc, qu'un orgasme convulsif me parcourut tout le corps.

J'étais tellement mouillée que je l'entendais aller et venir en moi, et chaque coup de boutoir me transperçait d'un autre frisson. Deyan jouit quelques secondes après moi. Il émit un petit son tout au fond de la gorge, dans un souffle, comme le cri d'un animal. Je percevais chacune des pulsations de son plaisir.

Nous nous sommes laissé glisser sur le sol, noyés dans de nouvelles senteurs : l'odeur de la mousse, de la jungle, de nos sèves mêlées, ce parfum cendreux de sexe qui nous collait à la peau, exacerbé par la chaleur croissante. Il m'enveloppa de ses bras, prenant en même temps les branches de frangipanier ; les brindilles m'entraient dans la peau.

Le silence matinal s'était évanoui ; la forêt était pleine de gazouillements d'oiseaux. Deyan me releva doucement du tronc d'arbre, ôta la mousse et les feuilles collées sur ma peau. Je crus qu'il allait parler, alors je l'ai embrassé. Son corps bronzé était couvert de pétales pâles, et je l'ai épousseté, tant j'avais envie de toucher encore sa peau.

« Lâche-moi, ai-je soufflé, il faut que je te touche. »

Il eut l'air surpris, mais se redressa pour me laisser le palper. C'était un contact gourmand et enivrant ; je sentais sous mes doigts chaque centimètre de peau, avec intensité et volupté. Puis, au bout d'un instant, nos forces retrouvées, nous avons repris lentement le sentier en sens inverse.

Ma saison en mer passa trop vite. Le temps des cyclones arriva, et les bateaux durent rentrer au port. De la mer, je garde le souvenir des vaguelettes soyeuses sur les coraux, et de la pluie drue et chaude d'un orage passager. Du bateau, je garde le souvenir du contact des voiles et des cordages, du pont baigné de soleil, de la barre lisse et vernie. Et des intermèdes entre deux voyages, je garde le souvenir de mes nuits avec Deyan.

Je me soûlais de sa peau. À peine allongée près de lui, je m'alourdissais de désir, étourdie par cette fascination tactile semblable à un nouveau sens, un cadeau des dieux, un secret momentané qui me serait repris quand on se rendrait compte de sa disparition.

Nous faisions l'amour dans la maison de bois ; les mangues mûres tombaient sur le toit et le petit chat noir de Deyan nous passait doucement sur le corps, quand, couchés dans le noir, épuisés, ruisselants de sueur, nous nous touchions encore.

Chaque parcelle de peau recelait la même magie, fût-ce le bout de nos doigts, et les vagues se brisaient sur le môle tout proche, et le vent de la nuit soufflait son haleine fraîche venant de la mer. La lumière de la lune surgissait de l'eau, se glissait entre les persiennes en scintillant sur sa peau.

J'avais le sentiment d'être submergée, suspendue dans le temps. Comme le matin dans la jungle, lorsque les premiers rayons du soleil transpercent la voûte céleste et font s'évaporer la nuit. Sur le sol de la forêt, dans cette poche de chaleur, tout semble immobile, gonflé, prêt à exploser. Les plantes grasses exhalent leurs vapeurs et les fougères tremblent. La chaleur qui monte génère un bruit immense, léger, invisible.

Traduit par Claudine Richetin

NOTE DE L'AUTEUR

J'ai découvert l'écriture érotique au cours de littérature dans mon école catholique anglaise (probablement à l'insu des religieuses) en lisant le merveilleux poème de Keats « La vigile de la Sainte-Agnès ». Bien que les rapports charnels entre les deux amants se limitent au souffle chaud d'une respiration frôlant une oreille, les images érotiques y sont bouleversantes.

« Bientôt il reprend ses esprits, car, l'oraison dite,
La voici qui des perles en couronne délivre ses cheveux,
Dégrafe un à un ses bijoux, tièdes de sa chair,
Et délace son corsage parfumé ; peu à peu
Ses somptueux atours glissent dans un froissement de soie jusqu'à ses genoux. »

L'érotisme est, à mon avis, lié à l'imagination et au pouvoir créateur.

Malheureusement, chez beaucoup de gens, toutes les formes d'imagination sont étouffées dans l'œuf et plus encore l'imagination érotique. Or la créativité est la seule plante qui ne gagne pas à être élaguée.

Nous sommes des créatures sensuelles par nature. L'érotisme est seulement une expression, une glorification de nos sens. Les fantasmes enrichissent la réalité en nous rendant plus vivants, plus créatifs. À cinq ans, nous avions le droit d'avoir des amis imaginaires — pourquoi, à trente-cinq ans, n'aurions-nous pas des amants imaginaires ?

Cela dit, je dois confesser que ce récit est moins le fruit de mon imagination que le reste de mes écrits. J'ai bien eu pour amant un Suédois aux cheveux bruns et à la peau douce comme de la soie. Même aujourd'hui, lorsque je songe au contact de sa peau, je ressens une douleur sourde, comme si une goutte d'eau tombait au fond de mon cœur. Mais cela se passait il y a des années et sur un autre hémisphère. Je ne le regrette pas, je ne me rappelle plus grand-chose de lui. Cependant je me suis servie d'une petite parcelle de réalité — un homme à la peau délicieuse — et j'ai exploré les fantasmes sensuels suscités par le pouvoir créateur de mon imagination.

KAY KEMP

Éros reprend du service

On retrouve dans toute forme de littérature érotique deux tendances distinctes qui consistent à jouer soit sur l'aspect chaleureux du familier, soit sur l'aspect torride de l'inconnu. Mais qu'arrive-t-il, demande Kay Kemp, lorsque le familier devient l'inconnu ? « Éros reprend du service » est un titre merveilleux pour cette description d'une situation tout ce qu'il y a de réaliste et de poignante : deux personnes faisant l'amour dans une dimension temporelle qui n'appartient qu'à eux.

ELLE

Il se gare devant la borne d'incendie pour montrer qu'il n'a pas l'intention de rester longtemps. Elle lui fait signe de la fenêtre. Elle allait lui proposer de rentrer dans l'allée, mais au moment où il contourne le pare-chocs avant, elle voit le blanc de ses yeux rougis et hausse les épaules. Comme tu voudras.

Ils ont vécu ensemble pendant onze ans. Dans trois villes différentes, quatre maisons qu'ils ont essayé, tant bien que mal, d'aménager. Deux enfants. Quarante mille nuits en gros (elle a fait le compte). D'innombrables disputes. C'est fini à présent. Délicieusement et terriblement fini. Les avocats sont prêts à fondre sur leur proie. Mais il reste cette soirée. Comme une chance offerte, une exception. Une soirée hors de toute vie réelle. Entre deux vies, en quelque sorte. Ils pourraient être deux inconnus dans un train.

Les longs bras nonchalants, le corps dégingandé passent le seuil. C'est comme s'il était transparent, elle voit à travers lui le coin de la rue. Son corps semble différent, séparé. Il paraît plus grand. Jadis ce grand animal était sensible à tous les mouvements qu'elle faisait, savait capter la moindre de ses tensions. Il n'est plus qu'un ensemble d'os articulés, une marionnette dépourvue de ficelles. Un mari qui n'est plus le sien. La partie visible de sa vie, celle qu'elle a su trancher.

C'est celui que j'ai épousé, songe-t-elle, objective jusqu'au bout. « Je voulais seulement que tu saches, dit-elle. Je t'aimais.

— Je ne peux pas supporter ces revirements, dit-il. Je suis incapable de revenir en arrière de cette manière. » La tête dans les mains, il pleure. Elle le regarde avec une stupeur horrifiée. C'était son territoire à elle, les larmes. Elle hoquetait et sanglotait, lui, il prenait le visage dur d'un tueur.

« Peut-être n'est-ce pas un retour en arrière, dit-elle, mais plutôt un tournant. J'ai vu la route qui m'attendait, je ne veux pas aller dans cette direction. Pas tout de suite. »

CHŒUR

Ils restent ainsi quelques instants, chacun à un bout de la pièce. Les silences douloureux de toutes leurs années communes s'amoncellent, occupent tout l'espace, menacent de les écraser chacun contre leur mur. On dirait un orgue retentissant, sous le toit conjugal, et dont l'écho enfle à n'en plus finir. Quelle épouvantable clameur ! Toutes les méchancetés prononcées, les rancœurs ressassées.

Il s'assoient et s'observent. Ils s'asseyaient ainsi jadis, dans l'innocence de leurs trente ans. Ils ont acheté cette maison au temps où les prix de l'immobilier commençaient à grimper. Elle comprenait treize chambres meublées, un verrou sur chaque porte. Ils se sont donné un mal fou pour l'aménager ; les boiseries brillent à présent, les parquets sont cirés. Ils ont découpé des trous dans les portes pour en extraire les verrous, puis les ont rebouchés si habilement que c'est à peine si on peut les deviner. Mais ils n'ont pu empêcher l'amertume de se glisser, insidieusement, par l'invisible brèche.

Bien sûr, ils ont passé de bons moments dans cette maison. Quand, enceinte de huit mois, elle était assise dans le rocking-chair et qu'agenouillé à ses pieds, la tête posée sur son ventre, il écoutait. Quand, allongés sur le tapis devant l'âtre, ils entendaient le vent s'engouffrer dans la cheminée, convaincus qu'aucun autre lieu au monde n'aurait été plus hospitalier. Mais, globalement, le poison qu'ils y ont introduit était leur vie conjugale même. Ils ont guetté ensemble, fous d'angoisse, la terreur de l'inexorable quotidien.

À présent, il est assis à l'autre bout de la pièce, en homme libre, et sa liberté en fait un étranger, quelqu'un de vivant. La ligne de sa joue s'est durcie. Il a maigri, souffert. C'est séduisant. Elle replie ses pieds sous elle, s'enfonce dans le canapé. Ils échangent des banalités, toujours les mêmes histoires, le travail, l'argent, le manque de temps.

Puis.

« Je vais essayer de te dire ce que je ressens », dit-il. Elle perçoit l'incommensurable, l'effort, le granit qui se fend. Il a trouvé un nouveau langage, parle depuis un autre lieu.

Il pleure entre les mots ; « je deviens larmoyant », dit-il, mais il ne s'arrête pas.

Elle adore voir un homme pleurer.

Il est dans ses bras maintenant, le mâle éploré dans toute sa splendeur. Elle se sent devenir moite, c'est si bon, son torse puissant, les tendons musculeux de ses bras. Elle retombe sous le charme de son odeur (de quoi est-elle faite au juste ? Chemise à moitié propre, savon, sueur). Sur son cou, l'agréable frôlement de sa barbe rugueuse en cette fin de journée.

« Reste cette nuit, dit-elle. Je sais que tu es fatigué. Nous ne sommes pas obligés de faire l'amour, reste seulement dormir avec moi.

— Oh ! nous ferions l'amour, dit-il au conditionnel, si... » Il met sa main sur la sienne et la guide vers son sexe, visible, prêt, et étranger. Et dire qu'elle le connaissait au point d'avoir l'impression qu'il était à elle.

« Va garer la voiture, dit-elle. Tu ne peux pas la laisser là toute la nuit. »

LUI

Il repasse le seuil, traverse d'un bond la pelouse et met le moteur en marche. Il y a déjà une contravention sur le pare-brise, quarante dollars. Toujours souriant, il entend à la radio Alomar frapper pour les Blue Jays, en neuvième partie de match, un coup vertigineux qui ramène le score à deux partout contre les White Sox. Tout cela dans les trente secondes nécessaires pour garer la voiture dans l'allée. Il applaudit.

Le voilà à présent dans la chambre, dont elle est sortie il y a un an en lui disant qu'elle quittait son lit pour la dernière fois. Il défait ses vêtements, de nouveaux vêtements achetés depuis lors. Elle est déjà sous les draps.

« Il y a longtemps, dit-il, que je n'ai pas passé la nuit chez quelqu'un.

— Chez toi », dit-elle.

ELLE

Dans ces vêtements différents, elle ne l'avait pas reconnu. Mais nu, c'est bien lui. Ils s'enlacent. Avec fougue. Il a maigri, son ventre est plus dur. Ses grandes mains encerclent chacune de ses fesses séparément. Elle est si mouillée qu'elle dégouline sur lui, folle d'impatience.

« Tu veux déjà ? » dit-il. Il rit contre son sein.

« Je voudrais attendre, pour que ce soit meilleur, mais je ne peux pas », dit-elle. Elle se dégage, et pendant quelques instants ils se touchent, se sentent, se frottent l'un à l'autre, leur désir à présent aussi grand que le fut leur souffrance. Elle guide le missile brûlant hors de sa toison, contre sa peau, pour en sentir le contact velouté. Elle aspire l'eau de ses pores. Les mains de l'homme deviennent doigts, la sondent, l'entrouvrent.

CHŒUR

Tout reflue à présent, tout. Il l'emplit comme le silence comble la rêverie, comme l'eau imbibe la paille, il l'écrase et la soulève comme une violente averse. Tous leurs points de contact passés, bout du sein et cou, creux de l'aine et cuisse, se soudent à nouveau. Il la retrouve en même temps qu'elle reprend possession de lui. Il lève la tête, la bouche quémandeuse comme celle d'un oiseau, pour happer le bout de son sein, et un doux flux lui traverse le ventre. Comme s'il connectait ses pôles, ils forment maintenant à eux deux un circuit complet.

Plus doucement à présent, ils respirent à l'unisson, se berçant mutuellement en rythme. Sensations nouvelles, et pourtant familières. Que c'est bon. Elle note un léger changement dans sa façon de se retourner, d'utiliser le creux de son bras pour faire contrepoids — une astuce, en quelque sorte. Le geste est imperceptible mais attire son attention. Puis il lui demande de se mettre à genoux dans une position nouvelle. Il a fait l'amour avec une autre, se dit-elle. Il suffit d'un changement dans leur rituel, et tout devient clair.

Si je m'en aperçois, t'en aperçois-tu aussi ? Si tu te trahis, est-ce que je me trahis aussi dans ma danse, dans ma nouvelle chorégraphie ? Quelle bonne idée : nous avons essayé chacun quelqu'un d'autre. Mais non, nous ne voulions pas d'eux. Rien ne sera dit, en cet instant tout est pardonné, peut-être même savouré.

Il y a ce moment, à mi-parcours, où elle commence à parler. C'est toujours la même chose. Elle se met à articuler des mots, une hémorragie de mots stupides, ridicules, impossibles à répéter. Aide-moi, prends-moi, fais-moi mal, arrête, encore, foutre, con, et ainsi de suite. Mais cela cesse vite, et les sons qu'il profère prennent le relais. Grognements d'animal, soupirs, gémissements.

Pur instant de vérité. Au-delà du langage un autre vocabulaire prend possession de son cerveau. Renoue autour de moi tous les liens de ton amour, que j'ai détachés un jour, dans ma rage et mon chagrin.

Voilà pourquoi ils étaient l'un à l'autre.

Le reste était en plus, encombrant. Tout ce qui dépendait de cet acte unique et dont ils ont fait l'inventaire : ces douze dernières années, les deux enfants, les parents, les grands-parents, la maison, le compte en banque. Tout ce qui sera divisé, séparé, comme eux. Mais pas encore. Demain, chacun prendra en toute équité ce qui lui revient, avant de s'en aller. Il ne s'agit que de biens matériels.

LUI

Que de trésors dans ce contact intime. Il l'a trouvée maintenant. Le rythme de balancement s'accentue, désespéré. Martèlement des os. Elle n'est plus qu'un immense canal brûlant, fendue jusqu'à la taille. Il la pilonne.

ELLE

Elle crie vers lui, vers chaque cellule, chaque pore de ce corps familier et velu, son frère, son vieux copain, celui qui a engendré ses petits, qui a goûté son lait, a voulu nourrir ses enfants. Quelque part dans le labyrinthe, elle l'a perdu, a perdu l'homme qu'il était, cet être cher.

CHŒUR

Qui chantera la gloire de cet amour fortifié, de ce feu ravivé, qui l'a déjà fait ? Les romancières ont toujours séparé désir et devoir, et forcé l'héroïne à se satisfaire des crachotis tiédasses de la routine conjugale. Qui découvrira, clamera cette richesse généreuse constamment rechargeable au fil des années ?

Au matin, les enfants entrouvrent la porte de la chambre. « Que fais-tu là, papa ?

LUI

— Ce n'était que pour la nuit. »

CHŒUR

Les enfants sautent sur le lit. Alomar fit une nouvelle tentative dans la onzième partie en réalisant son troisième lancer net, égalisant une nouvelle fois le score à trois partout. C'était héroïque, en quelque sorte, mais il ne pouvait réussir seul. Sosa marqua dans la douzième et les White Sox l'emportèrent par cinq à trois contre les Blue Jays.

Traduit par Claudine Richetin

NOTE DE L'AUTEUR

J'ai toujours été impressionnée par les prépositions : « Avant, » « après, » « entre, » « derrière » : ces tout petits mots à l'énorme pouvoir. Ils nous placent au bon endroit au bon moment, ou à la mauvaise place au mauvais moment, par exemple lorsqu'on est atteint par la balle d'un tireur embusqué, touché par la foudre, lorsqu'on rate le coche ou qu'on tombe amoureux.

Je me rends compte aujourd'hui que cette préoccupation me prédispose à la littérature érotique, puisque tout y est une question d'emplacement et de rythme. Cette nouvelle explore un sujet sur lequel on écrit rarement (la sexualité conjugale), situé ici hors de son contexte. Dans l'espace vide ainsi créé affluent les souvenirs et les sensations, et l'acte d'aimer s'en trouve ravivé.

CATHERINE S.

Anecdote

Si on les interrogeait sur les fantasmes sexuels que leur ont confiés leur mari ou leur amant, la plupart des femmes que je connais répondraient, je crois, que les hommes rêvent souvent d'une aventure érotique avec deux femmes. Mais renversez la situation et suggérez-leur qu'une femme puisse être satisfaite par deux hommes, et ils risquent de se montrer moins enthousiastes. En fait, bien sûr, puisque toute combinaison amoureuse offre un plaisir potentiel considérable, la personne qui écrit le scénario a lc privilège de distribuer les seconds rôles. Ici : Catherine S.

J'AI d'abord rencontré Caldwell. Mais ça n'a pas grande importance. Si vous rencontriez l'un, vous ne tardiez pas à tomber sur l'autre. Ils formaient une paire, un bloc indissociable. J'ai essayé de repenser à cette courte période où je connaissais seulement Caldwell, où je le voyais sans m'attendre à voir apparaître aussi Mark. Je n'en ai aucun souvenir. Mais bon, c'était vraiment une courte période, peut-être deux heures en tout.

Caldwell s'était installé dans l'appartement au-dessous du mien. Nous nous rencontrâmes dans l'escalier de secours où il essayait de faire cuire un poulet entier sur un gril qui marchait mal. Il m'invita à dîner quand je lui prêtai mon sel casher pour qu'il puisse en garnir les bords de ses verres à margarita. Mark était invité, lui aussi. Bien sûr. Il en avait toujours été ainsi, et je compris vite qu'il en serait toujours ainsi. Caldwell et Mark. Mark et Caldwell. Et moi, Catherine. Parfois. Tant que je respectais les règles.

Ils étaient amis depuis plus de vingt ans, depuis le

CE2. Ils ne ressemblaient pas aux autres hommes que je connaissais. Ils s'aimaient et ne le cachaient pas. Si l'un partait pour plus de quarante-huit heures, l'autre le serrait dans ses bras à son retour. Leur compagnie vous donnait l'impression d'être porté par une brise légère. J'aurais voulu passer tout mon temps avec eux. J'aurais voulu être eux.

Lequel des deux aurais-je souhaité être ? Mark était grand et mince avec des mains douces et la plus jolie bouche du monde. Les mots coulaient de cette bouche, des milliers de mots sur des centaines de sujets. L'usage des statistiques pour justifier des démonstrations absurdes. Les morts à scandale de gens célèbres. Les lois obscures et les rites religieux. Les capitales des États. J'appelais Mark quand je voulais être distraite et rassurée. Quand j'avais besoin d'aide pour mes mots croisés. Ou quand je voulais perdre la tête — boire trop, rire trop fort, conduire trop vite. Je le vois, un verre à la main, sa longue silhouette accoudée contre un bar dans un café, nous faisant rire, Caldwell et moi. J'aurais voulu parler comme Mark.

Caldwell aussi avait le sens des mots, mais également celui du travail. Il avait toujours quelque chose à faire. Il pouvait monter une bicyclette en pièces détachées, réparer une voiture, faire rentrer une table de deux mètres dans le coffre d'une Toyota. Il avait de larges épaules, des jambes courtes et musclées, des yeux brillants. Je l'appelais quand quelque chose n'allait pas. Je l'appelais quand j'étais nerveuse. Je l'appelais quand je ne me souvenais pas de ce qui s'était passé la nuit précédente. Caldwell était notre mémoire, celui qui comblait les blancs pour Mark et moi après une soirée particulièrement difficile. Parfois, il me portait presque dans l'escalier jusqu'à mon appartement et me mettait au lit. Mark le suivait, suggérant d'utiles remèdes contre la gueule de bois.

Ils m'aimaient bien parce que je croyais comme eux que leur amitié était leur plus grande qualité. J'étais leur admiratrice, leur public. Contrairement à leurs maîtresses qui ne duraient jamais longtemps, je ne cherchais pas à les séparer, je ne passais pas la soirée en leur compagnie dans l'espoir de séduire l'un des deux. En fait, je supportais mal de les voir séparément. Cela ne me semblait pas naturel.

Ce que je voulais vraiment, c'était leurs souvenirs. Être sur la photo de l'équipe de hockey sur gazon du lycée. Être présente la nuit d'Halloween à Madison quand ils s'étaient déguisés en Marx et Engels, avaient mangé des champignons et étaient devenus paranoïaques. Voir la fumée le soir où ils avaient failli brûler leur chambre au collège en essayant de faire cuire des grillades d'agneau. À défaut, je voulais qu'ils apprennent à me connaître aussi bien qu'ils se connaissaient. Un an passa, deux ans. Je devins plus proche d'eux, c'est vrai. Mais ils devinrent encore plus proches l'un de l'autre. Je ne pouvais pas les rattraper.

C'était le printemps, la période des pluies battantes, diluviennes. Mon patron m'avait demandé de garder sa maison pendant qu'il irait escalader une montagne avec d'autres hommes d'affaires. J'aimais l'idée de vivre parmi des belles choses, même si ce n'étaient pas les miennes, ou celles que j'aurais choisies. J'aimais l'idée d'être seule.

Mon patron vivait dans ce qui avait été le pavillon d'amis d'une grande propriété, en pleine campagne au nord de la ville. Les promoteurs avaient rasé la maison principale et construit un lotissement, laissant ce cottage à bardeaux au cœur d'un bouquet d'arbres. Des statues brisées — un Cupidon qui n'avait qu'une main, des faunes aux oreilles cassées, des femmes sans tête — se dressaient sur la petite allée en briques qui cheminait à travers les arbres. La maison, d'un vert mousseux bordé d'or, était presque invisible quand vous remontiez l'allée. On n'entendait que le bruit d'un cours d'eau qui serpentait derrière la maison. Pollué, disait mon patron, par les eaux usées du lotissement.

À l'intérieur, le décor était simple et sobre, mais pas froid. De grandes fenêtres nues faisaient face à des arbres suffisamment feuillus pour cacher le monde moderne qui s'étendait derrière eux. C'était un endroit aux couleurs franches, à l'intérieur comme à l'extérieur : des arbres verts, des chaises vertes, un sofa bleu, une table rouge, des tapis bleus, une vaisselle blanche, des murs crème. L'effet était voulu, je pense — une manière d'attirer l'attention sur l'étrange collection d'objets réunie par mon patron.

Il y avait par exemple des masques mexicains. Pas des masques taillés dans des calebasses, mais des pièces plus grandes, plus délicates, sculptées dans du bois tendre. Figé à un étrange moment de sa métamorphose, un visage anxieux de femme émergeait entre deux ailes de papillon. Une sirène regardait stoïquement devant elle tandis que sa queue — en fait un serpent — l'avalait. Une tête d'oiseau souriait avec les lèvres pulpeuses d'une femme. Un jaguar était pourvu d'une paire de seins et de longs cheveux noirs, des vrais cheveux semblait-il au toucher.

Dans la cuisine, les murs et les étagères étaient couverts de cages et de volières. On avait placé un œuf dans chacune d'elles. Un œuf ukrainien dans une cage pseudo-victorienne. Un œuf noir en verre dans une cage construite avec des vieux cintres. Un œuf en sucre enfermé dans une cage en baguettes. Un vrai œuf de rouge-gorge dans une volière qui était la réplique exacte du cottage. J'étais convaincue qu'il y avait encore une autre réplique à l'intérieur de cette volière, et encore une autre dans celle-ci et cela à l'infini.

Enfin, dans chaque pièce, il y avait des tableaux, des peintures aux couleurs éclatantes de femmes drapées dans leurs voiles, accroupies derrière des murs, cachées dans des patios, enfermées dans des tours. Elles avaient des visages violets, des mains rouges, des cheveux verts. C'était déconcertant, surtout dans la chambre où il n'y avait pas d'autre couleur, seulement un lit en fer forgé blanc recouvert d'un couvre-pied blanc, et ces femmes tout autour de vous.

Je m'assis près de la fenêtre dans cette étrange et charmante maison, regardant tomber la pluie, attendant. L'idée d'être seule m'avait séduite. La réalité était insupportable. Je savais que je finirais par manquer à Mark et Caldwell, qu'ils me retrouveraient. Cette petite maison baroque serait mon cadeau, un de mes innombrables cadeaux pour acheter leurs bonnes grâces. Comme les chocolats. Le bon vin. Mon oreille attentive. Et, ce qu'ils préféraient entre tout, mon rire qui fusait à la fin de leurs plus mauvaises histoires et de leurs plus mauvaises blagues. Je sirotai un brandy en observant le feuillage dense et vert, jetant un sort. Je les attirai vers moi. Je n'eus pas à attendre bien longtemps. Après tout, j'avais laissé les coordonnées sur le répondeur de Caldwell, en même temps que la promesse de trouver des liqueurs raffinées et une télévision grand écran.

Ils étaient trempés jusqu'à l'os quand ils atteignirent la porte du cottage. Je les regardai courir le long de l'allée sinueuse, riant aux éclats, perdus dans l'une de leurs interminables conversations. Séparée d'eux par la fenêtre, bien au chaud dans mon cottage, j'avais l'impression de les voir pour la première fois. Caldwell et Mark. Mark et Caldwell. Je ne pouvais les imaginer l'un sans l'autre, je n'en avais pas envie. J'avais envie d'être avec eux, pour toujours. Tout en faisant ce vœu, je savais qu'il était impossible à réaliser. Les autres nous réclameraient, un par un. Caldwell et Mark préserveraient leur amitié, peut-être réussirais-je à m'accrocher à eux. Mais nous ne resterions pas toujours ainsi. Nous trois. Le nombre parfait à bien des égards.

Je leur apportai du café dans des tasses blanches, du brandy dans des verres bleus trapus. Je leur apportai des serviettes blanches pour sécher leurs cheveux, des couvertures de coton bleu à enrouler autour de leurs vêtements mouillés. Nous nous assîmes par terre, jambes croisées, baignant dans la lumière bleu et blanc d'un vieil appareil de chauffage d'appoint. Devant nous, la télévision diffusait en silence un match de base-ball qui n'intéressait personne.

Et, bien sûr, nous parlâmes. Ils parlèrent. Du cours de maths, où Mark avait triché le jour de l'examen, ce qui ne l'avait pas empêché d'être recalé. Des retards chroniques de Caldwell qui leur avaient fait louper un concert qui avait tourné à la bagarre générale. Des premières cigarettes. Des premières cuites, d'une mauvaise expérience avec du Jack Daniels et du jus d'orange qui les avait conduits droit à l'hôpital. Histoire après histoire, blague après blague, avec une seule constante : Caldwell et Mark, Mark et Caldwell. Les mains de Caldwell étaient comme des lumières blanches qui s'agitaient dans la pièce sombre. Les histoires de Mark se terminaient par des soupirs faussement attristés pour m'inciter à rire, ce que j'oubliais de faire. J'étais trop occupée à penser au moment où ils avaient couru le long du chemin vers moi, vers la maison. Donnez-les-moi tous les deux, demandai-je à la sirène et au papillon, au jaguar et à l'oiseau qui souriait. Juste un instant.

« Les White Sox feront peut-être une bonne saison », dit Caldwell.

Un seul homme, c'est facile, bien sûr. Nous savons toutes comment séduire un homme — comment nous rapprocher, effleurer sa main ou nous appuyer un peu trop longtemps sur son bras. Toutes les femmes savent faire ça. Mais si je touchais l'un, l'autre s'en irait. Ou, peut-être, au mieux, attendrait et suivrait. Ce n'était pas ce que je voulais. Je pensais à la volière sur le comptoir de la cuisine, au cottage à l'intérieur du cottage à l'intérieur du cottage.

La voix de Mark à présent : « Alors la fille derrière le comptoir répète la commande très lentement et se trompe complètement, vraiment complètement… »

Je fis glisser la couverture posée sur les épaules de Caldwell, m'en enveloppai et m'allongeai sur le tapis comme pour dormir. Ils n'y firent pas attention. Leur conversation m'avait tant de fois servi de berceuse lorsque je m'assoupissais au son de leurs voix. Les yeux fermés, je les écoutai parler — le lent tempo de Caldwell et le débit plus rapide, plus léger de Mark. Sous la couverture, je retirai mes vêtements en me caressant. Le vent soufflait dans les arbres, le cours d'eau grossi par la pluie dévalait les rochers, les femmes au visage violet me parlaient. Elles m'approuvaient. J'avais l'impression d'être moi aussi d'une couleur franche, comme si ma peau virait du violet au bleu au vert au rouge au crème. Je faisais partie de cette maison.

« Non, les journaux ont dit que si la nouvelle loi entrait en vigueur, elle serait sans effet, parce qu'il n'y a absolument aucun... »

Je pensai à ces instants où je les avais surpris parfois en train d'apprécier la courbe d'une hanche ou d'une cuisse, la finesse de mon cou. Les hommes sont comme ça, bien sûr, même avec leurs amies. Surtout avec leurs amies. Qu'est-ce qu'on ressent, m'avait demandé un jour Caldwell, lorsqu'on est regardé dans la rue ? On se sent femme, avais-je répondu.

« ... et elle a ouvert la porte et il y avait cet énorme chien... »

Leurs paroles se mêlaient maintenant indistinctement. Je n'entendais plus ce qu'ils disaient. J'avais seulement une sensation de chaleur — causée par le chauffage derrière nous, par les sons qui circulaient entre eux. Leurs voix m'enveloppaient, familières et chéries, intarissables et parfaites. J'aurais voulu que cela ne s'arrête pas. Je fis l'inventaire de mon corps, consciente de sa symétrie, de sa complaisance.

Je m'assis, laissant retomber la couverture sur mes hanches. Dans la pénombre, mon corps absorbait toute la lumière. D'une blancheur crue, il était ce qu'il y avait de plus brillant dans la pièce ; je ne voyais plus leurs visages ni leurs mains. Et soudain, il n'y eut plus rien à entendre que la pluie, le vent et le sifflement du chauffage. Ils avaient cessé de parler.

« Catherine... », commença Caldwell, presque tristement, comme si j'étais ivre, comme s'il allait devoir me porter jusqu'à mon lit, ce qu'il avait fait si souvent. Il me contempla, détourna les yeux, me contempla à nouveau. Il n'avait plus l'air aussi triste. Mark essaya de remonter la couverture sur mes épaules. Mais ses mains tremblaient tellement qu'il y renonça.

Je mis mes bras autour de mon corps, les regardant me regarder. Le silence dans la pièce était énorme, profond et merveilleux. C'était comme si je les observais encore de la fenêtre, bien au chaud, attendant qu'ils me retrouvent. Ils avaient encore besoin qu'on leur indique le chemin.

J'embrassai Caldwell, puis Mark. Le baiser de Mark était léger comme sa voix, sa jolie bouche était habile. Caldwell était grave, comme s'il essayait quelque chose. Je sentis sur ses lèvres le brandy, l'étonnement et aussi une rivalité immémoriale, qui remontait au CE2. Tandis que j'embrassais Caldwell une seconde fois, Mark me saisit par les hanches, me souleva et m'installa à califourchon sur les genoux de son ami. Celui-ci comprit et commença à baisser la fermeture Éclair de son jean.

« C'est bien », murmura Mark en encerclant ma taille de ses mains, prêt à m'aider à chevaucher Caldwell. Il voulait que celui-ci passe le premier pour pouvoir le surpasser, m'aimer mieux ou plus longtemps. Je le savais instinctivement, et je savais que je ne le laisserais pas faire.

Je me redressai et les pris tous les deux par la main pour les conduire dans la chambre, au centre du lit blanc-sur-blanc. Étendue entre eux, je les déshabillai tous les deux, les embrassai tous les deux, les enlaçai tous les deux. Nus, ils étaient identiques. Ils parcoururent mon corps, des oreilles jusqu'aux épaules, puis ils s'attardèrent sur mes seins. Mais lorsque leurs mains se rencontrèrent sur mes hanches, ils les retirèrent. Ils me regardèrent d'un air presque courroucé, m'intimant silencieusement de prendre l'initiative, bien décidés à ce que je fasse un choix.

Je me tournai vers Caldwell, ma bouche collée à la sienne tandis que j'attirais Mark derrière moi, m'ouvrant à lui. C'était une sensation inconnue, chaude et intense. Mark caressa mon ventre, embrassa mes cheveux, nous rassurant tous les deux, nous rassurant tous les trois, bien qu'il puisse à peine bouger en moi. Les yeux brillants de Caldwell brillaient plus que jamais. C'est seulement lorsque je le sentis me pénétrer que tout parut parfait, comme si j'étais en équilibre entre eux.

Ils passèrent leurs bras par-dessus mon corps, se prenant par les épaules comme pour assurer leur prise. Avec lenteur, hésitation, Mark commença le premier, il s'enfonça aussi loin qu'il le put, doucement, sans forcer, puis se retira. Alors Caldwell, adoptant exactement son rythme, fit de même, se frayant un chemin, lentement, délicatement, avant de se retirer à son tour. Mark reprit. Caldwell lui répondit, d'une manière plus profonde et plus insistante, me pénétrant au moment où Mark se retirait.

Ils prirent de l'assurance, trouvèrent un rythme presque continu tandis qu'ils me faisaient passer de l'un à l'autre. Comme ceci, semblait dire Mark en me sondant jusqu'à ce que je crie. Non, comme cela, répondait Caldwell, en allant encore plus loin. Je ne pouvais plus les distinguer, ne pouvais plus nous distinguer, démêler les sensations.

Ils accélérèrent, comme s'ils se disputaient à propos de quelque chose qui leur tenait à cœur ; leurs voix devinrent stridentes et passionnées ; ils parlaient en même temps, s'interrompaient. Pourtant, on n'entendait que le bruit du vent, de la pluie et du cours d'eau... et, pour une fois, le son de ma voix, seulement ma voix, jusqu'à ce que Mark grogne dans mon oreille et que Caldwell pousse un cri sur ma poitrine et qu'un même frisson nous parcourre tous les trois. Silence. Pendant un long moment, aucun de nous ne bougea, aucun de nous ne parla. Je leur avais donné, je nous avais donné quelque chose de nouveau : une histoire dont nous ne parlerions jamais, pas même entre nous. Nous quitterions le cottage, la laissant derrière nous, addition intangible à la collection de beaux objets sauvages réunie par mon patron. Notre meilleure anecdote.

Nous nous endormîmes, toujours enlacés, mais dans le sommeil nos corps se séparèrent spontanément.

Maintenant que nous n'étions plus imbriqués, l'espace était trop petit pour nous trois. Je finis par me glisser doucement hors du lit et me coucher sur la pile de couvertures que nous avions laissée dans le salon. Au matin, lorsque je vins les voir, ils dormaient encore, main dans la main, plus proches que jamais. Mais, cette fois, grâce à moi.

Traduit par Anne Michel

NOTE DE L'AUTEUR

Un vieil ami de fac m'a suggéré les grandes lignes de l'histoire — deux hommes, une femme, une maison isolée. Tout le reste est inventé. Pendant que j'écrivais, j'ai parlé à mes amis hommes et ils n'étaient pas très intéressés par l'idée d'une telle combinaison. Leur attitude m'a rendu curieuse. Je me suis demandé : comment séduit-on deux hommes simultanément, et non pas successivement ?

Traditionnellement, on suppose que, dans de telles situations, un choix s'impose — un amant puis l'autre. Ou aucun des deux. Ou les deux, puis le suicide. Ou le meurtre. Mais, si le moment et la situation s'y prêtent, pourquoi trois personnes ne feraient-elles pas l'amour ensemble ? Et pourquoi pas deux hommes et une femme ?

Je trouve les vraies amitiés masculines très sexy, d'autant plus que les hommes occultent l'aspect sexuel de leur relation. Récemment, un homme me racontait en détail sa visite chez l'un de ses meilleurs amis.

« Je suis arrivé à l'aéroport, j'ai vu M., nous nous sommes serré la main..., commença-t-il.

— Vous vous serrez vraiment la main quand vous vous voyez ? ai-je demandé.

— En fait, nous nous embrassons, a-t-il admis. Mais je fais ça seulement avec lui. »

REBECCA BATTLE

Friandises

Dans « Friandises », Rebecca Battle fait le portrait d'une adolescente mûre sexuellement qui refuse de se conformer à l'image sage que veulent lui imposer ses parents. La narration se lit en partie comme du cinéma vérité[1] *et en partie comme une catharsis, et elle vise à nous rappeler que, dans chaque famille, coexistent toujours des mondes irrémédiablement distincts.*

1. En français dans le texte.

C'EST toujours aux alentours de minuit que tu les entends dans la pièce voisine. Au moment où tu entames ton second paquet de bonbons, ou que tu tartines du beurre de cacahuète et du miel avec générosité. Quand tu ne peux vraiment plus, en dépit de tous tes efforts, avaler une bouchée supplémentaire, ta faim — celle-là du moins — est enfin, provisoirement, assouvie.

Tu tends le bras vers la table de nuit, qui est en réalité un bidon en plastique bleu clair portant l'inscription « Produit fermier », et tu enfonces le bouton pour éteindre le petit téléviseur noir et blanc. Les bruits en provenance de la chambre des parents sont alors beaucoup plus distincts. À entendre leurs murmures furtifs, leur agitation frénétique et étouffée, tu pourrais croire qu'ils sont en train de se débarrasser d'un cadavre ou de dissimuler un butin volé. Mais comme tu as découvert, il y a quelque temps déjà, la pile de magazines pornos de ton père, tu sais très exactement ce qu'ils sont en train de faire.

Tu n'as plus qu'à ramasser les restes de ton festin nocturne et à gagner la cuisine.

Le couloir est sombre, et tu n'en mènes pas large, même si tu n'es pas seule dans la maison. Il est minuit, l'heure des sorcières, et de quelle utilité pourraient être un père ou un frère face à l'esprit du mal qui guette peut-être, qui guette sûrement aux alentours ? Sinon, d'où te viendrait un tel sentiment d'insécurité ? Mais l'insécurité t'est devenue familière, normale, en quelque sorte, et allumer la lumière ne ferait que t'exposer davantage. L'obscurité et le silence peuvent te procurer une sensation de puissance, en même temps que de peur. Tu vois les autres, mais eux ne te voient pas.

Cela te permet d'écouter à la porte les gémissements étouffés de ton père et de sa femme. Tu guettes sur la pointe des pieds, prête à filer dans la cuisine à la moindre alerte. Tu vérifies qu'aucune lumière ne filtre sous la porte de la chambre de ton frère. Rien. Tu reviens à ta faction clandestine derrière la porte des parents, dressant désespérément l'oreille, à l'affût du moindre mouvement. Mais généralement tu ne perçois rien de plus que des couinements ténus, des murmures et des froissements. C'est habituellement suffisant pour sentir entre tes jambes un frémissement involontaire, une douleur sourde et lente qui part de ton bas-ventre et se fraie un passage jusqu'au fond de toi.

Cours à la cuisine dissimuler toute trace de tes agapes. Vite, pour pouvoir retrouver l'abri douillet de tes couvertures et les délices qui t'y attendent. Une fois au lit, prends sous l'oreiller la bouteille de lotion pour bébé. C'est ton ours en peluche.

La lotion est fraîche au contact de tes doigts, et tu

t'immobilises un instant, anticipant la sensation à venir quand tu toucheras ton entrejambe. L'impression de fraîcheur est encore plus nette à cet endroit. Merveilleuse. Tu frictionnes vivement la lotion entre les plis de la peau, jusqu'au point le plus sensible. Le clitoris — mais tu n'aimes pas lui donner de nom. Non, ne pas penser. À présent, enfin, ne penser à rien. Se laisser aller, imaginer. L'imaginer, lui. Grand, athlétique, un peu sale, crachant sa chique de tabac, au bord de la route, non loin de l'arrêt d'autobus. Rustaud, mais ils sont tous comme ça par ici. Ce qui compte, c'est qu'il s'intéresse à toi. C'est la seule chose qui te rende à peu près supportable le trajet à l'école dans cette maudite région d'élevage de volailles, qui pue la fiente de poulet à plein nez. Lui dire bonjour le matin, lui apporter des biscuits peut-être, et l'avoir près de toi sur la banquette arrière de l'autobus, sa main sous ta jupe, entre tes genoux.

Ferme les yeux et imagine-le maintenant, imagine ce qu'il ne t'a encore jamais fait. Songe à ce que ce serait s'il passait la langue là où il a mis la main, pendant que tu serrerais sa tête entre tes cuisses, ses cheveux bruns hirsutes, humides contre ta peau. Il te lèche doucement de haut en bas, comme pour déguster un cornet de crème glacée. Tu en tires la langue toi-même, imaginant la sienne se faufilant dans tous les interstices. Ta main sur sa bouche, puis ses lèvres, suçant autour de ce point que tu refuses de nommer, suçotant, cherchant, dévorant, de plus en plus près, jusqu'à ce que tu éclates, que tu te tordes, que tu gémisses, trop fort peut-être : « Vas-y ! Oh oui ! Prends-moi, maintenant ! »

La distance est trop courte entre le plaisir et la

douleur. D'abord, la peur. Quelqu'un t'aura entendue ? Lois, peut-être, le monstre qui te sert de belle-mère, si douée pour écouter aux portes. Ou pis encore, ton père.

Puis la culpabilité. D'avoir laissé vagabonder si imprudemment ton imagination. De n'être pas normale. De ne se sentir proche de personne dans ce patelin. Ton nouveau « chez toi », comme ils disent. En fait, une étape de plus dans une ribambelle d'errances, celles de ton cher père tentant de trouver sa place au soleil. Tu ne connais personne, sauf ton mec du fond du car, et personne, surtout pas tes parents, ne te connaît. Ne sait ce que tu fais. Lotion et sucreries, toutes les nuits.

Quand as-tu commencé ? Il y a un an ? Deux ? À peu près en même temps que tu as appris à te faire vomir. Et à les détester.

C'est excitant de passer toutes ces sucreries en fraude. Ils sont tout bêtement assis dans la pièce d'à côté, et tu transportes discrètement tes tablettes de chocolat, ou n'importe quoi d'autre, de la cuisine à la salle de bains, tu t'empiffres, tu te penches sur les toilettes, et tu dégueules tout. Tu sais exactement quand tirer la chasse pour masquer le bruit de tes haut-le-cœur lorsque tu t'introduis le doigt dans la gorge. Tu manges sans manger vraiment.

Tu peux te faire prendre n'importe quand. Ton père, rendu morose après le dîner par un verre de trop, te dira : « Viens t'asseoir sur mes genoux », avec sa gentillesse trop idiote de vieux cochon pathétique. Et tu viendras, pour ne pas le mettre en colère. Alors peut-être dira-t-il : « Je sais à quoi tu joues avec cette lotion. » Et il te regardera, le blanc de l'œil rougi, le teint couperosé, avec son demi-sourire moqueur : « Tu sais, les Incas brûlaient sur le bûcher les femmes qui se déshonoraient de cette manière. » Ou une autre ânerie du même genre. Mais, au fond de toi, tu le croiras un peu, ou tout au moins l'insinuation que tu es sale et que tu mérites une mort épouvantable.

Mais impossible d'abandonner ces douceurs. Ce sont les seules que tu connaisses. D'abord, elles t'aident à affronter ces terribles repas, quand tu es obligée de supporter la présence de Lois et de ton père. Et elles te donnent la force de faire semblant.

Assieds-toi bien droite et attends avant de commencer que ton père ait mangé la première bouchée. Puis hume ton assiettée et dis, avec toute la sincérité dont tu es capable : « Mmm, ça sent bon. »

Mange ensuite une première bouchée, puis une deuxième, comme si tu ne pouvais te rassasier, et dis : « Lois, c'est absolument délicieux.

— Merci. C'est du cassoulet, un plat traditionnel français. »

Ton frère se joint au jeu à son tour : « Qu'est-ce que c'est comme viande ? C'est vraiment fameux.

— De l'oie.

— Surtout des gésiers, précise ton père, qui a décidé de profiter de l'occasion pour parfaire ton éducation. L'origine de ce plat remonte aux paysans pauvres, qui ne pouvaient se permettre de gaspiller quoi que ce soit, contrairement à certains d'entre nous — regard appuyé en direction des deux rejetons —, et devaient par conséquent employer tous les morceaux de la volaille. Après avoir mangé la viande, ils cuisinaient la carcasse et les abats. »

Il avale une autre bouchée, la main tremblante sous

l'influence de l'alcool. Il est très susceptible là-dessus, aussi tu fais semblant de ne pas le remarquer. Mais la façon dont il charge les haricots sur sa fourchette et les conduit péniblement à sa bouche attire automatiquement l'attention. À la fin il est obligé de baisser la tête vers la fourchette pour rattraper les quelques haricots qui restent avant qu'ils ne retombent.

Il lève brusquement la tête, comme s'il voulait prendre tout le monde en flagrant délit d'observation. Tu serres les lèvres en prévision de l'orage. Mais il dit : « Nous devons partir ce week-end, Lois et moi. Son père ne va pas bien, et nous avons décidé d'aller le voir. Nous pensons que ce serait pour vous un pensum — il s'efforce toujours d'utiliser un langage relevé en vue de notre éducation — de nous accompagner, et si vous promettez d'être sages — et là il te regarde, ainsi que ton frère, l'un après l'autre, d'un œil insistant et entendu —, nous vous permettrons de rester seuls en notre absence, pendant deux jours. »

Reste calme. Prends garde de ne rien révéler de ta joie.

Souris, et dis : « D'accord, pas de problème. Je suis désolée pour ton père, Lois. Tu veux que je débarrasse la table ? Merci encore pour ce délicieux dîner. »

Va vomir dans la salle de bains. Cela te calmera, apaisera ton impatience.

Cela dépasse toutes tes espérances.

Enfin ! songes-tu, en tirant la chasse d'eau sur le somptueux plat traditionnel français.

Tu as tout arrangé. Tu iras le retrouver au bout de l'allée le soir du départ de tes parents. Tu n'allumeras pas la lumière du porche, pour que les voisins ne voient rien et ne puissent pas faire de rapport à ton père. Il leur a peut-être demandé d'espionner. Ton frère sort à huit heures. Il a l'intention de passer sa nuit de liberté à boire avec ses copains devant le Tastee Freeze. Il prend des risques, lui aussi. Tu as accepté de rester à la maison en cas d'appel téléphonique, entre autres choses.

Quand tu vas à sa rencontre, tu portes ta robe la plus courte, des collants et des chaussures à talons. Il connaît le but de sa visite. Même si vous n'avez pas eu l'occasion d'aller plus loin que ne le permet la banquette arrière de l'autobus, il a été très clair sur ses intentions dès le début. Depuis le premier jour où tu l'as laissé t'embrasser devant l'issue de secours de l'école. Il avait posé les mains sur tes seins, comme si c'était la chose la plus naturelle du monde, comme s'ils lui appartenaient. D'abord, tu avais pensé que tu devais peut-être refuser, mais tu n'as rien dit. Tu l'as laissé faire. Tu l'as même laissé glisser la main dans la ceinture de ton jean, et, après un long geste circulaire, en ressortir un doigt humide. Tu l'as regardé porter ce doigt à ses narines et le renifler avec délice.

Il est plus âgé que toi.

À présent, tu vas vers lui, en t'efforçant de ne pas faire crisser le gravier. Tu n'as que le temps de discerner son visage dans l'obscurité avant de sentir son haleine sur ton front, ses mains sur tes hanches, son pénis gonflé sous le tissu mince de son short.

Fais-le attendre. C'est ta nuit, ton territoire. Tu n'es pas une femme encore, mais tu peux faire semblant.

Prends-le par la ceinture, conduis-le silencieusement dans ta chambre. Laisse-le te regarder, sans te toucher, pendant que tu te déshabilles et le fixes insolemment avec l'aplomb d'une prostituée.

Fais-le s'agenouiller et engouffre ton sexe dans sa bouche.

Fais-le lécher, de plus en plus fort, sans lui permettre de reprendre haleine. Maintiens sa tête en place, oblige-le à continuer, même si vous manquez d'air, tous les deux, pour aller plus loin encore. C'est tellement meilleur que ce que tu avais imaginé, presque trop tout à coup. Repousse-le. Il a l'air un peu désemparé lui aussi. Tu l'observes sans vergogne, entre tes jambes, et tu te rends compte que c'est peut-être la première fois qu'il goûte à ça. Et si son reniflement de l'autre soir n'avait été qu'une petite démonstration machiste à laquelle il n'avait pas idée de donner suite ?

Tu l'as ébranlé.

Tu es la plus forte sur ce terrain.

Ôte-lui ses vêtements à présent, lentement, si lentement. Fais-le attendre, promène doucement tes lèvres sur chaque parcelle de sa peau. Insiste au niveau de l'estomac, tu sais qu'il brûle d'impatience que tu descendes encore. Souffle légèrement sur son sexe, regarde-le répondre par un frémissement incontrôlable.

Tu as le pouvoir.

Agenouillée devant lui, tu le prends par les hanches et le retournes, l'obligeant à se mettre à quatre pattes. Avant qu'il ait pu protester, tu lui fourres la langue entre les fesses, en remontant jusqu'à ce triangle de peau entre les deux sacs qui ballottent si misérablement. Cet endroit, que tu as vu sur les photos, a toujours attisé ta curiosité.

Que dit-il maintenant ? Peu importe. Pousse-le sur le lit et donne-lui l'ordre de t'y attendre, sur le dos. Vas lentement vers la cuisine chercher le pot de miel. Voilà encore une chose que tu voudrais savoir.

« Que vas-tu faire ? » demande-t-il, mi-effrayé mi-excité.

Tu décapsules le pot de miel. C'est une absurde petite bouteille en plastique en forme d'ours. Tu la presses de toutes tes forces, et le miel gicle sur son sexe, ses cuisses, brille sur les touffes de poils. Il a cessé de poser des questions.

Oblige-le à fixer ton regard pendant que tu te baisses, lentement. Il sait ce que tu vas faire et gémit d'avance, et sa plainte ressemble beaucoup à celle que tu as si souvent entendue dans la chambre d'à côté.

Tu goûtes la saveur gluante et sucrée du miel, et tu sens celle de la peau salée, dessous. Tu tâtes du bout de la langue, tu lapes le miel alentour. Et soudain tu sens gicler le liquide qui s'échappe de lui, en même temps que ses râles irrépressibles. La moitié coule sur ta langue, le reste sur son ventre, se mêlant au miel comme des volutes de caramel en fusion. Tu lapes tout jusqu'à la dernière goutte, pendant que le désir entre tes jambes se fait de plus en plus intense.

Pas question de vomir, cette fois. C'est ta friandise à toi.

Tout en léchant la dernière parcelle de liquide dans la minuscule vasque de son nombril, tu passes la main dans son dos et lui donnes une claque, trop forte, sur les fesses.

« Maintenant, dis-tu, vas-y, prends-moi. »

Traduit par Claudine Richetin

NOTE DE L'AUTEUR

Dans la vie, il y a peu de périodes aussi douloureuses et solitaires que l'adolescence. La plupart d'entre nous essaient d'en sortir aussi vite que possible, en l'oubliant ou en l'ignorant. Cependant, la souffrance peut être parfois un tremplin pour la colère et la colère, à son tour, génère la créativité et la liberté. Sans ma colère, je n'aurais jamais été capable de surmonter les inhibitions qui, aujourd'hui encore, m'empêchent de vivre librement ma sexualité. Comme la jeune fille de cette histoire, c'est la colère qui m'a poussée à décider pour moi-même de ce que j'avais besoin de dire et donc à défier le doigt moralisateur pointé sur moi.

SUSAN LEONARDI

Cours Karen, cours

« Cours, Karen cours » est la première nouvelle que j'ai choisie pour ce recueil et, quand vous l'aurez lue, vous comprendrez pourquoi. Cette histoire forte et originale a pour cadre une communauté de femmes qui passent leur vie à méditer sur des sujets que la plupart d'entre nous préfèrent éviter. Les questions que soulèvent Susan Leonardi sont celles de l'amour, du désir sexuel, de l'âme et du corps, et elle reconnaît que, chez chaque être humain, le conflit est à la fois naturel et inévitable. Étudiant la sérénité et la souffrance inhérentes aux choix difficiles, l'auteur ne porte aucun jugement et nous montre seulement comment des amantes aux besoins différents trouvent un équilibre en cherchant toujours à harmoniser leurs réactions et à exprimer leur dévotion.

KAREN avait commencé à courir le lendemain de la fin du monde. Elle courut, bien qu'elle vînt d'être gravement malade et eût failli mourir d'une mystérieuse affection du foie. Elle courut, bien qu'elle ne l'eût pas fait depuis son dernier challenge de lycéenne, dix ans auparavant. Elle courut, bien qu'au bout de trois cent cinquante mètres, elle eût le souffle coupé par les routes de montagne. Et elle continua à courir pendant cinq ans, même si ce ne fut ni avec la détermination ni avec le désespoir du premier jour, de la première semaine, du premier mois. Elle courut dans les années soixante-dix, avant que les coureurs ne deviennent — même dans les montagnes, où l'on pourrait pourtant penser que le simple fait de vivre procure suffisamment d'exercice — des silhouettes familières et que des livres enseignant comment accroître votre production d'endorphines et diminuer les risques pour vos muscles n'aient pas fait leur apparition sur le marché. Elle courut jusqu'à ce que son genou droit la lâche, soit du fait même de la course, soit en raison de ce qu'elle avait entendu en passant devant la fenêtre ouverte de Lisa, elle ne savait pas.

Ce qu'elle savait, en revanche, c'est qu'elle venait de courir sept cents mètres, ce jour-là, lorsque son genou céda et qu'elle tomba. Elle revint chez elle en boitant et, soit à cause de sa douleur au genou, soit à cause de sa douleur en entendant ce qu'elle avait entendu en passant devant la fenêtre ouverte de Lisa (elle n'était pas trop sûre de la raison, mais elle avait quand même une petite idée là-dessus et cela ne lui plaisait guère), elle pleura jusqu'à ne plus pouvoir ouvrir ses yeux gonflés. Elle avait peur de pleurer encore. Aussi s'allongea-t-elle sur son lit et domina-t-elle si bien la douleur qu'au matin elle pouvait marcher sans boiter. La région du genou et celle du cœur, néanmoins, lui semblaient douloureusement à vif et ses yeux étaient toujours bouffis. Ce gonflement était pénible et disgracieux, mais du moins cachait-il les regards courroucés, écœurés et implorants qu'elle adressa à Anne, contre son gré et à son corps défendant, tout au long des matines et des laudes. Elle passa l'après-midi seule à s'occuper des fleurs dans la serre. Elle prit particulièrement soin des roses mauves. Elle les caressa et souffla sur leurs pétales extérieurs, avant de chanter quelques petits airs aux pétales intérieurs qu'elle ne pouvait toutefois voir. Comme elle avait commencé par des chansons populaires tristes qui, si elles s'accordaient à son état d'esprit, risquaient de faire piquer du nez aux roses, elle se fit pardonner en chantant leurs chansons préférées.

Elle sauta de nouveau les vêpres et le dîner, en se disant qu'elle devait reposer son genou, mais en sachant parfaitement qu'en réalité elle ne voulait pas voir Anne ou Lisa. Elle entoura son genou de tissus de laine et regretta de ne pas avoir d'eau chaude pour l'y baigner. Vers sept heures, comme elle le craignait, ou comme elle le souhaitait, Anne vint frapper à sa porte. Karen ne répondit ni au premier, ni au second coup. Elle savait qu'Anne était là. Elle savait qu'Anne n'entrerait pas sans y être invitée. Elle savait, en l'absence de bruits de pas, qu'Anne attendait, et en l'absence de bruits tout court qu'elle attendait derrière sa porte, avec patience, avec humilité, avec lassitude, avec un mélange d'excuse et de provocation. Elle ne se leva pas de sa chaise (« Je dois ménager mon genou », se dit-elle pour se justifier), mais lança : « Entre ! »

Elle se cuirassa lorsque Anne l'étreignit contre elle. « Que veux-tu ? » demanda-t-elle. Comme Anne ne répondait pas, elle ajouta : « Pourquoi, Anne, pourquoi ? » et regarda par la fenêtre pour résister aux larmes.

« Parce que je l'aime.

— Tu t'es entichée d'elle.

— Qu'est-ce qui te fait dire cela ? interrogea Anne.

— Parce qu'elle n'est pas ton type. » C'est la première réponse qui était venue à l'esprit de Karen. Elle continua. Elle dit quantité de choses sur Lisa — qu'elle était bruyante, odieuse, négligente, immature, uniquement préoccupée d'elle-même, que c'était un élément perturbateur, quelqu'un qui se mêlait de ce qui ne la regardait pas et qu'elle n'était pas faite pour la vie à Julian Pines — avant de répéter : « Elle n'est pas ton type. » Karen fit toutes ces déclarations d'une voix mesurée, calme, sans détourner son regard de la fenêtre. Elle attendit qu'Anne explose, elle le souhaita, elle le désira quelque part, dans une partie de son corps qu'elle croyait avoir fait fondre en courant — sans doute au sein de cette graisse qui entourait son ventricule gauche.

Anne tendit le cou de façon à ce que Karen soit obligée de la regarder en face, mais sans se mettre à crier que tout cela ne la concernait pas et sans envoyer de coup de pied dans le bureau ni donner des coups de poing dans le mur, réactions auxquelles Karen s'était attendue en partie ou en totalité, qu'elle avait espérées, désirées, appelées de ses vœux. À la place, Anne frotta sa joue contre celle de Karen et la força à se tourner pour la deuxième fois. Elle demanda : « Qui est mon type, Karen ? Toi ?

— Moi, bien sûr. Moi, moi, moi. Je t'aime. Je t'aime depuis sept ans, maintenant. Tous les jours, je vais courir pour essayer de me débarrasser de toi. Et juste au moment où je pensais arriver à quelque chose, tu me déchires. Seigneur, Anne, regarde ce que tu as fait à mon genou ! »

Elles parlèrent tard dans la nuit, dans et hors des limites d'un cercle formé par l'affirmation d'Anne qu'elles seraient encore et toujours amantes si Karen n'avait décidé que leur attachement était d'une certaine manière inamical envers la vie communautaire qu'elles tentaient de mener ; et par la conviction de Karen qu'en dépit de son indicible chagrin — c'était pour elle comme la fin du monde — Anne n'avait, après tout, pas tort. À l'intérieur de ce cercle, il y avait cette nouvelle relation, tout aussi inamicale, d'après ce qu'en dit Karen, et d'après ce qu'Anne en pensa à plusieurs reprises mais ne dit qu'une fois, encore beaucoup *plus* inamicale, du fait que Lisa se montrait elle-même inamicale envers l'esprit de Julian Pines Abbey, lieu de silence, d'ordre, de paix, de prière et de plaisirs simples. Il y avait aussi, à l'intérieur de ce cercle, le désir de sexe propre à Anne, qu'elle voulait (elle mais pas Karen) inclure dans les plaisirs simples, pour en faire le compagnon agréable ou (lorsque son argumentation devenait plus intense, plus appuyée) la composante nécessaire du silence, de l'ordre, de la paix et de la prière. Ce qui provoqua un reniflement dédaigneux de Karen, mais la conversation se poursuivit de façon amicale et, il faut l'admettre, prévisible, compte tenu des autres conversations d'ordre théologique, philosophique, littéraire, politique et psychologique qu'Anne et Karen avaient eues, habituellement tard dans la nuit, au cours de ces cinq dernières années. Conversations qui portaient le plus souvent sur le désir, l'amour et la vie communautaire.

Vers deux heures du matin, Anne avança la théorie (qui provoqua le scepticisme de Karen, laquelle devait néanmoins par la suite lui trouver quelque mérite) que l'essence de la vie au monastère, ce en quoi celui-ci était différent des autres, ce qui faisait que des femmes comme elle et Karen (et, oui, Lisa) pouvaient survivre et s'épanouir, était en quelque sorte son côté page blanche, la manière dont l'on devait chaque jour inventer la vie en refusant l'affirmation hiérarchisante selon laquelle la paix a plus de prix que la passion, ou le poncif mille fois rebattu selon lequel la paix et la passion s'excluent mutuellement. La réfutation de Karen descendit de ces sommets jusqu'à un niveau plus personnel. Anne l'accusa alors de sous-évaluer considérablement Lisa, une femme belle et brillante. Karen accusa Anne de *sur*évaluer de manière flagrante le beau et le brillant (et là Anne insista sur le fait que le terme « belle » ne s'appliquait pas à des caractères physiques mais à un vaste champ de qualités) au point qu'ils lui cachaient la présence de sérieux défauts.

Vers les trois heures du matin, au milieu de cette conversation qui prenait la tête (quoique ce fût plutôt un membre, dans le cas de Karen), des coups impétueux furent frappés à la porte et, sans attendre que Karen dise d'entrer, Lisa ouvrit la porte à la volée. Elle entra en titubant dans la pièce, les larmes coulant sur son visage maculé, ses longs cheveux emmêlés, ses épaules affaissées sous le poids de l'accablement, la voix en déroute. « Seigneur, Anne, où étais-tu ? Je suis dans un état épouvantable. Je te cherche partout. Tu sais quelle heure il est ? Je te croyais perdue dans ces foutues montagnes. » Elle prit Anne dans ses bras. « Comment peux-tu me faire une chose pareille ? Anne, ma chérie, que fais-tu ici en plein milieu de la nuit ? » Devant le caractère extravagant de la scène, Karen, tout en admirant cyniquement la performance parfaitement convaincante de Lisa et en tentant de deviner si Anne était à ce point dupe qu'elle ne détectait pas l'artifice, s'abstint de répéter la question de Lisa. D'une voix calme, posée, comme on apaiserait un enfant à bout de nerfs, elle dit : « Nous parlions, Lisa, mais à présent nous avons terminé. »

Avec une certaine stupéfaction, Anne promena son regard de l'une à l'autre, avant d'embrasser Lisa sur la joue en disant : « Rentre, ma douce. Je vais très bien.

Karen et moi, nous parlions, mais nous n'avons pas encore terminé. » Cette fermeté rassura Karen. Même éprise, Anne était toujours Anne. Elle nota néanmoins avec un serrement de cœur que les doigts d'Anne s'attardaient sur Lisa au moment de la séparation. Quand Lisa fut partie, Karen déclara : « Superbe comme scène !

— T'a-t-elle jamais dit, interrogea Anne, que sa mère avait travaillé avec l'American Theater Company ?

— Non. Elle m'a dit que sa mère était une gitane. »

Elles eurent beau parler jusqu'à l'aube, Karen ne parvint pas à convaincre Anne que l'immaturité flamboyante de Lisa était de l'immaturité flamboyante, point final, et qu'elle pouvait difficilement contribuer à une relation convenable, et encore moins à une relation capable d'élever l'esprit. Pas plus qu'Anne ne parvint à convaincre Karen que le fait de lécher la vulve de Lisa contribuait de fait à son développement personnel, à la mission de la communauté de l'abbaye, au renouveau spirituel de l'univers. Lisa quitta l'abbaye un mois plus tard, cette année-là (comme Karen l'avait prévu). Elle clama avec des accents mélodramatiques qu'elle voulait emmener Anne avec elle, mais Anne — non sans exprimer, trop bruyamment au goût de Karen, sa souffrance —, Anne resta. Lentement, avec le temps, le genou de Karen guérit. Leurs conversations continuèrent, denses, longues, régulières, affectueuses, tout en se modifiant un peu — la rhétorique d'Anne, par exemple, se fit un peu moins grandiose et Karen rejeta avec moins d'intransigeance l'apologie du désir et de l'amour par Anne. Sans se l'avouer, Karen caressait l'espoir qu'Anne allait se stabiliser, embrasser le célibat et, d'une manière générale, cesser de provoquer de tels remous dans sa vie à elle, Karen. Les pics de production d'endorphines étaient une chose épatante, mais courir était dangereux.

Elle espéra pendant des années. Et d'ailleurs, ses vœux paraissaient comblés. Jusqu'à l'arrivée de Teresa. Là, Karen lâcha prise, parce qu'on ne pouvait faire à Teresa les mêmes reproches qu'à Lisa. En fait, il était même difficile de lui reprocher quoi que ce soit, à part qu'elle était parfois un peu vague et n'élevait jamais la voix à la fin d'une question. Elle aimait Teresa. Tout le monde aimait Teresa. Et il y avait dans la relation sexuelle entre Anne et Teresa tant de tranquillité, de simplicité et de joie qu'on aurait presque pu croire, dans une certaine mesure du moins, qu'Anne avait raison à propos de l'amour et du désir. On pouvait même aller jusqu'à donner un aspect romanesque à cette relation et dire qu'Anne s'était installée, sinon dans le célibat, du moins dans la monogamie. Ce que fit Karen. Elle pensait s'être enfin accommodée à la fois du sujet et des personnes en cause quand une nuit, lors d'une conversation tardive où Anne et elle se réconfortaient mutuellement, Karen fut prise de désir et Anne, elle aussi, avait à l'évidence envie d'autre chose que d'une étreinte affectueuse. Karen s'en alla, gardant ce désir pour elle, mais soudain, les limites de la clarté d'esprit qu'elle avait si chèrement gagnée se firent floues et lorsque, au cours de cette même nuit, elle glissa ses mains à l'intérieur de ses cuisses pour faire disparaître le désir, elle sentit là aussi un certain flou et, pour la première fois depuis longtemps, elle pensa à courir de nouveau.

Karen était alors « prêtre » de l'abbaye (Beatrice s'était élevée contre l'usage de ce terme, avec tout ce qu'il évoquait, très concrètement, dans l'esprit de ceux devant qui il était prononcé : un être humain de sexe masculin, la hiérarchie, une Église corrompue, mais Anne avait, d'une façon que la plupart jugeaient convaincante, riposté — avant de voter en ce sens — que le contraste même entre ce à quoi l'on s'attendait et la réalité de leur *prêtre* — une femme qui concevait son rôle de prêtre comme tel, c'est-à-dire justement comme un rôle, ni plus ni moins important que les autres qu'elle jouait — était en soi salutaire à la fois pour elles-mêmes et pour leurs nombreux visiteurs et correspondants) et, lorsque Karen ne peignait pas ou ne s'occupait pas des roses, elle traitait les problèmes par le verbe, ajustait les mots à la musique et la musique aux mots, imposait les mains. De la sorte, il se passa encore du temps sans que Karen renouât avec son sport singulier et de longue haleine.

La fin octobre dans les sierras peut être étonnamment sèche. Les aiguilles et les pommes de pin craquent sous les pas, libérant les senteurs de la forêt. Le jour de Halloween, la température atteignit trente degrés dans l'après-midi, vingt et un au crépuscule, pour baisser à moins de cinq degrés à neuf heures du soir. Dès la tombée de la nuit, des familles amies de la montagne conduisirent leurs enfants et ceux des voisins dans la salle commune de l'abbaye, pour que, selon la tradition en cette veille de Toussaint, ils reçoivent de petits cadeaux. Jan avait préparé du chocolat chaud, Kathleen des gâteaux et Karen des pommes du verger enrobées de caramel. Il était également prévu de jouer aux sorcières. Mais aux *gentilles* sorcières, expliquèrent les nonnes aux enfants (en espérant que cela tomberait aussi dans l'oreille des parents), gentilles comme étaient et sont toujours d'ailleurs la plupart des sorcières. Anne, Jan, Karen, Teresa et Beatrice avaient réalisé leurs déguisements à partir des sélections effectuées au cours de vingt-cinq années de farfouillages parmi les vêtements usagés envoyés d'office par des partisans de la vie contemplative. « Priez pour moi », disaient les lettres qui les accompagnaient. Et la communauté priait, à sa façon, même en sortant des corsages volantés en polyester, à peine chiffonnés, de cartons sans fond. Ce genre de vêtements, elles l'envoyaient à des magasins de fripes et à des organisations caritatives, tout comme la plupart des jupes, manteaux, chemises de nuit, ceintures, robes et sacs à main. Elles gardaient les jeans, les chemises de laine et de flanelle, des coupons de tissus et, à l'occasion, les habits destinés à s'habiller, mieux, plus mal ou différemment que d'habitude. Donna avait découvert, dans un colis envoyé récemment, un justaucorps gris qu'elle portait ce soir-là avec des oreilles de velours bizarrement taillées. À l'enfant qui lui demandait en quoi elle était déguisée, elle répondit : « En coyote. » Louise et Kathleen, qui s'étaient déclarées fatiguées des sorcières, étaient respectivement vêtues d'une robe Renaissance aux coloris et à l'allure spectaculaire, trop grande et franchement tachée, et d'un énorme costume en papier kraft bourré, en guise de poches, de cartons de céréales récupérés dans la poubelle d'un voisin. « En sac à papier rempli de provisions, voyons ! » Sharon, arrivée tard, ne se déguisa pas. Karen se rendit compte que personne, sans doute, n'avait pensé à prévenir cette relativement nouvelle venue du chaos à venir, ou à lui montrer le placard où étaient entassés des vêtements dans l'attente d'une fête ou d'un jeu.

Au spectacle de ces femmes caquetantes, mais pas particulièrement effrayantes, et de la chienne Kiera, qui, déchaînée, tournait en rond et léchait leurs visages poisseux, les enfants riaient d'une façon qui les récompensa toutes de leurs efforts. Ils se tortillèrent bien sur leur siège au beau milieu de l'histoire de fantômes que leur racontait Jan, mais, aux yeux de Karen, c'était moins le signe qu'ils s'ennuyaient que le signal qu'une distribution générale de friandises plus conventionnelles serait la bienvenue. Après leur départ, Karen soupira devant le capharnaüm qui s'était constitué en moins d'une heure. Elle prit le balai et retrouva Louise et Beatrice qui secouaient les tapis pour en faire tomber les miettes et nettoyaient les taches brunâtres. Donna signala une flaque de pipi dans un coin. Il semblait à Kathleen qu'elle y avait effectivement vu un petit garçon accroupi. « Je parie que sa mère lui a recommandé de ne pas demander les toilettes, dit-elle, soit parce qu'elle pense que nous n'en avons pas, soit parce qu'il lui paraît malvenu de mentionner ce genre de lieu dans une maison de prières. »

Jan tira les rideaux, baissa les lumières et se mit à fouiller dans sa collection de cassettes. Avant son arrivée à l'abbaye, les bonnes sœurs, sous la tutelle de Louise, se livraient à des danses folkloriques irlandaises pour Halloween et lors d'autres fêtes. Mais Jan avait apporté, en même temps que des dons étonnants pour la danse, de la musique rock. On pouvait très facilement développer ces dons chez chacune, avait-elle affirmé et, bientôt, toutes sauf Louise avaient été convaincues de leur potentiel cathartique. Elle finit par gagner Louise à sa cause en ajoutant des exercices pour le bas du dos et en apprenant avec un grand enthousiasme des pas de folk pour des distractions moins tapageuses. Karen, elle, n'éprouvait guère d'enthousiasme pour la danse, que ce soit du folk ou du rock. Il lui arrivait pourtant, comme pour Halloween, de se laisser entraîner, toujours par Anne, au milieu de la pièce. Là, elle s'abandonnait aux rythmes trépidants et perdait durant une heure ou deux cette tenace impression (quoique moins vivace, moins envahissante désormais, bien sûr, que lorsqu'elle avait dix-sept ans) qu'elle était trop grande pour avoir de la grâce.

Cette phrase, « trop grande pour avoir de la grâce », prononcée par sa tante Perle face à ses quatorze-ans-et-presque-un-mètre-quatre-vingts, Karen s'en était servie une fois, lorsque Anne et elle avaient eu leur premier rapport sexuel. Elle s'était sentie empotée et tout en membres à côté d'Anne, dont les mouvements sur le corps en croix de Karen étaient d'une douce aisance et qui, avait pensé Karen avec respect et une infinie tendresse, bougeait comme une danseuse même quand elle jouissait. « Tu es peut-être, avait dit Anne, trop grande pour Grace[1], mais pas pour moi. » C'est à dater de ce petit jeu de mots, bête et gentil (Anne adorait jouer sur les mots), que Karen avait entamé un long travail, lent et parfois douloureux, pour redresser l'échine.

Les sorcières gardèrent leur costume. Elles furent les premières à danser. Karen aimait la longue jupe qui lui arrivait au mollet. Elle jugeait délicatement érotique leur petit cercle de quatre femmes — Beatrice semblait avoir disparu — dont les corps vêtus d'un habit noir de sorcière se secouaient, ondulaient, s'étiraient, s'agitaient, se courbaient. « Nous ressemblons à des nonnes ! » cria Teresa, sa voix couvrant la musique. Toutes se mirent à rire. Beatrice fit sa réapparition. Elle se joignit au cercle qui, quelques minutes après, se scinda en deux, d'un côté trois personnes, de l'autre Anne et Teresa. Qu'elles aillent au diable, pensa Karen, qu'elles aillent au diable !

Si ç'avait été une autre nuit, elle aurait étouffé cette voix, battu le rappel de ses pensées les moins belliqueuses, énuméré comme une incantation les nombreuses vertus des deux sorcières qui dansaient à part. Mais c'était Halloween. Il y avait quelque chose de malfaisant dans l'air. Elle n'opposa pas de censure à sa malédiction et la laissa sans commentaire, sans même se demander ce qu'elle entendait par là. Elle continua à danser. Les deux cercles s'élargirent de nouveau lorsque les autres, qui avaient ôté leur déguisement,

1. Le français ne peut rendre le jeu de mots. La formule anglaise est *too tall for grace* (mot à mot « trop grande pour grâce »), qui, lorsqu'on la prononce, peut signifier à la fois « trop grande pour (avoir de la) grâce » et « trop grande pour (le prénom) Grace » *(NdT)*.

vinrent s'y joindre. Donna avait néanmoins gardé ses oreilles de coyote. Quelle femme étrange, pensa Karen, plus étrange encore que nous autres.

Lorsqu'elle regagna sa cabane, il était presque onze heures, une heure tardive pour les bonnes sœurs. Elle ne se servait de sa lampe de poche que lorsque c'était nécessaire. Au contraire d'Anne, qui ne voyait pas dans le noir, elle se dirigeait parfaitement dans l'obscurité et n'avait aucune envie d'obscurcir les étoiles. Elle avait pris le temps d'ôter son costume de sorcière et marchait seule à une quinzaine de mètres derrière Anne et Teresa, lesquelles étaient plongées dans un échange intense qui se termina par une brève étreinte lorsqu'elles atteignirent les appartements d'Anne. Étrange spectacle que ces deux sorcières en train de s'étreindre dans le noir, une flaque de lumière à leurs pieds, pensa Karen. Elle les observa. Teresa se dégagea la première et se dirigea d'un pas mesuré vers sa propre cabane. Le sentier qui menait chez Karen prenait à droite de la route, une dizaine de mètres avant celui qui conduisait chez Anne. Au moment où elle allait s'y engager, la sorcière qui restait se dirigea vers elle. Elle ne pleurait pas — Anne ne pleurait presque jamais — mais les veines de ses tempes saillaient et ses paupières étaient rougies, signalant, comme Karen le savait par une déjà longue expérience, qu'il y avait un problème.

« Éteins cette lampe, dit Karen, essayant de faire comme si de rien n'était. Les sorcières sont censées voir dans l'obscurité. » Anne baissa les yeux vers ses vêtements avec l'air de les découvrir et pressa le bouton. Les deux femmes demeurèrent ainsi en silence pendant un moment, sous une lune pas vraiment pleine et à demi obscurcie par un petit nuage. « Je ne vois pas ton visage, dit Anne. Pourrions-nous parler à l'intérieur ? » Elle chercha une allumette et alluma la lampe tempête qui éclairait son entrée. Elle laissa la lampe éclairer également la chambre. C'était peu, mais suffisant. Karen s'assit en tailleur sur le lit, selon son habitude. Elle attendit en silence qu'Anne débute le rituel immuable qui consistait à chevaucher à l'envers sa chaise de bureau comme si elle allait entamer la conversation, puis, avant d'avoir ouvert la bouche, à se tourner vers le bureau, à ouvrir le tiroir du haut, à saisir une cigarette, à se lever et à aller chercher des allumettes, qui n'étaient jamais dans le cendrier de porcelaine dans lequel Karen les aurait conservées et n'étaient d'ailleurs jamais là où elles auraient dû être. Anne finit par retourner en prendre dans la boîte qui se trouvait dans l'entrée. Elle alluma sa cigarette, puis quitta sa chaise et rejoignit Karen sur le lit, geste qui nécessiterait d'ici une ou deux minutes, Karen ne l'ignorait pas, qu'elle se lève pour attraper le cendrier, désormais hors de portée. Karen aimait prévoir les gestes à l'avance. Elle aimait, par exemple, savoir qu'il n'y aurait qu'une cigarette, pour démarrer la conversation, et qu'ensuite Anne en viendrait directement au fait.

« Je suis une hystéro du sexe. »

Karen se mit à rire. « C'est vrai que dans cet attirail tu ne ressembles pas à tout le monde, mais à une hystéro du sexe, comme tu dis, ça non !

— Je ne plaisante pas, Karen.

— Oh que si, Anne, sinon tu n'aurais jamais dit une chose pareille.

— J'étais en train d'essayer d'exprimer, en une formule certes lapidaire et un tantinet excessive, je le reconnais, un problème extrêmement sérieux. Je veux dire que si je considère la situation d'un point de vue rationnel, je suis autorisée à penser que je suis une femme normale, avec des besoins sexuels normaux. Mais ici, parmi toutes ces saintes, j'ai l'impression d'être une nymphomane.

— Traduction : Teresa n'a pas envie de faire l'amour avec toi aussi souvent que tu as envie de faire l'amour avec Teresa.

— Ta traduction, comme toutes les traductions, d'ailleurs, est exacte quant au fond mais ne rend pas les nuances.

— Du genre ?

— Du genre : Teresa aime faire l'amour mais ne semble pas en avoir besoin, du genre : tu as aimé faire l'amour dans l'ancien temps, mais tu sembles l'avoir transcendé, du genre : Donna, Sharon, Louise, Jan, Kathleen et Beatrice font habituellement sans et non seulement elles ne s'en plaignent pas, mais elles ne semblent jamais communiquer une tension érotique à notre espace communautaire ni être sur le point d'exploser. Alors qu'est-ce qui ne va pas chez moi ? »

Karen décida d'être honnête. « Il faudrait peut-être demander : qu'est-ce qui ne va pas chez nous autres ?

— C'est ce que je me dis, quelquefois, mais ce n'est pas ça. Vous êtes toutes très bien. Vous êtes affectueuses, vous êtes à des degrés divers saines, intelligentes, drôles, bien, quoi, pas déformées par les frustrations, pas angoissées sous la pression de l'énergie sexuelle, pas menées par un besoin de canaliser vos pulsions sexuelles dans des efforts créateurs.

— Anne, toi aussi tu es affectueuse, saine, intelligente, drôle. Bien, quoi. Plus, sans doute, que la plupart d'entre nous. Sans compter Beatrice.

— Alors pourquoi est-ce que je me sens comme ça ? J'aime Teresa. Je la veux. Je la veux et je veux qu'elle me veuille. Elle me dit d'accord, parfait, quand tu veux, mais elle ne me *veut* jamais, tu comprends ? Alors j'ai fini par ne plus guère réclamer, ce qui fait que nous n'avons pas dormi ensemble depuis des semaines.

— Je suis désolée. » Et, à sa grande surprise, Karen l'était vraiment.

« Pourquoi ? Ça fait vingt ans que tu n'as couché avec personne et tu ne t'en plains jamais.

— Pas à toi, en tout cas. Comment pourrais-je m'en plaindre auprès de toi ? Tu me répondrais — et tu aurais raison — que c'est moi qui suis partie.

— Bon, alors à qui ?

— Eh bien, à Beatrice.

— Ah, ça, tu as dû le faire, il y a une petite quinzaine d'années. Une fois. Je me trompe ? »

Karen éclata de rire. « C'était plutôt une petite dizaine d'années, mais tu as raison. Toutefois...

— Toutefois il t'arrive encore d'être aux prises avec le désir. Tu l'insuffles à tes roses, tu le chantes aux vêpres, tu le peins sous forme de fleurs, tu l'adresses à nous toutes sous forme de messages de doux amour et peut-être même te masturbes-tu de temps en temps. Ne t'en fais pas, je ne te demande rien. Bon sang, Karen, moi aussi j'aime mon travail, j'aime les vêpres, j'aime être proche de mes sœurs et je me masturbe. Mais j'ai besoin de *sexe*, j'ai besoin de le partager avec une autre créature qui vit, respire, halète. Ça n'a même pas besoin d'être Teresa, tu vois. Ce pourrait être une visiteuse, Jan, ou cette journaliste qui est venue l'autre jour — comment s'appelait-elle déjà, Marta ? —, ce pourrait être toi. Quelquefois même je pense à faire l'amour avec Beatrice. Je ne suis pas que désespérée, je couche à droite, à gauche. Tu comprends, Karen ? Je vis entourée de femmes que j'aime et je les *veux*. Je ne comprends pas pourquoi elles n'ont pas envie les unes des autres. »

Karen prit une profonde inspiration. Elle ne savait pas par où commencer. Elle n'avait ni l'éloquence d'Anne, ni, sans doute, la même flamme. Mais elle avait des choses à dire à cette femme qui confondait maîtrise et calme, qui rejetait tout effort, qui voulait toujours plus sans jamais trouver de satisfaction. Elle aurait voulu revenir cinq minutes en arrière et déclarer que si Teresa disait oui, eh bien, c'était suffisant, qu'Anne aille faire l'amour avec Teresa. Vouloir plus que le « oui » de Teresa, c'était de la cupidité. Elle avait envie de dire que Donna, la bonne, la gentille Donna, celle sur qui l'on pouvait toujours compter, préférait les animaux aux humains et que ses manières silencieuses dissimulaient on ne sait quelle sorte de désirs cachés ou de sainteté secrète. Elle avait envie de dire qu'à la trentaine bien sonnée, Louise était célibataire quand elle était arrivée au monastère. Quelle forme de refoulement — si tant est que ce fût le cas — avait pu la conduire vierge auprès d'elles ? Karen devait avouer qu'elle ne le comprenait pas plus qu'Anne. Elle avait envie de dire qu'elle subodorait que Sharon, qui n'était certes pas là depuis longtemps, aurait sous peu beaucoup de mal avec ces désirs-là et qu'elle était tout à fait certaine, sans avoir toutefois le droit de l'affirmer, que Jan partageait les mêmes tourments qu'Anne. Que Jan avait, durant plus d'un an, eu un gros béguin pour Anne et qu'elle faisait tout pour le surmonter, avec une diligence et une ingénuité émouvantes. Elle avait envie de dire que le désir avait été chassé du corps mortifié de Kathleen et de Beatrice au mont Carmel et que, malgré cela, Beatrice semblait parfois repousser ce même désir. Une fois au moins Karen pensait l'avoir vu, bien vivant et, oui, désespéré, dans les yeux de Beatrice, tournés, à ce moment-là, vers Anne.

Elle avait envie de dire qu'elle, Karen, alternait les périodes de calme et de chaos, et que, lors des périodes de chaos, elle insufflait son désir à ses roses et à ses dessins. Qu'elle y trouvait amour et tourment et que Beatrice avait, avec une véhémence qui ne lui ressemblait guère, déclaré une fois qu'il ne fallait pas lutter contre le désir, car sans lui cette vie n'était rien. Elle avait envie de dire que parfois (peut-être parce qu'elle avait essayé de ne pas lutter contre) elle, Karen, avait désespérément, passionnément envie d'elle, Anne. Pas souvent, mais parfois. Comme ce soir, Anne, ce soir quand nous dansions et que toi et Teresa avez rompu le cercle pour vous mettre à l'écart et que j'ai pensé : qu'elles aillent au diable, qu'elles aillent au diable ! Si j'ai dit ça, Anne, c'est parce que j'avais envie de toi, *moi*, que j'avais envie de me précipiter vers toi et de t'arracher cette chemise de sorcière et là, à même le sol de la salle commune, de te sucer les seins jusqu'au sang. Voilà ce dont j'avais envie, Anne (qu'en dis-tu ?), voilà ce que je *veux* maintenant.

Elle avait envie de dire ces choses-là et elle les dit.

Elle les dit, sauf en ce qui concernait Jan, parce qu'elle ne s'en sentait pas le droit, même si elle les savait, et en ce qui concernait Beatrice, parce qu'elle ne les savait pas, qu'elle ne pouvait les dire, et qu'elle les redoutait de toute façon. Elle les dit jusqu'à ce que les larmes ruissellent sur ses joues. Jusqu'à ce qu'Anne déboutonne sa chemise de sorcière, puis sa jupe de sorcière et ôte son soutien-gorge et sa culotte et apparaisse nue à Karen, la pointe des seins dressée, en articulant d'une voix de gorge : « Suce-les, Karen, jusqu'au sang. »

Pendant que Karen lui suçait les seins, Anne la déshabilla, non pas avec douceur, non pas avec délicatesse, comme tant d'années auparavant (lorsque son grand corps mince, à la respiration régulière, avait dû sembler à Anne un miracle de sveltesse), mais avec hâte, presque avec brutalité. Karen l'aida à défaire son jean. Elle se sépara d'Anne le temps de substituer une bougie allumée à la lampe tempête qui vacillait. « Je veux te *voir* », dit-elle. Elle regarda intensément le corps d'Anne. Il était différent des souvenirs qu'elle en avait, mais pas moins irrésistible. Elle laissa glisser ses mains le long des hanches d'Anne, sentit les mains d'Anne lui empoigner les fesses, renversa Anne sur le lit. Là, elles luttèrent, simplement pour le plaisir de lutter, et Karen finit par avoir le dessus. Elle descendit le long du corps d'Anne, jusqu'à ce qu'elle puisse prendre ses seins dans sa bouche, et elle se mit à téter les mamelons. En même temps, elle introduisit trois doigts en elle et frotta la paume de sa main contre le pubis d'Anne. Anne écarta les jambes et se mit à danser follement dans la main de Karen en murmurant d'une voix rauque, rude : « Plus fort, plus fort. »

Puis elle se mit à gémir tellement qu'une Karen jeune aurait tout lâché dès les premiers sons, mais pas cette Karen-là. Elle suça et continua de plus belle jusqu'à ce qu'Anne jouisse, lui laissant un goût de sang dans la bouche.

Sans transition, sans même rompre leur rythme effréné, Anne la renversa à son tour et prit la direction des opérations. Soudain, Karen se mit à gémir. Avec un plaisir mêlé d'angoisse, elle sentit le doigt qui avait erré sur son ventre et son con se frayer lentement un chemin jusqu'à son cul tandis que le pouce d'Anne venait sur son clitoris. Et lorsque la bouche d'Anne se referma sur son sein, elle avait entouré le corps d'Anne de ses jambes et s'en servait pour presser ses hanches contre la chair ferme du ventre d'Anne. « Qu'est-ce qui m'arrive ? dit-elle d'une voix forte qui semblait venir de l'autre côté de la pièce. Seigneur, qu'*est*-ce qui m'arrive ? » Anne, la bouche tout contre le corps agité de mouvements frénétiques de Karen, descendit jusqu'à son pubis et, de la langue, se mit à tracer des cercles dans sa toison tout en enfonçant son pouce en elle. Karen se tordit pour tenter d'amener sur elle la bouche d'Anne, mais Anne fit durer le plaisir.

« Dis-moi ce que tu veux, dit-elle.

— Tu sais bien ce que je veux, parvint à articuler Karen entre deux halètements.

— Dis-le.

— Suce-moi.

— Comment ?

— Fort. »

Quand elle s'éveilla, à quatre heures et demie, Karen était étendue auprès de la sorcière endormie. Elle se demanda si ce qu'elles avaient fait sur le coup de minuit était de l'ordre de l'amour ou du combat. Elle était moulue et les muscles de ses cuisses la faisaient souffrir. Elle se souvint de la manière dont elles s'étaient étreintes, le corps agité de soubresauts, comment chacune avait excité et griffé et mordu l'autre, et crié et eu toutes les audaces. C'était comme si elle se rappelait un rêve mais elle était la rêveuse et non pas l'une de ces femmes hors d'haleine, violentes, qui, montrant les dents, roulaient sur le lit en crachant du sang. Elle regretta qu'il ne fasse pas jour, de façon à voir si elle avait entamé la chair sur les seins d'Anne, quoiqu'elle en doutât fort. Elle voulut dire « Va au diable » au corps qui reposait près d'elle, mais cela lui fut impossible. Les mots qui lui étaient venus si facilement la veille au soir s'étaient enfuis. Et lorsqu'elle se glissa hors du lit et s'habilla, elle eut envie de sentir sur elle les doigts d'Anne, non comme des griffes mais comme une caresse. Elle prit ses chaussures à la main, dans l'intention de les mettre dans l'entrée. Comme elle se baissait pour les enfiler, elle remarqua les objets qui se trouvaient sur la table près de la porte. Un verre d'eau, avec, scotché dessus, un petit papier : « Il faut toujours boire avant de courir. » Deux morceaux de chocolat sur un autre billet : « Ne pars pas en courant ». Malgré sa difficulté à voir dans le noir, Anne avait dû écrire les billets pendant la nuit, pendant que Karen dormait. Anne avait deviné qu'elle allait courir, même si elle n'avait pas couru depuis des années. Anne, Anne, Anne ! Elle l'aimait de tous ses muscles douloureux, de toutes les gouttes de son sang, de toutes les cellules de son cerveau. Elle l'aimait non pas depuis leur première rencontre, lorsqu'elles étaient toutes deux de nouvelles venues, méfiantes vis-à-vis des autres et d'elles-mêmes et s'interrogeant, chacune de son côté, sur cet étrange tour que leur vie semblait avoir pris de façon indépendante d'elles-mêmes ; non, pas depuis ce moment-là, mais depuis qu'Anne était apparue au chevet de Karen, elle qui n'avait jamais joué les gardes-malades, et était restée tout au long de la terrible maladie qui s'était soudain emparée d'elle. La doctoresse avait eu beau répondre patiemment à ses questions, le diagnostic qu'avait fait cette femme des souffrances de Karen pâlissait à côté des pans de vie de celle-ci, qui remontaient, sombres et troublants, vers la surface de sa peau comme autant d'éclats de verre. C'est Anne qui les avait extirpés comme des échardes, les lui avait montrés en face puis les avait mis en lieu sûr quand elle en avait eu terminé. De plus, le compte rendu de la guérison de Karen qu'avait fait le médecin était beaucoup trop éloigné de ce qu'elle avait ressenti, à savoir que, du bout des doigts, Anne redonnait la santé aux cellules de Karen, qu'à chaque fois que les mains d'Anne lui massaient le cou, les épaules, les flancs, elles en chassaient la mort.

Une fois dehors, Karen s'étira, retombant sans s'en rendre compte dans sa vieille routine d'avant la course. Il faisait nuit et il faisait froid, mais elle pensa que, lorsqu'elle aurait parcouru environ trois kilomètres, le jour se lèverait et qu'elle commencerait à se réchauffer, si ce n'était déjà fait. Elle se mit donc à courir. Au début, elle tenta de conjurer le froid en chantant quelques-unes des chansons qu'Anne lui avait chantées au cours des semaines où elle la soignait, ou du moins ce qu'il lui en restait. Cela avait été de calmes, de douces semaines. Anne chantait tout en caressant le visage de Karen, en soufflant une haleine fraîche sur son front brûlant, en traçant de légers cercles sur ses joues. On était en 1969 et elle chantait des chansons folk, des berceuses, des chants de travailleurs, des chants du mouvement des droits civiques, des chansons de camps de vacances d'antan. « Des collines me vient le courage/La vision des temps futurs/La force de mener, la force de suivre/ Tout cela je le reçois. » Lorsque Anne entonnait celle-ci, Karen regardait par la fenêtre. « Cela me vient des nonnes, expliquait Anne. C'était un camp dirigé par les sœurs des services sociaux. Elles étaient vêtues de laine grise et étaient de la tendance " inspiration ". » Mais elle chantait cette chanson d'une voix pure et Karen en avait la chair de poule. Elles étaient si jeunes alors.

« Gaie est ma guirlande et fraîches sont les roses/ Choisies dans le jardin pour en ceindre ton front. » Ce qui plaisait à Karen, dans cette chanson, c'étaient les roses. Certains jours, elle les imaginait d'un jaune à réchauffer le cœur, d'autres jours, quand la fièvre faisait rage, d'un mauve rafraîchissant. Et puis il y avait cette chanson sur un ton mineur, si lente, si triste. Comment était-ce, déjà ? « O, vous, tendres et fraîches beautés/Prenez garde avec les jeunes gens/Ils sont comme étoile au matin d'été/À peine aperçus, déjà disparus. »

« Sœur Karen, avait dit Anne après l'avoir chantée

pour la première fois, vous devez retenir la leçon. » Karen était alors trop malade pour pouvoir rire. Et puis il y avait les jours où elle était si mal qu'elle ne désirait qu'une seule chanson, mais elle ne le dit jamais à Anne. Elle la laissait chanter ce qu'elle voulait, espérant qu'à un moment ce serait le tour de sa préférée. « À ton réveil, tu trouveras/Tous les jolis petits chevaux/Gris pommelé, pie et bai/Tous les jolis petits chevaux. » La mère de Karen lui chantait autrefois cette chanson, mais sans le « gris pommelé, pie et bai ». Anne l'aurait-elle inventé ?

Elle avait déjà atteint le verger lorsqu'elle se remémora les chansons irlandaises. Anne y avait pensé assez tard, alors que Karen était déjà sur la voie de la guérison. Aussi étaient-elles associées dans son esprit aux meilleurs moments de sa maladie, lorsque Anne et elle pouvaient parler, qu'elle-même pouvait se nourrir et qu'Anne prenait plaisir, d'une façon touchante, à lui apporter ses repas, toujours présentés avec soin, décorés de brins de persil et accompagnés de tranches de pommes en les vertus revigorantes desquelles Anne croyait fermement. Une pomme chaque jour...

« Tu peux ôter le trèfle [1] de ton chapeau et le jeter sur le gazon/Il y prendra racine et fleurira même quand des pieds le piétineront. » Une fois qu'Anne eut retrouvé toutes les paroles, elle la chanta presque chaque jour. « Une chanson combative, dit-elle à Karen, c'est bon pour toi. » « Et si c'est des Anglais le rouge cruel qu'il faut porter/Jamais le peuple irlan-

1. Le trèfle est considéré comme l'emblème national de l'Irlande *(NdT)*.

dais n'oubliera le sang versé. » Le père d'Anne, qui était anglais, haïssait ce chant, disait-elle, aussi le chantait-elle souvent, spécialement en mars [1], et quand elle ne pouvait autrement attirer son attention. Il haïssait tous les chants irlandais en général et celui-ci en particulier. Peut-être, disait-elle, était-ce pour cette raison qu'elle en connaissait autant.

Au moment de dire bonsoir, elle entonnait « Danny Boy », que de temps à autre elle transformait en « Annie Girl ». À la fin, au moment où elle allait embrasser Karen, elle lui faisait chanter les deux derniers vers : « Car tu vas te pencher vers moi et me dire que tu m'aimes/Et je vais dormir en paix jusqu'à ce qu'à moi tu viennes. » Et, au fur et à mesure qu'elle allait mieux, elle chantait de plus en plus de vers et Anne l'embrassait de plus en plus, sur le front, les joues, les oreilles, le cou. Et quand la chanson était terminée, sur les lèvres. Leurs baisers se firent plus longs et, un soir, elles s'embrassèrent si longuement, il faisait si sombre et si froid dehors qu'Anne demanda si elle pouvait rester. Oui, oh oui, elle pouvait.

Karen accéléra l'allure, en partie parce qu'elle descendait la colline, et en partie parce qu'elle ne pouvait supporter de se remémorer ce qui s'était passé au cours de cette première nuit, lorsque Anne était restée. Cette douceur, cette jeunesse, cette attention à l'autre, l'absolue plénitude de ce moment. Après, elle s'était retrouvée entièrement guérie entre les bras d'Anne. Elle ne voulait pas s'abandonner au

1. La Saint-Patrick, fête nationale irlandaise, tombe le 17 mars *(NdT)*.

sommeil : Anne dormait et elle tenait à la regarder, si petite, si jolie, si fine, si différente de la femme solide qui l'avait si efficacement soignée, jour après jour, durant presque trois mois.

Autour d'elle, les feuilles odorantes des gommiers tombaient, toutes semblables dans le noir, mais rouges, ou orange ou jaunes en réalité, elle le savait. Elle avait envie de voir un jour un véritable automne, dans le Vermont, par exemple, ou dans le New Hampshire. Il fallait le voir pour le croire, disait Anne, ajoutant que les habitants de la Nouvelle-Angleterre méritaient bien ça en compensation du froid et de l'obscurité. Elle parvint à repousser les limites de la fatigue en ramassant des feuilles et en leur donnant une couleur — cerise, kaki, abricot, prune, moutarde, ocre, olive, noisette, aubergine. Elle les entassa dans ses poches pour voir si elles seraient encore à la hauteur de leur nom après le lever du soleil. Elle continua à courir. Il faisait encore nuit, mais on sentait que l'aube allait poindre. Elle savait qu'elle devait s'arrêter. Cela faisait une heure qu'elle courait et elle n'avait pas couru depuis des années. Son genou lui faisait mal. Elle devait s'arrêter parce qu'elle était allée trop loin déjà, en descente, et que ce serait long et difficile de remonter. Elle devait s'arrêter parce qu'elle était trop vieille pour ça, pas pour la course, mais pour la fuite. Mais elle continua, parce qu'elle avait encore le goût d'Anne dans la bouche, l'odeur d'Anne dans les narines, les doigts d'Anne sur ses seins, la jambe entre les siennes, les yeux d'Anne partout sur elle. Cours, Karen, cours.

Dans la semi-obscurité de ce matin de Toussaint, Karen sentit son genou céder. Elle poussa un cri, furieuse que sa vieille blessure ait récidivé, qu'il fasse si froid, qu'elle soit à des kilomètres de Julian Pines, qu'elle n'ait pas terminé sa course. Elle se traîna jusqu'à un arbre et s'assit, le dos contre le tronc. Au bout de quelques minutes, elle dut changer de position. Elle avait des fourmis dans sa jambe valide et son coccyx était douloureux. Elle imagina les mains d'Anne enduites d'huile d'amande douce parfumée à la cannelle, qui la massaient en commençant par les pieds et en remontant, chaque muscle, petit ou gros, succombant à leur chaude pression. Grâce à ces frictions quotidiennes, elle était certaine que ses muscles avaient admirablement fonctionné quand elle avait quitté son lit de malade.

Elle s'appuya à l'arbre. Le tronc était presque chaud contre son dos. Pendant un long moment, elle écouta si elle n'entendait pas venir une voiture, sans résultat. Elle songea à se traîner jusqu'à la maison la plus proche, puis s'endormit un court moment. Elle rêva. D'une vague femme, d'un début de séduction, d'une pièce sans fenêtre, d'une tasse de café qu'elle tentait en vain de humer, d'un cœur — le sien — qui battait vite, bruyamment, avec force. Elle se rattrapa avant de piquer du nez vers le sol, le rêve interrompu. Elle avait froid, elle avait envie d'uriner, elle avait mal au genou. Elle se demanda pourquoi il ne venait personne.

Elle finit par entendre une voiture approcher, plus lentement qu'elle ne s'y attendait, du virage au milieu duquel se dressait son arbre. Le bruit n'était pas celui d'une commerciale. Elle en fut soulagée. Elle n'aurait pas demandé à un étranger de l'emmener, mais enfin, elle se souvint qu'il y avait des personnes amies dans la montagne. Ce n'était toutefois pas l'une des invitées d'Halloween, les mains encore poisseuses de ses pommes au caramel, qui conduisait. C'était l'une des sorcières. « Anne ! cria-t-elle, Anne ! » Anne gara la Toyota de l'abbaye dans un petit espace dégagé, de l'autre côté de la route. Elle sortit lentement de la voiture, et, tout aussi lentement, traversa la route. Elle s'assit auprès de Karen. « Bonjour, toi, dit Anne.

— Bonjour, toi aussi.

— Tu as oublié ton chocolat. » Anne lui tendit les morceaux enveloppés de papier. Karen secoua négativement la tête.

« J'ai cueilli une pomme en passant dans le verger.

— On dirait qu'elle est toujours dans ta poche.

— C'est vrai. Mais j'ai mordu dedans. » Elle l'extirpa avec une poignée de feuilles, dont la plupart étaient d'un marron décevant, et les lança en direction d'Anne. Plusieurs se prirent dans ses cheveux. « Joyeux automne !

— Joyeux automne ! Joyeux, joyeux automne ! Quand est-ce que ça t'est arrivé ?

— Quoi ?

— Ta chute.

— Comment sais-tu que je suis tombée ? Peut-être que je me repose, tout simplement. Que j'attends le lever du soleil sur les sommets.

— Tu regardes dans la mauvaise direction.

— Et vous, sœur Anne Stratford, que faites-vous en ces contrées ?

— Je cherche une nonne en fuite. Grande, mince, les cheveux bruns, vêtue d'un jean et d'une veste verte. La quarantaine, très séduisante, genou estropié, répond au prénom de “ Karen ”. Il y a une récompense.

— Quoi donc ?

— Oh, une tasse de café bien chaud. Des scones et de la confiture de mûres. Moi. »

Karen se lécha les lèvres. « J'ai fait un rêve.

— Était-elle belle ?

— Très belle.

— Elle me ressemblait ? interrogea Anne.

— Pas du tout. Elle était grande, élégante, vêtue d'une sorte de veste de smoking. Quand elle était vêtue.

— Joli rêve. T'es-tu enfuie ?

— Non, dit Karen, je me suis réveillée. J'avais froid et mal au genou.

— C'est l'ennui, avec les rêves, dit Anne en tendant la main vers Karen pour l'aider à gagner la voiture.

— À moins que ce ne soit l'ennui avec le sexe. »

Ainsi continua la conversation, de manière tout à fait prévisible, jusqu'à chez elles, Anne désirant apparemment explorer le moindre pouce du territoire de cette nuit, décrivant sa chaleur, décrivant sa beauté, insistant sur son utilité. « Cela fait vingt ans que nous parlons et que nous passons notre vie à discuter. J'ai l'impression que nous avons jeté les bases de quelque chose, que nous nous sommes retrouvées, que nous sommes aimées d'une manière riche de sens. » Absorbées comme elles l'étaient par l'éloquence de l'une et le scepticisme de l'autre, elles manquèrent le lever du soleil.

« J'ai eu un goût de sang dans la bouche, dit Karen.

— C'est comment ?

— Amer. Et fort. »

D'une main, Anne défit la fermeture Éclair de sa veste, puis déboutonna sa chemise et sortit ses seins de son soutien-gorge, l'un après l'autre. « Regarde, dit-elle. Ils sont entiers, et tout roses. Si tu as eu du sang dans la bouche, c'était le tien. Peut-être t'étais-tu mordu la langue. » L'un après l'autre, Karen remit les seins (ils étaient doux, tendres, tentants, sans aucune trace de dents) dans les bonnets, reboutonna la chemise, referma la veste. Elle examina avec une attention excessive sa langue dans le rétroviseur.

« La langue cicatrise vite », dit Anne, tandis qu'elle virait pour pénétrer dans l'entrée de l'abbaye et engageait lentement la voiture dans l'allée de terre battue qui conduisait à la maison commune.

« Les seins aussi, peut-être, dit Karen, surtout pour la fête de tous les saints... Une sorte de miracle en honneur d'Agnès, qui se coupa un sein pour sauver son pucelage. À moins que ce ne soit le fait du Romain ?

— Des Romains. Et c'était Agathe, pas Agnès. À moins que tu ne penses à Lucie, qui s'est arraché les yeux, ou à Apolline, qui sauta dans le feu. C'étaient des barbares, des sanguinaires, nos vierges martyres.

— Ça sent le café, dit Karen.

— Bon, dit Anne, buvons à leur santé : sainte Agnès, sainte Lucie, sainte Agathe, sainte Perpétue, sainte Félicité, sainte Apolline, sainte Cécile, sainte Anastasie, sainte Catherine, sainte Bibiane, sainte Christine, sainte Ursule, sainte Dorothée, sainte Barbara, sainte Emérentienne, sainte Margaret, sainte Martine... »

Karen interrompit la litanie. « Anne, dit-elle, il y a des jours où tu m'épuises. »

Traduit par Marie-France Girod

NOTE DE L'AUTEUR

Je repense très souvent au livre d'Allan Silitoe « The Loneliness of the Long-Distance Runner », « La solitude du coureur de fond » et à la brillante réponse de Grace Paley dans « The Long-Distance Runner ». Constatant que Paley aboutissait à un résultat vraiment intéressant en remplaçant le beau héros adolescent par une grosse quadragénaire, je me suis demandée ce qui se produirait si je le remplaçais par quelqu'un différant non seulement par son âge, son apparence physique et son sexe, mais aussi par son orientation sexuelle.

Puis j'ai découvert une nouvelle d'un écrivain anglais, Sara Maitland, « The Loveliness of the Long-Distance Runner » dans laquelle les personnages principaux sont des lesbiennes, mais je n'ai pas trouvé que l'histoire fonctionnait très bien. Alors, j'ai écrit ma propre version, en utilisant des personnages qui habitent mes pensées et mes textes depuis plusieurs années — un groupe de religieuses excentriques retirées dans un monastère de la Sierra. Le titre original de cette nouvelle était « The Nunliness of the Long-Distance Runner. »

À propos des auteurs
dont certains ont utilisé des pseudonymes.

Carolyn Banks est l'auteur de quatre romans ainsi que de nombreuses nouvelles. Elle élève des chevaux avec son mari dans une ferme près d'Austin, au Texas.

Rebecca Battle est actrice à Los Angeles et New York. C'est sa première publication. « Comme j'étais alors très mal logée, j'ai dû taper cette nouvelle dans un centre de location d'ordinateurs, une expérience qui s'est révélée assez traumatisante — imaginez-vous écrire des choses pareilles, entourée de gens qui passent derrière vous en parlant de nouvelles polices de caractères ! Pourtant, cela a plutôt ajouté du piment à l'expérience. »

Idious Buguise vit à Londres près de Paddington Station. « Je n'ai jamais été en analyse — sauf quarante-cinq minutes lorsque j'avais onze ans —, j'ai deux enfants en bas âge qui savent comment naissent les bébés et je déteste les gens qui portent des manteaux de fourrure. »

Liz Clarke a obtenu sa licence en 1992. Originaire de la Caroline du Nord, elle a écrit son premier poème à l'âge de six ans et commencé un roman deux ans plus tard. Elle est une ancienne étudiante de l'atelier d'écriture de l'Université de Virginie. « Je suis fascinée par le sexe et la sexualité en ce moment parce que je passe le plus clair de mon temps complètement déconnectée de mon corps, et terrifiée par lui, alors je compense le temps perdu. »

Sara Davidson est l'auteur d'un best-seller, *Loose Change*, qui a été adapté en feuilleton à la télévision, et de deux autres livres. En ce moment scénariste pour la télévision, elle vit à Los Angeles avec ses deux enfants.

Jenny Diski est née à Londres où elle vit. Elle a publié cinq romans.

Susan Dooley est un écrivain qui vit dans un petit village de la Nouvelle-Angleterre.

Sabina Faye est un auteur de romans policiers qui a vécu en Australie, au Népal et en Suisse ; lorsqu'elle ne voyage pas, elle trouve refuge à Washington. Elle a travaillé comme jeune fille au pair, travailleuse manuelle, barmaid et comme danseuse de ballet dans une troupe d'opéra.

Barbara Gowdy est l'auteur de deux romans. Elle vit avec ses chats, Jack et Emma, à Toronto où elle anime une émission littéraire à la télévision.

Kay Kemp est un auteur canadien de romans et de nouvelles.

Wendy Law-Yone est née à Mandalay, en Birmanie, a grandi à Rangoon et vécu dans plusieurs pays de l'Asie du Sud-Est avant de s'installer aux États-Unis en 1973.

Elle travaille actuellement à son second roman. Mère de quatre enfants, elle est lauréate d'une bourse du National Endowment for the Arts.

Carol Lazare vit avec sa fille, Lily, à Toronto. Son travail d'actrice lui a valu deux Canadian Film Awards ; plus récemment, elle s'est mise à écrire pour le théâtre et le cinéma. « " Le sentier aux rosiers roses " est l'une des nouvelles d'un recueil intitulé *When the Cycle Ends* sur lequel je travaille actuellement. Toutes les nouvelles, maintenant au nombre de cinq, tournent plus ou moins autour des mêmes personnages, Sarah et Eddy ; celle-ci décrit leur première rencontre et donne le ton de leur relation obsessionnelle. »

Susan J. Leonardi enseigne la littérature et l'écriture à l'Université du Maryland. Une version longue de « Cours, cours, Karen » paraîtra dans son recueil *Nun Stories.* « J'écris aussi un roman policier et je collabore à un projet plus universitaire, un livre qui s'intitule *To Have a Voice : The Politics of the Diva.* C'est un projet qui révèle peut-être mon désir secret d'échanger l'intimité de la page pour le spectacle et la scène. Dans ma prochaine vie, je serai comédienne. »

Carole Maso vient de terminer son troisième roman. Elle habite à New York.

Anne Rhyd est l'auteur d'ouvrages scientifiques et techniques et vient juste de s'installer à La Nouvelle-Orléans.

Catherine S. est journaliste. Elle est d'une famille du Sud que sa sœur décrit comme un mélange de Tennessee Williams et d'Erskine Caldwell. « Enfant, je dévorais des livres que je cachais derrière mon lit, par exemple *Lolita,*

La Vallée des poupées, Candy et *Le Petit Arpent du bon Dieu.*

Susan Swan, basée à Toronto, est journaliste, artiste de théâtre et romancière. Son nouveau livre, *Hommage to America,* étudiera la personnification des idées dans les médias américains.

Lisa Tuttle est née et a grandi à Houston, au Texas, mais vit aujourd'hui sur la côte ouest de l'Écosse avec son mari et son enfant. Elle est l'auteur de nombreuses nouvelles et de plusieurs romans, dont le plus récent s'intitule *Futur perdu,* ainsi que d'essais sur les femmes et le féminisme. Elle est aussi l'éditeur d'un recueil de nouvelles originales fantastiques, écrites par des femmes.

Bea Wilder a vécu à Cambridge dans le Massachusetts ces vingt dernières années, à l'exception d'une période où elle a enseigné en Amérique du Sud — « J'y ai redécouvert mes racines péruviennes. » Elle a été chroniqueuse mondaine et institutrice. Elle prépare actuellement une maîtrise de psychologie.

SUITE DU COPYRIGHT

La composition de cet ouvrage
a été réalisée par l'Imprimerie BUSSIÈRE,
l'impression et le brochage ont été effectués
sur presse CAMERON *dans les ateliers de B.C.I.,*
à Saint-Amand-Montrond (Cher),
pour le compte des Éditions Albin Michel.

Achevé d'imprimer en avril 1995.
N° d'édition : 14333. N° d'impression : 510-1/969.
Dépôt légal : mai 1995.